U0878041

读客

读客科幻文库

跟着读客读科幻，经典科幻全看遍。

地海传奇 | 第⑤部 | Earthsea Cycle 5

# 地海故事集

# Tales from Earthsea

Ursula K. Le Guin

[美] 厄休拉·勒古恩 著

段宗忱 译

江苏凤凰文艺出版社
JIANGSU PHOENIX LITERATURE AND
ART PUBLISHING, LTD

厚坚
博茨
乌扎
罗格
欧司可海峡
梭瑞司克
欧司可
挪斯特
碎石礁
依波司可
突普
拉英
德群岛
偕梅
道恩
西勒
德黑门
纳维墩
安丹登山
彼西
伊彼西
帕恩
偕勒多
偕勒多之门
欧农
革梅
贝茨
帕恩海
法力恩山脉
乌里
娄叟
龙居诸屿
乌西翟洛
黎斯克
耶遂
艾伯恩
斜辟墟
托林峡
托宁
印嘎特
昂图哥
下托宁
厚斯克
蟠多
奈墟
内极海
西陲
开尔突
九十屿
卓干
柔克
阿林思
吉斯
邻开尔突
安丝摩
瑟得
法尔突
帕迪
西姆利
阿巴
瓦梭
节西济
沙岛
洛拔纳瑞
欧贝侯
路
南陲
威勒吉
长沙丘
远叟

鲸屿
列夫
北恩瓦
南恩瓦
别瑞斯韦
寇摩寇米
施米奇
索特
阿勒诺群岛
腓林斯
N
NE
E
SE
S
SW
W
NW
北陲
可山脉
内玄
英拉德之颌
北齿列屿
南齿列屿
安卓群屿
欧兰扎
安卓
锐亚白
佩若高
阿耳河河口
东港
弓忒
坎渤
弓忒港
司贝维
欧瑞尼亚
伊亚
伊比亚
亚海
巴尼斯克
托何温
瑞文尼亚山脉
伊斯可
欧恩山
托里口
肯伯口
黑弗诺大港
威岛
欧查德
飞克威
飞克威湾
虚里丝
威马施
偶托克尼
偶岛
偶港
佩丽蓝
外依蓝
攸尼海岭
封闭海
攸尼
纳密恩
肖尔
弥斯克
持
瓦梭
都涅
大南礁
耳岛
卡耳格帝国
胡珥胡
麦斯雷斯
珥尼尼
阿瓦巴斯
陵墓
峨团
卡瑞构
手岛
撒丁
肥米墟
芬围
米墟港
悦儿
东陲
斯乃哥
远托利
意斯美
易飞墟
托壳
狗皮墟
猴圃
扣儿圃
殷司莫
卡圃
阿普索
塞力特列屿
索德斯
罗洛梅尼
嘎勒
培拉莫
够斯克
寇内
埃斯托威
开阔海

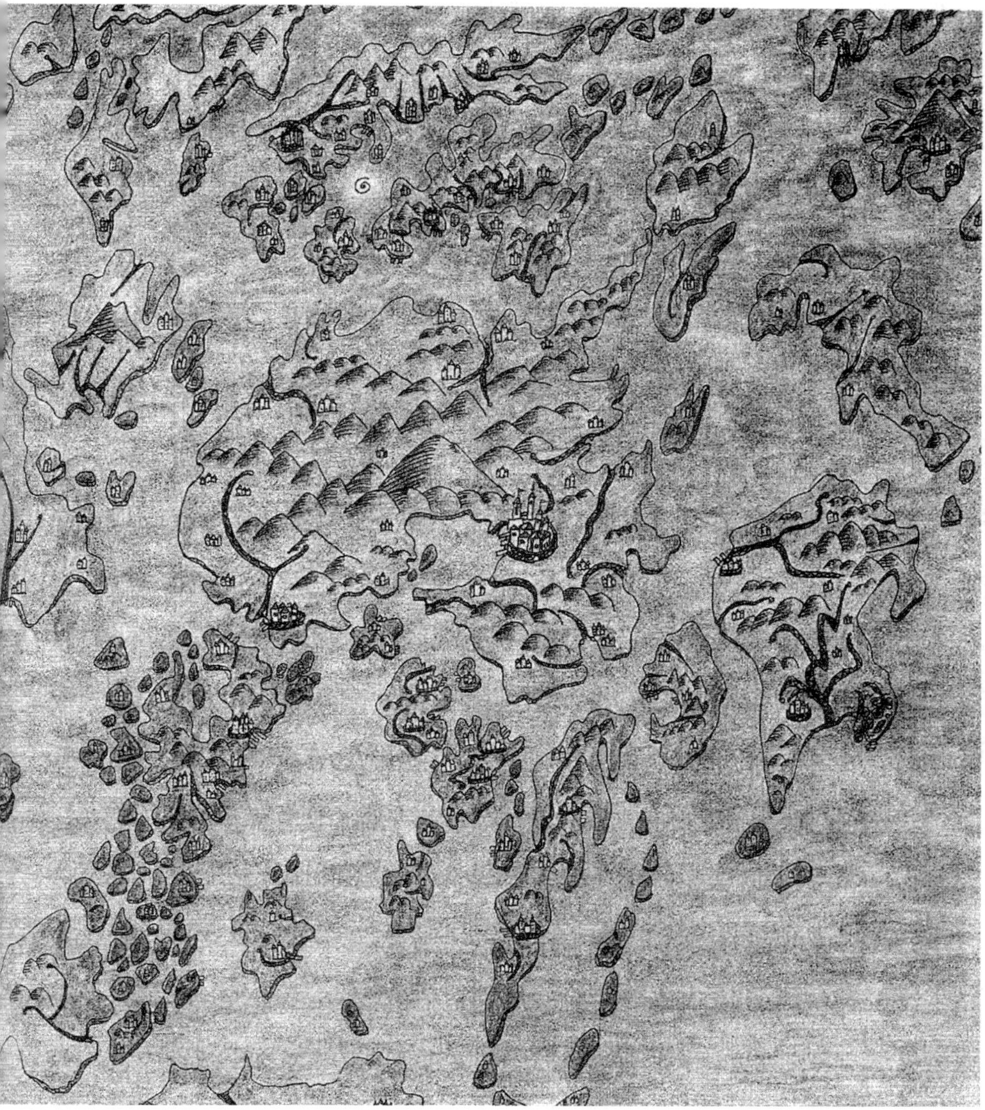

## 群岛王国的内环诸屿

来自阿尔克岛，绘于第八世纪的地图

这是教学用地图，而非航海图，岛屿的比例多有夸张，然而相对位置及距离则颇为正确。地图上无任何注记。消失的索利亚岛以漩涡标示。

# 目 录

# 作者序

# FOREWORD

在《地海传奇》第四部《地海孤儿》结尾，故事已到达我当时以为的现时。就像在所谓现实世界中的现时一样，我不知道接下来会发生什么事。我可以猜测、预言、担心、希望，但仍不知道将会发生什么。

无法再接续《地海孤儿》的故事（因为尚未发生），又傻傻认定格得与恬娜的故事已达“从此幸福快乐”的大结局，所以我为该书取了一个副标题——“地海终章”。

哎，愚蠢的作家。现时是流动的。即使在故事时间、梦境时间、很久以前的时间，现时也不等同于当时。

在《地海孤儿》出版七八年后，有人请我写一套发生在地海的故事。我仅瞥一眼便发现，在我不注意时，地海已发生许多事。我该回去了解，现时发生了什么事。

我想取得一些资料，好了解当时发生的事，尤其是格得与恬娜出生前的年代。对于地海、巫师、柔克岛或龙，许多事开始令我疑惑。为了解现在发生的事，我必须花点时间，利用群岛王国的典籍库做些历史研究。

研究不存在历史的方法，便是说故事，然后明白究竟发生了什么。我相信这与“现实世界”历史学家所用的方法相去不远。即使我们活在某桩历史事件中，但能以故事诉说该事件前，我们难道就能了解，甚至记得那桩历史事件吗？至于自身经验以外的时代或地点，我们除了依靠他人诉说的故事，也别无他法。毕竟，过去事件只存在于记忆之中，而记忆是想象的一种。事件是真实的现时，但它一旦成为当时，之后的真实便完全取决于我们，依凭我们的精力与诚实。若我们允许事件自记忆消退，那便只有想象力能重燃它一丝隐微余光。如果我们蒙蔽窜改过去，强迫过去诉说我们想听的故事，或代表我们自以为的意义，故事就会失真，成为赝品。我们背负神话及历史的行囊，与过去一起穿越时间，责任沉重，但正如老子所说：“圣人终日行不离辎重。”

建造或重建未曾存在的世界、完全虚构的历史时，须以不同顺序进行研究，但基本动机与方法颇为近似：看看发生什么事，试图了解发生原因，听听别人怎么传达，看看他们怎么做。透过严谨思考后，试着坦实叙述，让故事有分量，并且合理。

本书五篇故事皆在探索、延伸前四部地海故事所建构的世界。每篇故事皆独立存在，但先读完前四部，再来读这些故事，或许会比直接读这些故事更有帮助。

《寻查师》的年代约在其余小说之前三百年，当时世界黑暗动荡，此故事或许有助于了解群岛王国许多习俗制度如何制定形成。《大地之骨》讲述格得第一位师父的师父之事，此故事显示若要阻止一场地震，需要不止一位巫师。《黑玫瑰与钻石》可能发生在地海最近两百年内任何时刻，毕竟，爱情故事可以发生在任何年代、任何地点。《高泽上》发生于格得短暂却波折重重的六年地海大法师任期内。最后一篇故事《蜻蜓》，发生于《地海孤儿》结束后几年，是《地海孤儿》与下一部《地海奇风》间的桥梁，是座龙桥。

为了让思绪得以在岁月及世纪间游移，又不致打乱事件顺序，将我在写这些故事时可能出现的矛盾与差异降到最少，我开始（较）有系统地将我对这些民族及其历史的知识整理成《地海风土志》篇。其功能颇像三十年前我开始撰写《地海巫师》时所绘的首张群岛王国及陲区大地图。我需要知道事物在哪里、如何从此地到达彼端，时空皆然。

对某些读者而言，这类虚构事实或想象国度地图可能颇具吸引力，因此我在本书末尾添加这些描述。我也为本书重新绘制地图，很高兴的是，在从事这项工作时，于黑弗诺典籍库中找到一张极古老的地图。

撰写《地海传奇》这几十年来，我已有所改变，读者亦然。所有年代都在变化，但在我们的年代，道德与心理变革却迅速且剧烈。典型成为里程碑，广泛简单的事物愈趋复杂，混沌变得优雅，而众人确知为真的事实，也变成某些人曾以为的自以为是。

这点颇令人不安。无论我们多喜爱绚丽的无常、迷人的闪烁霓虹，仍渴望不变的事物。我们珍惜恒常的老故事：亚瑟王永远沉梦于阿瓦隆；比尔博[①]可以到“那里再回来”，而“那里”永远是珍

---

① 比尔博为托尔金所著《魔戒》（*The Lord of the Rings*）、《霍比特人》（*The Hobbit*）小说中的人物。

爱、熟悉的夏尔；堂吉诃德出发前往刺杀风车……人们因此转向奇幻领域，以寻得稳定古老的事实，不变的单纯。

然后资本主义工厂开工。有供给，有需求。奇幻成为一项商品、一种产业。

商品化的奇幻毫无风险：没有创造，只有模仿与琐碎。剥削古老故事的智慧与复杂的道德寓意，将行为化为暴力、演员化为玩偶，也将事实陈述化为煽情的陈腔滥调。英雄像电动收割机，机械化地挥舞刀剑、雷射光、魔杖，赚进大笔利润。令人深沉不安的道德选择经过筛选装饰，也变得可爱、安全。伟大说书人以热情激发的灵感遭复制后却变得刻板，降格为色彩俗丽的塑料玩具，予人广告、贩卖、损坏、丢弃，可替代，也可任意置换。

将奇幻商品化，所倚赖与所剥削的正是读者（成人小孩皆然）无上的想象力。想象力能让这些死物起死回生，暂时拥有某种类型的生命。

想象力如生物，都活在现时，而且与真实的变化共存、从中成长。一如我们所为与所有，想象力也可能经由妥协而遭贬抑，但它耐得过商业及教条的剥削。土地比帝国长存，征服者也许能将森林及草原化为沙漠，但雨终究会落下，河川会流向大海。曾经摇晃、变动、虚幻的遥远国度，正如我们多彩地图上的国家一般，同是人类历史与思想的部分，有些甚至更恒久。

长期以来，我们同时居住在真实与想象的国度，但在两处的生活方式皆已不同于父母或祖先。魔力随着年岁不断变化。

我们如今识得十几位亚瑟王，每位都是真实的。在比尔博有生之年，夏尔横遭变动。堂吉诃德去了阿根廷，在那里遇到波赫士。

Plus c'est la même chose, plus ça change——愈相同的事物，愈将改变。

我很欣悦地回到地海，发现它还在那儿，全然熟悉，却又有所改变，而且不断变化。我以为会发生的事并未发生，人们不是我原以为的模样，而我在自认熟稔的岛屿间迷途。

所以这些故事是我的探险与发现。谨将地海的故事献给喜欢（或觉得可能喜欢），以及愿意接受下述假设的读者：

万物恒变；

作者及巫师不全然可靠；

龙无可解释。

# 寻查师

# THE FINDER

## 黑暗年代

约莫六百年前，《黑暗之书》撰于英拉德岛的贝里拉，它的第一页写道：

> 索利亚岛沉回海底，叶芙阮与莫瑞德双双殒逝，之后，智者咨议团暂为其子瑟利耳摄政，直至他亲自继承王位。他的王祚虽然光辉，却很短暂。继他之后，共有七位英拉德之王，王土亦渐扩张。尔后，龙群前来西方诸岛劫掠，巫师群集御敌，但徒劳无功。阿肯巴王将宫廷自英拉德岛的贝里拉迁往黑弗诺城，随后派遣船舰抵御来自卡耳格大陆的入侵者，将之赶回东方。但卡耳格的突袭舰队仍长驱直入，远至内极海。十四位黑弗诺王中，末代君王马哈仁安与龙族及卡耳格均缔结和平约定，然代价甚昂。符

文之环破碎，厄瑞亚拜与巨龙双双身亡，勇者马哈仁安被叛徒杀害，群岛王国仿佛诸事不顺。

马哈仁安身故后，争夺王位者众，但无人能安坐其上，王储相争，分化朝臣忠诚。人民福祉荡然无存，正义不彰，只余富人当权。贵族、商人、海盗，凡有能力雇用士兵与巫师者，皆占地自封领主，土地、城市均成私产。领地百姓皆为藩王奴隶，受雇于藩王者更沦为真正的奴隶，唯赖主人庇佑，才得以免遭敌对藩王侵占土地、海盗劫掠港口、饥贫交迫的法外流民聚众攻击抢劫。

《黑暗之书》完成于其所描述的年代后期，集结许多自相矛盾的历史记录、残缺不全的人物列传以及叙述不清的传说，但仍是黑暗年代幸存记录中最好的一本。藩王宁要谄词而非史实，因此焚毁许多书简，以免贫困无权者从中明白权力本质。

然而，若藩王得到的是一本术典，他通常会谨慎收藏，以防其为害，或将书交由聘雇巫师，任凭处置。巫师或其学徒可能会在书中咒文、真名列表页缘或最后的空白页上，记载瘟疫、饥荒、掠夺、主人更替等事件，以及在事件中所施法咒与成败结果。这些信手留下的记载偶尔披露清晰的历史片段，犹如黑夜雨雾中远方海上的点点渔火。

此外，其余小岛及较为稳定的黑弗诺岛高原，也传下歌曲、古老的叙事诗与歌谣，诉说这些年代的故事。

黑弗诺大港位于世界中心，雪白剑塔高矗大港之上。在最高的塔顶，厄瑞亚拜的佩剑映照着晨光与暮色。地海诸岛各类买卖、各色商品、各项知识技艺，往来穿梭城中，可谓一份无法囤藏的财富。银环愈合之后，王返城镇守，象征时代愈合。而在此城，在近日，群岛男女与龙族交谈，象征变迁来临。

黑弗诺也是座大岛，土地辽阔富饶。远离港边的内陆村镇中，欧恩山坡的农庄里，世事少有变动。彼处，歌谣若是值得歌唱便总是会被一再诵唱，酒馆中老人谈论莫瑞德，仿佛自己年少英雄时曾与彼相识。牵牛返家的女孩诉说结手之女的故事，故事主人翁已遭整个世界甚至柔克遗忘，却流传于这里阳光普照的沉静田野小路中，及厨房炉火边主妇工作聊天处。

在王治时代，法师先是聚集英拉德宫廷，后来又聚集于黑弗诺王宫，出谋献策，共同商议，运用己身技艺，以达成众人同意的良善目标。但在黑暗年代，巫师将技艺售予出价最高的竞标者，在决斗与术法战争中，以法力相互攻击，不在乎自己犯下恶行，甚至故意为恶。瘟疫饥荒、泉水干涸、夏日无雨、四季无夏，羊群牛只生下病弱畸形的幼兽，岛民生下病弱畸形的婴孩，人民将这些现象归罪于巫师与女巫，实情也确是如此。

于是，施行术法日渐危险，除非受到强有力的藩王保护。巫师若遇巫力胜过自己的人，很可能遭到消灭；即使身处凡人之中，一旦松懈警戒，也可能被害身亡，因人民将巫师视为人间一切痛苦的根源、邪恶之所在。当时，大多数人认为一切魔法均为邪法。

村野巫术自此声名狼藉，女人的巫术尤然，且至今如故。女巫付出沉痛代价来应用自身独有技艺。照顾怀孕牲畜与妇女、助产、教导歌谣仪式、维持农地肥沃、使菜园田野生产有序、修建房舍、保养家具、采掘矿物及金属等，这些大事一向由女性掌控。女巫彼此分享丰富的咒文及诵咒知识，以期成效良好。然而，一旦生产或农事不顺，便成女巫之咎。而巫师相互争战，或为求速效滥用毒药、诅咒，丝毫不顾后果，导致万事常错。他们招致干旱、暴雨，为土地引来虫害、火灾与疾病，村庄女巫却因此受罚。女巫不明白为何愈咒反使伤口化脓，接生的孩子弱智，祈福似乎烧毁农地种子、虫害树上苹果。厄运发生后，总得有人成为代罪羔羊，而女巫术士就近可及，他们身处村庄城镇，而非藩王城堡要塞，没有武装兵士或防御咒语保护。术士女巫相继遭溺毙于毒井中，在枯萎农田中焚烧或活埋，以期让瘠土再度肥沃。

因此，应用或传授知识变得更加危险，继续从事的，通常已是边缘人，伤残、精神不正常、无亲无靠、垂垂老矣，已没什么可供剥夺。广受尊崇的智者逐渐变成脚步蹒跚、只会耍戏法的无能村庄术士；为人信赖的智妇变成老巫婆，将灵药用来增强欲望、嫉妒与敌意；孩童的魔法天赋变成令人害怕、必须隐藏的事物。

这故事便发生在如此年代，部分节录自《黑暗之书》，部分来自黑弗诺、欧恩高原或法力恩林地。故事虽以只言片语拼凑而成，架构空洞，半是传言半是猜测，却也包含部分真相。这是关于柔克诞生的故事。如果柔克师父认为事实不然，便请出面诉说柔克如何诞生，因为云雾笼罩了柔克初成智者之岛的年代，而这云雾可能正是由智者安置。

## 河獭

我们溪里有只河獭，
知晓外形如何变化，
咒法全都难不倒他，
会说人类与龙族话。
水就这样流啊流，
水就这样流。

河獭的父亲是造船工，在黑弗诺大港船坞上工作。河獭在乡间用的通名是母亲为他起的，她是农妇，出生于欧恩山西北方附近的巷底村，同别人一样前来城市找工作。造船工一家是乱世里从事清白买卖的清白人家，极欲避人耳目，以免招致祸害。所以，男孩显现魔法天赋时，他父亲试图打他，以驱赶这份天赋。

“你干脆打一片云叫它别下雨好了。”河獭的母亲说。

“小心别把邪魔打进去了。”他阿姨道。

“小心他施咒让皮带反过来打你！”他叔叔说道。

但男孩没有作弄父亲，他默默承受鞭打，学会隐藏天赋。

他似乎不以为意。他这么轻易便可在暗室里亮起一道银光；想着一枚遗失的胸针，便可找到；只要将手滑过扭曲的木结，对它说话，便可将它转直。所以他不明白有什么好大惊小怪的。但父亲因为他“抄捷径”而大发雷霆，有一次甚至因为他对手边工作说话而掴了他一巴掌，坚持要他噤声，用工具做木工。

他母亲设法解释：“这就好比你找到了些珍贵珠宝。我们找到钻石，除了藏起来，还能怎么办呢？不管是谁，只要有钱买得起你那颗钻石，就也有办法为了它杀掉你。所以你要把它藏起来，离那些大人物和他们手下的诡徒远一点！”

那个年代，巫师被称为“诡徒”。

力的天赋之一，就是辨认力量。除非巧于隐藏，否则巫师皆识得巫师。男孩十二岁时，除了在造船一技上颇有潜力之外，别无巧艺。为他接生的产婆来到家中，对他父母说：“让河獭晚上下工后到我这儿来。他该学习歌谣，为命名日作准备了。”

这事没什么问题，因为她也为河獭的姐姐作了同样准备，所以他父母就在晚上送他过去了。但她不只教导河獭《创世歌》，她识得他的天赋。她和一些与她同类的男女般，默默无闻，甚至还声名不佳，但他们都有某种程度的天赋，且暗中分享彼此拥有的知识与技艺。“天赋未受教，宛如船艇无人引领。”他们对河獭说道，进而倾囊相授。虽然不多，但其中的确蕴含伟大技艺的开端。他对欺瞒父母感到不安，却无法抗拒这份知识，无法抗拒这些卑微教师给予的慈爱与赞美。他们告诉他：“如果你不以它为害，它也不会害你。”要他答应这点倒也容易。

在流入城内北墙的赛伦能河段中，产婆赐予河獭真名，日后在远离黑弗诺的群岛上，人们便以此名追忆他的事迹。

这群人中，有一名他们私称为变换师的老人，教了河獭几个幻术咒文。河獭十五岁左右时，老人将他带到赛伦能河边的田野，欲传授自己所知的一则变换咒。“首先，你试着把那丛矮树变成大树的样子。”河獭立即照办。男孩这么轻易便能掌握幻术，令老人深感震惊。河獭乞求哄劝，最终答应以自己秘密的真名发誓，如果学会变换师的伟大咒语，只能用来拯救自己或别人的生命，老人才愿继续教授。

接着老人教他咒语。但这也没有多大作用，河獭心想，反正他还是得藏起咒语。

至少，河獭还能运用与父亲、叔叔在船厂一起工作时所学的手艺，连他父亲也不得不承认，他逐渐成了一名好工匠。

海盗罗森自命为内极海之王，是当时的大藩王，占领此城及黑弗诺东南区。他从这片富庶领土压榨而得的贡奉，都用来增加军力、增建船舰，好派到别处去夺取奴隶与战利品。正如河獭叔叔所言，罗森让造船工忙不过来。在这年代，人们找工作最后找到的只有乞讨的活计，鼠群在马哈仁安宫中横行无阻，而他们还有活儿可干，已足以让他们心存感激。河獭父亲说，他们做的是清清白白的工作，至于成品有何用途，不须在意。

但河獭受的另一种教育，让他敏于体察这类事务背后细微的良知问题。手中正建造的大船，将由罗森的奴隶划向战争，带回更多奴隶当作货品。他光想到这艘好船要用在残酷用途上，便咽不下这口气。“为什么我们不能像以前一样，建造渔船？”他问，而父亲回答：“渔夫付不起。”

“渔夫付的钱是没有罗森付得多，但我们还是活得下去。”河獭争辩。

“你以为我能抗拒大王的命令吗？你想看我跟别的奴隶一起划着我们建造的船吗？小子，用用脑袋！”

因此，河獭带着冷静的头脑与愤怒的情绪，在他们身边工作。他们陷入了困境，他心想，力的天赋若非用来脱离困境，还有何用处？

工匠的自尊不允许他以任何方式在船的木工上偷工减料，巫师的操守却告诉他，他可以在船身下个魔咒，一个直接缠入船梁与船壳的诅咒。这总该算是用秘技为善吧？即使有害，也只是为了陷害恶行。他并未向老师们提及此事——若他做错，也完全不是老师的错，他们对此一无所知。他仔细思量该怎么办好这件事，要如何小心翼翼编构咒语。那是反转的寻查咒，他称之为“迷失咒”。这艘船会漂浮、容易操作、稳当前进，但绝不会遵循舵手操作。

他已尽己所能抗议他人错用好技艺及好船，颇为得意。船舰终于下水（一切看来安然无恙，只有到了外海，船的缺陷才会显露），他无法再对老师们隐藏自己的所作所为。他的老师是一小群老人、产婆、能与死人沟通的年轻驼子，还有知晓事物真名的盲眼女孩。他把自己搞的把戏告诉他们，盲女孩笑出声，老人却说：“小心，注意。你要躲好。”

罗森麾下有个人自称“猎犬”，据他所言，他能嗅出巫术。他的工作便是嗅闻罗森的食物、饮料、衣物与女人，嗅闻任何敌方巫师可能用来攻击罗森的物品，并检视船舰。船舰脆弱，处于险境，易受咒文与诅咒侵袭。猎犬一登上新船舰，便嗅到了什么。“好啊，好啊，是谁啊？”他走到船舵边，把手放在上面，“很聪明，但这是谁呢？我想是新来的。”他抽动鼻子，颇为赞赏，“非常聪明。”

天黑后，数人来到造船街屋前，把门一脚踹开。猎犬站在手握武器、身着盔甲的人之间道：“是他。放过别人。”他对河獭说：“不要动。”声音低沉友善。他感到年轻人体内力量巨大，因而略感害怕，但河獭过于惊恐，又缺乏训练，以至完全未想到利用魔法脱逃或阻止暴行。他扑上前去，野兽般缠斗，他们敲昏他，击碎河獭父亲的下颌，打昏阿姨与母亲，借以教训他们不该养大诡徒，然后抱走河獭。

窄小街道中，没有一扇门打开，没人探出头来看是什么嘈杂声。直到那些人离开许久，才有些邻居偷偷出来，尽力安慰河獭家人。“唉，巫术这东西，真是个诅咒，诅咒！”他们说道。

猎犬告诉主人，下咒者已关在安全处。罗森问：“他是谁的手下？”

“吾王，他在您的船厂工作。”罗森喜欢别人以王室头衔称他。

“笨蛋，我是问谁雇他来诅咒船舰。”

“目前看来，是他自己的主意，吾王。”

"为什么？对他有什么好处？"

猎犬耸了耸肩。他觉得没必要告诉罗森，人民并非因私欲而憎恨他。

"你说他颇有技能，这人能用吗？"

"吾王，我可以试试看。"

"制服他，要不就埋了他。"罗森说完，转身去做更重要的事。

河獭谦卑的老师曾教他要有自尊。他对在罗森这种人手下做事的巫师心存轻蔑，这些人因恐惧或贪婪而堕落，魔法降格，用于邪恶。在他心里，没有什么比如此背叛技艺更卑劣。因此，他对自己无法鄙视猎犬而感到困扰。

河獭被塞进罗森占据的一座旧宫殿的储藏室中。室内无窗，斜纹橡木门扉备有铁闩，门上施加咒文，足以困住比河獭更老练的巫师。罗森雇了不少技力俱强的人。

猎犬不把自己算在内。"我只有鼻子。"他说。猎犬每天都来探视河獭脑震荡与脱臼肩膀的复原情况，也与他交谈。就河獭所见，他一片好意，也很诚实。"如果你不帮忙做事，他们就会杀了你，"他说，"罗森不会放任你这样的人在外晃荡，最好趁他还愿意雇用你时接受。"

"我办不到。"

河獭拒绝的口气听起来并非出于道德，而只是平实道出一件遗憾的事实。猎犬赞赏地看着他。自从跟着海盗王以来，猎犬已厌倦夸耀、威胁的事，以及只会夸耀、威胁的人。

"你最强的是什么？"

河獭不愿回答。他不由自主喜欢猎犬，却无法信任他。“变形。”他终于嘟囔道。

“变身吗？”

“不。只是小把戏，把叶子变成金币，只是形似。”

当时，不同的魔法类别与技艺尚无固定名称，技艺之间也没有明确关联。日后，柔克智者会说，当时人们所知根本称不上“技艺”。但猎犬确知他的囚犯正隐藏自己的技能。

“你连改变自己的表象都不会吗？”

河獭耸耸肩。

要河獭说谎很难。他以为自己不善说谎是因缺乏练习，猎犬却更清楚并非如此。他知道魔法本身会抗拒虚假。魔术、掌中小把戏，或佯与亡者沟通，都是魔法赝品，正如玻璃之于钻石、黄铜之于黄金。这些是骗术，而谎言在这类土地上滋长。魔法技艺虽能用于虚假用途，却与真实息息相关，咒文使用的字词都是真言。所以，真正的巫师很难就自身技艺说谎，他们潜意识里知道，谎言一说出口，便可能改变世界。

猎犬怜惜河獭。“如果由戈戮克拷问你，他只消说一两个字，就可以抖出你知道的一切，连你的脑筋都能拉出来。我看过有人被‘老白脸’逼问后的残存样儿。那，你会不会操风？”

河獭迟疑片刻，说：“会。”

“你有袋子吗？”

以前，天候师会随身带个皮袋，里面装着风，打开袋子可吹出顺风或收起逆风。也许这只是装装样子，但每个天候师都有个袋子，无论是长长大袋，还是小小腰包。

“在家里。”河獭答。这不是谎言，他在家里的确有个小包，里面放着细工工具和气泡水平仪；而能操风一事，他也不完全是说谎。有几次他真的将法术风召到船帆上，不过他不知该如何对抗或控制暴风雨，而这却是每个天候师必会的事。但他想，他宁愿淹死在暴风中，也不愿在这黑洞中被杀害。

“但是你不愿在国王麾下使用这项技艺？”

“地海没有王。”年轻人义正词严地说。

“那么，就算我家主人麾下好了。”猎犬很有耐心地修正。

“不要。”河獭回道，迟疑片刻，觉得有义务对这人解释一番，“倒不是我不要，而是不能。我想过，在那艘战舰船板靠近龙骨的地方做个船底塞。你知道我用船底塞的意思吗？船航入深海时，随着船身木板移动，这些塞子会逐渐松落。”猎犬点点头。

“但我做不到。我是造船工，不能造会沉的船，何况船上还载着这么多人。我的手做不了这种事，所以我尽我所能，我让船走自己的方向，不是罗森的方向。”

猎犬微笑：“他们至今仍然无法解除你下的咒语。老白脸昨天在甲板上爬来爬去，边吼边念，最后命人换掉船舵。”他指的是罗森的总法师，一名来自北方的苍白男人，名叫戈戮克，黑弗诺岛上人人闻之丧胆。

“那没用。”

“你能解除那咒语吗？”

河獭疲惫、伤痕累累的年轻脸庞上，闪现一抹自满神情：“不行，我想没人能解除。”

“太可惜了。你本可以用此来谈条件。”

河獭一语未发。

“鼻子啊，现在可有用哪，可以卖个好价钱。”猎犬继续说，“我不是想找人抢我活儿，但俗话说得好，‘寻查师一定找得着工作’……你进过矿场吗？”

巫师的猜测往往贴近事实，纵使他可能不明白他知道的是什么。河獭的天赋最早显现的征兆，便是在他只有两三岁时，一旦明白了失物是什么，无论是掉落的铁钉，还是遗失的工具，他都有能力直直朝它走去。年少时，他最钟爱的乐趣，便是独自走入乡野，沿着小径或爬过山丘，让地下水脉、矿脉节块、岩石土壤的层次纹理，穿透光裸脚掌，蔓延全身，仿佛走在一栋极大的建筑中，看见其中的甬道与房间，看见连往凉爽洞窟的斜坡和墙上银枝闪烁的光芒。他愈往前行，身体便仿佛成为大地躯干。他透析大地的动脉、脏腑、肌理，一如他自身。这力量对他而言，是种喜悦，他从未试图加以利用，这是他的秘密。

他没回答猎犬。

“在我们底下有什么？”猎犬指着以粗糙板岩铺设的地面。

河獭静默一会儿，低声回答：“黏土，还有碎石。再往下是孕育石榴石的岩石。城里这一带下方都是那种岩石。我不知道名字。”

“你可以学。”

“我知道怎么造船、怎么航行。”

“你还是远离船只比较好，四周都是战斗和掠夺。王在山后边的萨摩里开采旧矿，你在那里就不会碍到他。你想活着，就得替他工作。我会负责把你派到那里，如果你愿意的话。”

沉默片刻后，河獭说：“谢谢。”他抬头望向猎犬，短促、质疑、评量的一瞥。

猎犬曾抓走他，站在一旁看手下将他打昏，未曾阻止他们殴打，此刻却又像友人般与他说话。为什么？河獭的眼神问道。

猎犬回答了他的疑问："诡徒得团结。没有任何技艺而只有财富的人让我们自相残杀，全是为了自身利益，不是为我们。我们把力量卖给他们，为了什么？如果我们团结起来，决定自己该走的方向，也许会有更好的结果。"

猎犬要将年轻人送往萨摩里是好意，但他不了解河獭意志有多坚定。河獭自己也不了解，他太惯于服从他人，以至没有发现，其实他一向依循自己的心意；他亦过于年轻，不相信所做之事可能害死自己。

河獭打算一旦被带出牢房，就要使用老变换师的变身咒，以此脱逃。他现在总算是遭受生命危险，可以使用这咒法了吧？只是，他无法决定自己该变成什么……一只飞鸟，或一缕清烟？哪种比较安全？但他还在思索时，看多了巫师伎俩的罗森手下，早在他食物中下药，使他完全无法思考。他们把他像袋燕麦般甩入骡车，他在旅程中显露苏醒迹象时，便有人在他头上用力敲一记，说是为了确保他好好休息。

河獭回过神来，毒药与头疼令他恶心衰弱。他身在一间房内，四周都是砖墙，窗户皆已堵死。门上没有铁条，也没有明显的锁。他试图站起，却感到了法咒的束缚，正控锁他的身体与神志，随着他的每一个动作紧绷、攀附、弹回。他可以站起身，但无法朝门多走一步，甚至连手都伸不出去。这种感觉骇人，肌肉似乎不属于自己。他再度坐下，试着静止不动。缠绕胸膛的咒法阻止他深呼吸，心神也感到窒息，仿佛所有思绪都被塞入一个过小的空间。

良久，房门打开，走进数人。他们堵住河獭的嘴，将他手臂绑缚身后，他无力抗拒。“小伙子，你现在不能编咒或念咒，但点头没有问题，对吧？”一名脸上满布皱纹的魁梧男子说道，“你被派来这里当探矿师，矿探得好，就吃得好、睡得饱。你要找的东西是朱砂。大王的巫师说，在旧矿附近还有。他想要朱砂，所以，找到了对你我都好。现在，我要把你蹓出去，我就像探水师，你呢，就是我的魔杖，懂吧？你往前走。如果你想往这边或那边走，就点个头，像这样；如果你知道脚下有矿藏，就在那里踏一下，像这样。我们就这样说定，好吧？你乖乖地别搞鬼，我也不会亏待你。”

他等着河獭点头，但河獭站着，毫无动静。“要赌气随你，”那人说，“如果你不喜欢这份工作，烤炉随时等着你。”

那名男子，别人称为“力奇”。他牵着河獭出门，炎热明亮的晨光下，天色刺目。河獭离开牢房后，感到魔法束缚松开、消失，但其余建筑上缠绕着别的咒语，某座高大石塔周围特别密集，空中满布防御与退斥的黏腻线条。若试图向前推进，碰到线的脸和肚子立即产生极端痛苦的穿刺感，但他惊恐低头找寻身上伤口时，却找不到。口被塞满、手臂后缚，他没有声音及双手可施法，根本无法抵抗这些咒语。力奇将一条皮绳系在河獭颈项，另一端握在自己手中，跟在河獭身后。起先他任由河獭自行撞入几处咒文，之后河獭便会闪避了。咒文所在其实很明显，因为尘扬小径之所以左曲右拐，就是为了避开它们。

河獭阴郁前行，像狗一般被拴着，全身因病痛和怒气而发抖。

他环顾四周，看见石塔，一堆堆木材排放在敞开的门边，生锈的转轮及机械置于大坑旁，还有砂石、黏土如小山堆积。他的头很疼，一转动，便感到晕眩。

“你要真是探矿师，最好现在就开始探。”力奇说，上前来到河獭身旁，斜瞄着他的脸，“就算不是，最好也开始探，才可以在地面上待久一点。”

有人从石塔走出，行经两人，以奇特的蹒跚快步急速行走，双眼直视前方。他的下巴亮着水光，胸膛淋湿，唾液自唇边渗出。

“那是烤炉塔，”力奇道，“他们在那里煮沸朱砂，取得金属。烤炉人干一两年就会死。往哪里走，探矿师？”

须臾，河獭朝背离阴灰石塔的左边点点头。两人朝一处长而无树的山谷走去，经过荒草蔓生的土堆与矿渣。

“这里所有矿石早都挖出来了。”力奇道。河獭开始感受脚下奇特的大地：泥土中，空旷甬道，充满暗黑空气的房间，一座直立的迷宫，最深的土坑积着死水。“没有多少银矿，水银也早就没了。小伙子，你听着，你到底知不知道朱砂是什么？”

河獭摇摇头。

“我让你看看是什么东西。戈戮克就是要这个，水银的原矿，因为水银可以腐蚀别的金属，连黄金都可以，看见没？所以他叫它‘王者’。如果你找到他的‘王者’，他会好好对待你。他经常来这儿。来吧，我让你看看。狗总要先闻到气味才能追踪。”

力奇带河獭进矿场，让他看看容易产生水银原矿的脉石。几个矿工正在长长的坑道尾端工作。

在地海矿场工作的多为妇女，或因身形比男人娇小，较易在狭窄的地方行动，或因与大地亲近，更可能源自传统。这些女矿工是自由之身，跟烤炉塔中的奴工不同。力奇说，戈戮克指派他为矿工工头，但他从未进岩矿工作过，那些妇女禁止他参与，坚信让男人提起铲子或用枕木撑住矿顶，会招致厄运中的厄运。“正合我意。”力奇道。

一名头发蓬松、眼眸明亮、额头上绑根蜡烛的妇人放下镐子，让河獭看看桶里些许朱砂、褐红土块及碎屑。阴影在矿工挖掘的土壁上跳跃，陈旧枕木嘎吱作响，飘筛下些微尘土。虽然黑暗中的空气依然清凉，平巷与坑道却低矮狭窄，矿工必须弯腰挤缩才穿得过。有几处，坑顶已经坍塌，木梯也摇摇欲坠。岩矿令人畏惧，河獭在其中却感觉受到庇护。他几乎舍不得回到炙烧的白日下。

力奇未将他带往烤炉塔，而是返回简陋的棚屋。他从上锁房内拿出一只柔软厚实的小皮袋，沉甸甸陷在掌心。他打开袋口，让河獭看看躺在里面的那一小池尘蒙亮光。他束起袋口，金属在袋中晃动，隆起、推挤，仿佛一只试图逃脱的动物。

“这就是‘王者’。”力奇道，语气既像崇敬，又像憎恨。

力奇虽非术士，却比猎犬骇人。但他跟猎犬一样，粗暴却不残酷，只要求服从。河獭在黑弗诺船坞中看了一辈子的奴隶与主人，知道自己很幸运。至少在白天，力奇是主人时，他很幸运。

河獭只能在自己牢房里吃饭，因为只有在那里，口塞才能取下。他们给他面包与洋葱，面包上还洒了一点酸臭的油。虽然他每晚都很饥饿，但坐在房里，全身捆着咒缚时，几乎食不下咽。食物尝来像金属，像灰烬。黑夜漫长可怕，咒文挤缩他、压沉他，让他一再惊醒，挣扎着要呼吸，无法理智思考。白日降临时，他满怀难以言喻的喜悦，即便必须忍受双手反绑于后、嘴巴塞住、一条系绳拴于颈间。

力奇每天早早遛河獭出门，经常四处漫游到午后傍晚。力奇寡言又有耐性。他没问河獭是否找到矿藏，没问是否真在搜寻矿藏，还是假装搜寻。河獭自己亦无法回答。在每日信步漫游中，如同过去，地底知识流入他体内，而他会试图封闭自己，不予接收。“我拒绝为邪恶之徒工作！”他告诉自己。然后，夏风与日光会软化他，坚硬光裸的脚掌感受脚下干草，他便知道草根下有条溪流穿过黑暗土壤，渗透层层云母岩矿；矿层下则是岩窟，壁上有纤细、赤红、斑驳的朱砂岩层……他未示意。他认为脑中逐渐成形的地底图样，或许派得上用场——如果他知道该怎么做。

约莫十天后，力奇说：“戈戮克大爷要来这里了。如果还没有矿物给他，他可能会找新的探矿师。”

河獭走了一英里远，徘徊深思，然后绕回头，将力奇带到离旧矿场不远的小山丘上。他朝地下点头、踏脚。

回到牢房，力奇松开系绳，解下河獭的口塞，河獭说：“那里有些岩矿。从老坑道直直向前挖大概二十英尺[①]，就可以找到。”

“有不少吗？”

河獭耸耸肩。

“刚刚好够用是吧？”

河獭一语不发。

“也合我意。”力奇答道。

---

① 1英尺≈0.305米。——编者注（若无特别说明，本书脚注均为编者注）

两天后，工人重新开启旧矿道，朝岩矿挖去时，巫师抵达。力奇没把河獭关在牢房里，而留他在太阳下坐着，河獭心存感激。虽然双手绑缚、嘴巴塞住，算不上完全舒适，但风与阳光就是莫大福气。而且，他能深呼吸、打瞌睡，不像夜晚在牢房，梦到被泥土堵住口鼻。他只做过这种梦。

河獭半睡半醒，坐在棚屋旁阴影下。堆在烤炉塔边的木柴气味，唤醒家乡工作院里的记忆，刨木滑过细致橡木板时的新木香。一阵声音或动作惊醒他，他抬头，看到巫师赫然耸立于面前。

戈戮克与当时许多同僚一般，衣着花俏。一件由洛拔纳瑞丝织成的赤红长袍，绣着金色与黑色的符文与符号，还戴顶宽檐尖顶的帽子，让他看起来比凡人高。河獭不用看到衣服，便认得出戈戮克。他认得那只手，是那只手编构了对他的束缚，诅咒了他的夜晚；他也认得那股力量酸涩的滋味，及令人窒息的掌控。

“我想我找着我的小寻查师了。”戈戮克说，声音深厚柔软，宛如六弦提琴的乐音，“在太阳下睡着，好像把工作都做好了。所以你派他们去挖掘‘红母’了吗？你来这里前，知道‘红母’吗？你是‘王者’的朝臣吗？好了，好了，用不着绳子绑着你。”他于所站之处手指轻挥，即为河獭的手腕松绑，塞口布条也随之松脱。

“我可以教你怎么自己松绑。”巫师微笑说道，看着河獭按摩、转动酸疼的双腕，抿动压扁在牙齿上数小时的嘴唇，“猎犬告诉我，你这小伙子很有潜力，如果有人好好引导，会前途远大。如果你想拜访‘王者’的宫殿，我可以带你去。但你或许不知道我说的‘王者’是谁吧？”

河獭的确不清楚巫师是指海盗王还是水银，但他大胆一猜，快速对石塔比个手势。

巫师眯起双眼，微笑加深。

“你知道他的名字吗？”

“水银。”河獭说道。

“俗人是这么称呼，或叫汞、重量之水，但服侍他的人却称他为王者、上王、月精。”戈戮克仁慈又好奇的目光掠过河獭，投向高塔，再回到河獭身上。他的脸又大又长，比河獭见过的脸都要白，眼泛蓝光，下巴及脸颊上四处是灰黑色鬈曲毛发，在他冷静开朗带着笑容的脸上，绽露出的小小牙齿，已掉了几颗。“学习见识他真正形体的人，可以看到他是一切成分之主，力之根源深扎在他体内。你知道我们如何称呼隐藏于宫殿中的他吗？”

头戴高耸帽子的高大男人突然在河獭身边不远处坐下。他的气息带有泥土味，浅色眼睛直视河獭双眼。“你想不想知道？你可以知道你想知道的一切。我对你无须藏有秘密。你对我亦然。”戈戮克笑了，不带威胁，满是欢欣。他再次凝视河獭，大而白的脸庞平静，若有所思，“你有力量，对，各式各样的小特质跟伎俩。聪明的小伙子。但不是太聪明，这点很好，没有聪明到不想学习。不像某些人……如果你想，我愿意教导你。你喜欢学习吗？你喜欢知识吗？你想不想知道，王者独自在岩石宫殿里闪耀时，我们如何称呼他？他的名字是‘土锐丝’。你知道这个真名吗？这是上王语言中的一个词。他的语言，他的名字。用我们粗鄙的语言说，就是‘精子’。”他再度微笑，拍拍河獭的手，“因为他是种子，也是播种者。是种子，是力量与正义的根源。你会懂的，你会懂的。来！来吧！我们去看王者飞舞在朝臣间，从他们身上聚集出己身！”他倏地敏捷站起，握住河獭的手，以令人讶异的力量拉起河獭。他正因兴奋而大笑。

河獭感觉自己仿佛从无止无尽、干枯昏眩的半意识里，被带回感受清晰的生命。巫师的碰触未带来魔法束缚的恐惧，而是一份能源与希望的力量。河獭告诉自己不能信任这人，却渴望信任他，向他学习事物。戈戮克强大、专横、奇特，但给了河獭自由。数周来，河獭首度双手自由，不受咒法控制地行走。

“往这走，往这走。”戈戮克喃喃道，“你不会受到任何伤害。”两人来到烤炉塔门前，位于三英尺厚墙间的狭窄通道。河獭略微迟疑，他便握住了少年的臂膀。

力奇说过，岩矿加热后散发的金属烟雾，让塔中工人生病而死。河獭从未进入塔内，也没看力奇进去过。他曾经靠近过，得知道塔四周有囚咒环伺，会痛刺、迷惑、纠缠试图逃跑的奴隶；如今，他感觉咒语像一丝丝蜘蛛网、黑雾的绳索，让道给创造它们的巫师。

“呼吸，呼吸，呼吸。”戈戮克边笑边说，河獭试着在进塔时不要屏住呼吸。

在一间巨大的穹室内，烤坑盘踞正中。烈焰映照下，形迹匆忙、骨瘦如柴的黑色人形将矿石铲了又铲，堆到烈焰中的木柴堆上，其余人忙着端来新柴，抽动一旁的风箱。穹顶有一排小室穿过熏烟浓雾，盘旋而上，直至塔顶。力奇说过，水银蒸气会困在这些小室里，凝结，重新加热，再度凝结，直到在最高拱顶中，精纯金属流泻进石头沟槽或碗里。他说，烘烤的低层原矿，每天只能产出一两滴水银。

“别害怕。”戈戮克说，声音强健悦耳，穿越巨硕风箱韵律的喘息声，也穿越炉火平稳的怒吼，“过来，你来看他如何在空气中飞升，净化自己，净化臣民！”他将河獭拉到烤坑边缘，双眼映着火焰而发亮，“服侍王者的邪恶精灵会变得纯净。”他说道，嘴唇贴近河獭耳边，“他们口吐唾液时，残渣及瑕疵会从体内流出，病症及杂质化脓则从溃烂处自由流出。完全烧净时，他们终于可以腾云驾雾，飞入王者宫殿。来呀，来呀，进入他的塔顶，黑夜召唤明月的处所！”

河獭跟在戈戮克身后，爬上螺旋梯，梯子起先宽广，后来愈挤愈窄，经过蒸气室，里面有红热火炉，通气孔连往精炼室。矿石燃烧后残留的烟煤，则由裸体奴隶刮下，推进火炉重新燃烧。两人来到最顶层房间。戈戮克对蹲踞在孔道边缘的那名唯一的奴隶说：“让我见见王者！”

矮小瘦弱、头发全无、手掌手臂生满烂疮的奴隶，打开凝结孔道边缘的石杯。戈戮克向内瞥，如孩子般热切。“这么小，”他喃喃道，“这么年轻。小王子、娃娃王、土锐丝王。世界的种子！灵魂珍宝！”

戈戮克自袍内拿出绣有银线的软皮囊。他以绑在皮囊上的细致兽角匙，舀起杯里几滴水银，放入皮囊，将束口皮绳重新绑紧。

奴隶站在一旁，毫无动静。所有在烤炉塔的炙热与浓雾下工作的人，都裸着身体，要不就只裹块兜裆布，穿着鞋底鞋尖都朝上卷曲的软皮鞋。河獭又瞥了那奴隶一眼，心想以身高看来，他应该还是个孩子。然后，他看到小小的胸脯。是个女人，秃发，四肢干枯，关节处圆滚肿胀。她曾往上看了河獭一眼，只转动眼球。她朝火中呸了口唾液，以手擦过溃烂嘴角，又纹风不动地站着。

“没错，小仆人，做得好。”戈戮克以温柔的声音对她说道，“把你的唾液献给火焰，它会化成活银、月光。这还不神奇吗？”他继续说，带河獭离开孔道，走下螺旋梯，“最卑下的事物能产出最尊贵的事物，这就是这项技艺的伟大宗则！粗鄙红母孕育上王；垂死奴隶的唾液，造就力量的银色种子。”

一路走下熏臭的螺旋台阶，戈戮克不停说着，河獭试图了解他说的话，因为这是一个有力量的人在告诉自己力量是什么。

但他们再度回到阳光下后，河獭的头继续在黑暗中晕眩，没走几步便弯下身，在地上呕吐。

戈戮克以好奇慈爱的眼神观看。河獭畏缩喘息着直起身后，巫师温和问道：“你害怕王者吗？”

河獭点点头。

“如果你分享他的力量，他就不会伤害你。害怕力量、抗拒力量，是非常危险的行为。爱上力量，分享它，则是王族之道。你看，看我做。”戈戮克举起他放入几滴水银的皮囊。他打开皮囊，端至唇边，喝下里边的液体，双眼始终直视河獭。吞咽前，他张开微笑的嘴，好让河獭看见银滴聚集在舌上。

“如今王者在我体内、我的宅邸中，是我尊贵的宾客。他不会让我口吐白沫、呕吐，或在我身上引起溃烂。不会。因为我不怕他，而是邀请他，因此他进入我的血脉。我没有受到伤害。我的血液银光闪闪流动，我看到旁人不知晓的事物，分享王者的秘密。他离开我时，躲在秽物中，在肮脏内；而在那鄙下之地，他等待我将他拾起，如同他净化我般净化他，于是我们每次都一起变得更纯净。”巫师握住河獭臂膀同行，神秘地微笑说，“我是排出月光的人。你再也见不到另一个像我这样的人。而且不只如此。王者还进入我的精子，他就是我的精子。我就是土锐丝，他就是我……”

河獭脑中一片混沌，只隐约知道，两人正朝矿坑入口走。他们进入地底。矿坑通道如同巫师语词般，是一片黑暗迷宫。河獭跌跌撞撞前行，试图了解。他看到了塔中的奴隶，那个看着自己的女人。他看到她的双眼。

除了戈戮克送至前方的暗淡法术光外，他们所在之处一片漆黑。他们穿过废弃已久的坑层，但巫师似乎知道每一步路；或许他不知道路，只是漫无目的地走着。他一面说话，一面偶尔也转向河獭，好引领或警告，然后继续前行，继续说话。

两人来到矿工延续旧坑道之处。在那儿，巫师与力奇在跳跃烛火与破碎阴影间交谈。巫师碰触甬道末端的泥土，将土块握在手中。掌心滚过泥尘，捏压、测试、品尝。他不发一语，河獭专注盯视，仍试图了解。

力奇与两人一同回到棚屋。戈戮克轻柔地向河獭道晚安。力奇照样把他关回砖墙房，给他一条面包、一颗洋葱、一壶水。

河獭一如往常，在咒缚的不安压制下蹲踞，他大口大口喝水，洋葱滋味新鲜，他吃掉了一整颗洋葱。

堵住窗户的水砂泥间，穿透裂缝的微光逐渐消逝，但河獭并未陷入每夜在房内必经的茫然悲惨，反而维持清醒，而且愈来愈清醒。他与戈戮克共处时激起的脑中的激烈骚动此刻慢慢镇静，而后从骚动中浮现某个画面，渐渐逼近，渐渐清晰。是他在矿坑中看到的画面，模糊又清楚：塔中高拱下的女子，有着空瘪胸部、化脓双眼的女子，她从中毒的嘴边呸吐流下的唾液，擦擦嘴，站着等死。她曾看着他。

河獭此刻看着她，比在塔中更清晰。他从未如此清晰地看过别人。他看到瘦弱双臂、肿胀的手肘与手腕关节、孩童般的后颈，仿佛她正在同一房间里，仿佛她正在自己体内，她就是他。她看着他，他看到她看着他，他透过她的双眼看到自己。

河獭看到束缚的成串咒语，沉重的黑暗绳索围绕四周，纠缠如迷宫线团。有个方法可以自绳结逃脱，如果他这般转过来，然后这般，再如此以手拨开线条，他就自由了。

他再也看不到那女子。他独自在房中，自由站立。

数天、数周中无法思考的念头快速奔跃脑海，形成想法与感觉的风暴，激烈的愤怒、报复、怜悯、骄傲。

起先，河獭被力量和复仇的激烈幻想席卷：解放奴隶；以咒语捆缚戈戮克，把他投入精炼火中，绑缚他，让他眼瞎，留他一人在最高拱室，吸入水银烟雾，至死方休……但念头开始沉淀、思路更加清晰时，河獭知道，就算那拥有高超技艺与力量的巫师已发了疯，他也没法击倒。如果想要有一丝胜算，他就该利用巫师的疯狂，引导巫师迈向自我毁灭。

河獭沉思。与戈戮克相处时，河獭一直试图学习，尝试了解巫师在告诉他什么。然而，如今他确定，戈戮克的想法、他急欲分享的教诲，与他的力量或任何真正的力量毫无瓜葛。开发矿藏与精炼的确是奥妙且需专精技巧的伟大技艺，但戈戮克对这些技艺似乎一无所知。上王及红母等言谈只是空洞字词，甚至不正确。但河獭怎么知道？

在戈薮克滔滔不绝的长篇大论里，唯一以太古语（巫师的咒法即以太古语组成）说出的字，便是土锐丝，他说这意为精子。河獭自身的魔法天赋识得这是正确意义，但戈薮克说这个字也代表水银，却不正确。

河獭谦卑的老师已将所知创世语词都传授给他，其中虽不包括精子或水银的真名，但河獭嘴唇轻启，舌头缓动，说出了它的名字："阿野苏尔。"

他的声音是石塔内那名奴隶的声音。知道水银真名的是她，透过他说出。

片刻间，他静持身心，首次开始了解自己的力量何在。

他站在漆黑闭锁的房内，知道已能自由离去，因他已自由了。崇敬与感谢如狂风骤雨掠过全身。

稍后，河獭刻意再次进入咒缚陷阱，回到原位，在床垫上坐下，继续思考。囚禁咒语还在，但如今已不具控制力。他可以自由进出，咒语仅如画在地上的线条。内心对这份自由的感谢之情，如心跳般在他的体内稳定跳动。

河獭思考着自己必须采取什么行动，必须如何进行。他不确定是他召唤了她，还是她自己凭意志过来；不知道她是如何对他说出，或透过他说出太古语汇；他不知道自己在做什么，也不知道她在做什么。但他确信，一旦他施法便会惊动戈薮克。但他终究在冲动下，召来石塔中女子。他心怀畏惧，因为此类咒文在教导他术法的人之间只是个传说。

他将她引入自己心灵，像之前一样看到她，在那里，那间房里。他呼唤她。她来了。

她的魅影再次站立，在蜘蛛网般的咒语绳索外凝视着他，一道轻柔泛蓝、来源不明的光满溢房间。她溃烂磨伤的双唇颤抖，却未说话。

河獭开口，给了她自己的真名：“我是弥卓。”

“我是安涅薄。”她悄语。

“我们该如何逃离？”

“他的真名。”

“就算我知道……我跟他在一起时，无法说话。”

“如果我跟你在一起，我可以用他的真名。”

“我不能呼唤你。”

“但我能来。”她说。

安涅薄环顾四周，河獭随之抬头。两人都知道戈戮克已感不对劲，业已醒觉。河獭感到束缚贴近、缩紧，原有的阴影降临。

“我会来的，弥卓。”安涅薄道。她伸出紧握成拳的瘦干手掌，然后手心向上摊开，仿佛要给他什么，随即消失。

光芒随她消失。河獭独处黑暗。咒语冰冷地擒住喉头，掐紧了他，束缚双手，压迫肺部。他蹲踞喘息。无法思考，无法记忆。他说：“陪我。”但不知道自己与谁对话。他很害怕，但不知道自己害怕什么。巫师、力量、咒文……一切都是黑暗。但在他体内，而非心里，燃着他再也无可名状的知识，燃着某种信念，像走在地穴迷宫时，手里端捧的微弱灯光。他注视着这芥子般的灯火。

疲惫邪恶的窒息梦境向他袭来，但却未能控制他。河獭深深呼吸，终于睡去。他梦见雨雾缥缈间的幽长山坡，与穿过雨幕的耀眼光芒；梦见云朵飘过岛屿海岸边缘，及一座高耸、圆润、碧绿的山陵，在雨雾与阳光下，立于海洋彼端。

自称为戈戮克的巫师，与自称为罗森大王的海盗合作经年，相互支持，增加彼此的力量，皆相信对方是自己的仆人。

戈戮克确信，少了自己，罗森乱七八糟的王国就会迅速瓦解，随便哪个敌方巫师用半个咒语，便能抹去这王国的王。但他让罗森摆出主人架子。海盗对巫师而言是个便宜之计，巫师已习惯于满足私欲、时间自由、有用之不竭的奴隶供自己需求与实验。维持他加于罗森个人、远征、劫掠之行的护咒很容易，保持他施于奴隶工作或藏宝地的囚咒，也很容易。但织就这些咒文则是另一回事，是漫长艰辛的工作。不过，咒法皆已定位，全黑弗诺没有巫师能解。

戈戮克从未遇见过令自己害怕的人。他曾与几个强得让他提高警觉的巫师交手，但从未见过第二个有像他自己这等技巧与力量的人。

近来，罗森手下的掠夺者从威岛带回一本术典，戈戮克不断深入挖掘其中秘密，而对学会或自行发现的大部分技艺漠不关心。那本书让他相信，他所有的技艺只是一个更大秘密的投射或暗示。如同一个真正的元素能控制所有物质般，一份真正的智识也能涵括所有知识。愈趋近秘密，他愈了解，巫师的技法其实与罗森的头衔和支配一般粗鄙、虚假。有朝一日，与真正的元素合而为一，他便会成为唯一真王，只有他能在人群中同时念诵创世与毁世之词，也可以把龙当成狗豢养。

戈戮克在年轻探矿师身上看到一股未经训练且十分笨拙的力量，正合他用。他需要比现有更多的水银，因此需要一名寻查师。寻查是很基础的技巧，戈戮克从未使用，但他看得出那年轻小伙子有这类天赋。应该花点时间知晓男孩真名，好确定能控制他。光想到为了要教导那男孩明白自己的长处，需浪费多少时间，他便不禁叹了口气。之后，还是得从土里挖出原矿，将金属精炼出来。一如往常，戈戮克的想象自动越过阻扰与延误，直接跳到美妙神秘的终点。

他将威岛术典放在以咒语密封的盒里，随身携带。书中片段描述真正的精炼火焰，研读这些章节许久后，戈戮克知道，一旦有足量金属，下一步就是更加精炼，成为月精。他把书中隐晦不清的语言解读成：为提炼净化纯水银，不能以平凡木材生火燃烧，而需要人尸。今晚他在棚房中重新阅读、沉思这些文字，又发掘出另一种意义——这本术典的文字总含蕴另一层深义。或许书本要说的是，牲品不仅要有低贱肉体，还要有次等灵魂。塔中大火不该燃烧尸体，而应燃烧活体。活生生、有意识。从污秽中提取出纯净，自痛苦升华出幸福，这都是伟大奥义的一部分，一旦窥见堂奥，立时清晰可见。戈戮克确信自己是对的，终于了解正确方法，但他不能心急，必须有耐心，必须确定。他翻开另一片段，两相对照，反复推敲书中内容，直至深夜。有那么一刻，他的心念被拉走，意识边缘出现某种侵扰。一定是那孩子在搞什么鬼。戈戮克不耐烦地说了一个词，又回到上王领域的神妙境界。戈戮克从未察觉，囚犯的梦境已脱离掌控。

第二天，戈戮克叫力奇把男孩带来，他期待见到他，对他表示慈爱，教导他、稍稍宠他，一如昨日。戈戮克陪着男孩坐在阳光下。戈戮克喜爱孩童与动物，喜欢所有美丽事物。身边有个小东西颇为愉快，河獭茫然不解的敬畏显得可爱，他尚未理解的力量亦然。奴隶的软弱、伎俩与丑陋病态的身体令人厌烦，河獭当然也是他的奴隶，但这事无须告诉孩子。他们可以成为师徒。但学徒毫不忠诚，戈戮克心想，记起自己的学徒“早生”——那小子太过聪明，必须牢记时刻严加控制。父子，这就是他跟河獭可能的关系。他要孩子叫他父亲。他想起自己原本打算找出男孩的真名。有几种方法可以选择，但既然孩子已在他掌握之中，最简单的方式便是询问。“你的真名是什么？”他问，专注地望着河獭。

河獭内心出现一番微小挣扎，嘴巴却自动张开，舌头移动：“弥卓。”

“很好，很好，弥卓。”巫师说，“你可以叫我父亲。”

“你一定要找到红母。”隔天，戈戮克说。两人再度并肩坐在棚屋外。秋阳和煦。巫师脱下尖顶帽，浓密灰发在脸庞边随意飘动。“我知道你帮他们找到了那一小丛，但只有几滴，为了这么一点来烧，实在不太值得。如果你想帮我，如果要我教你，你得再努力一点。我想你知道该怎么办。”他对河獭微笑，“对不对？”

河獭点点头。

河獭依然惶恐惊骇，戈戮克轻易逼他说出真名，如此一来就拥有直接终极的力量可掌控他，如今他已毫无可能用任何方法抗拒戈戮克。当晚，他绝望至极。但随后安涅薄进入他内心，以她自己的意志，凭她自己的方法而来。他无法召唤她，甚至无法想她，也不敢这么做，因为戈戮克知晓他的真名。但即使他与巫师在一起，她还是来了，她未现身，只出现在他心中。

巫师的言谈与连续、半意识的控制法咒，在周围形成一团黑暗，令河獭很难觉察她，但他能感觉时，与其说她在他身边，不如说她就是他，或说他就是她。他透过安涅薄的眼睛看；她的声音在他脑海中说话，比戈戮克的声音与咒语更清晰有力。透过她的眼睛及心神，他可以看、可以思考，然后他发现，巫师十分确定自己掌控他的身心灵魂，便忽视了逼迫河獭服从的咒缚。束缚是种联结。他，或是他内在的安涅薄，都能跟随戈戮克的咒文联结，进入戈戮克的心智。

对此浑然不觉的戈戮克继续喃喃，跟随自己惑人嗓音织就的无尽咒文。

“你必须找到真正的子宫、大地的腹囊，里面有纯净的月种子。你知不知道月是大地之父？对，对，他与大地共卧，行使父亲的权力。他以真正的种子，令她卑贱的黏土受孕，但她不愿生下王者，她因恐惧而强壮，因卑劣而任性。她拉住他，将他深藏，害怕生下自己的主人。这正是原因：为了让他诞生，必须活活烧死她。”

戈戮克停住，好一会儿没说话，他思索，神色兴奋。河獭瞥见他脑中的景象：炽热的大火堆，燃烧以手脚为材料的柴火，肉团尖叫，如同绿木在火焰中燃烧。

“对，必须活活烧死她。”戈戮克说，浑厚嗓音柔软迷离，“然后，也只有在那时候，他才会蹦出来，精光灿烂！哦，时候到了，时候早就到了。我们必须为王者接生。我们必须找到那大矿藏。它就在这里，毋庸置疑！‘母亲的子宫躺在萨摩里之下。’”

戈戮克再度停顿，突然直盯河獭，让河獭恐惧得僵直，以为巫师抓到他正窥视。戈戮克看着他一会儿，以半敏锐半茫然的好奇心注视，微笑。“小弥卓！”他唤，仿佛恰恰发现河獭在身边。他拍拍河獭肩膀，“我知道你有找出隐藏事物的天赋，倘加以训练，这天赋可不小。别怕，我儿，我知道你为何只把我的仆人带到那个小蕴藏，故弄玄虚、拖延时间。但现在我来了，你服侍我，没什么好怕的。你也没必要对我隐瞒，对不对？聪明的孩子爱戴、服从父亲，而父亲会论功行赏。”戈戮克贴得非常近——他喜欢如此，然后温柔亲密道，“我确定你找得到大矿藏。”

“我知道它在哪里。”安涅薄道。

河獭无法说话。安涅薄透过他说话，利用他的声音，那声音听来混浊衰弱。

除非戈戮克下令，否则很少人对他说话。他用咒语缄默、弱化、控制所有靠近他身旁之人，已成无需思考的习惯。他惯于被聆听，而非聆听。戈戮克信赖自己的力量，执着于自己的想法，心里不存他念，他完全未意识到河獭，只将河獭视为计划一部分及自身的延伸。“对，对，你会知道。”他说，再度微笑。

但河獭却全神贯注在戈戮克身上，同时感受到他肉体，以及他作为巨大的控制力量的存在。他依稀觉得，安涅薄的发话移走戈戮克加在他身上的诸多控制，为他取得一个立足点、一个据点。即使戈戮克如此靠近，近得吓人，他依然开得了口。

“我会带你去。”他僵硬艰辛地说。

就算有人能说话，戈戮克也习惯听别人说出他自己放入他人嘴里的词语，但这是他想听，却未意料能听见的话。他紧握年轻人的手，将脸贴近，感觉年轻人瑟缩躲开。

“你真聪明哪，你找到比最初找到那块更好的岩矿了吗？值得挖掘、提炼吗？”

“是大矿藏。”年轻人答。

缓缓说出的僵硬字眼驮载了极沉分量。

“大矿藏？”戈戮克直视他，两人脸庞隔不到一手掌厚。他泛蓝的眼珠中，光芒近似水银的柔和及疯狂变幻，“子宫？”

“只有主人可以过去。”

“什么主人？”

“大宅的主人。王者。”

对河獭而言，这段对话有如在巨大黑暗中提着一盏小灯行走。安涅薄的智慧就是那盏灯，每向前一步都揭露他必须走的下一步，他永远看不见自己所站的位置，不知道会发生什么，也不了解看到什么。但他看得到，一字一字，步步向前。

“你怎么知道大宅？”

“我看到的。”

“在哪里？靠近这里吗？”

河獭点点头。

“在土里吗？”

把他想看到的告诉他，安涅薄在河獭脑海低语。河獭说：“一条河流在黑暗中流泻过闪烁屋顶，屋顶下是王者大宅。高耸的廊柱支撑极高的屋顶，地板是赤红色，所有廊柱也都是赤红色，上面还有闪亮的符文。”

戈戮克屏住呼吸。片刻，他非常轻柔地问：“你能阅读那些符文吗？”

“我不能读。”河獭的声音平板无调，“我去不了。除了王者，没有人能以肉身进入，只有他才能阅读书写在那里的文字。”

戈戮克苍白的脸褪得更死白，下巴略略颤抖。他站起身，动作一如往常突兀。“带我去。”他道，试图自制，却遽然驱策河獭起身行走，河獭蹒跚站起，向前踉跄数步后，险些跌倒。他僵硬笨拙地前行，对于催促他的顽强激烈意志，试着不加抗拒。

戈戮克紧贴河獭身旁，时不时握住河獭手臂。“这边，”他数度说道，“没错，没错！就是这边。”但他跟随在河獭身后。他的碰触与咒语推赶着河獭，却往河獭选择的方向前进。

他们走过烤炉塔，经过新旧甬道，直至河獭第一天带领力奇走到的狭长山谷。如今已是晚秋，那日曾碧绿的树丛及矮草已灰褐干枯，风吹得树丛上最后的叶片沙啦作响。两人的左方，一条低陷的小河流经柳树丛，和煦阳光与细长投影在山坡上画下一道道斜线。

河獭知道脱离戈戮克的瞬间将至，这点昨晚便已确定。他也知道，若巫师在幻象驱策下忘记自我保护，在那一瞬间，便可能击败戈戮克，泯除其力量，只要能知道戈戮克的真名。

巫师咒文依然将两人心智紧紧相连。河獭冲动地向前挤入戈戮克的心智，寻求真名，但他不知从何找起，也不知该如何寻找，他只是一名尚未通晓自己技艺的寻查师。在戈戮克的思绪中，唯一清晰可见的是一页页术典，上面写满毫无意义的字词与他描述的幻象：一座巨大红墙宫殿，银色符文在赤红廊柱上舞动。但河獭既看不懂书，也读不通符文。他从未学过阅读。

在这当儿，他与戈戮克离石塔与安涅薄愈行愈远，她的存在时而衰弱退去。河獭不敢尝试召唤她。

几步远处，地底下两三英尺深，有暗黑水源，水流缓缓渗过云母岩层上的软土，水源下是空旷石室及朱砂矿藏。

戈戮克几乎已完全陷入幻象，但既然河獭与他的心智相连，他亦看到河獭所见部分。他停下脚步，紧抓住河獭的手臂，手掌因期待而颤抖。

河獭指向在面前升起的低矮坡："王者大宅在那里。"戈戮克的注意力登时完全自他身上转移，专注于山边及所见幻象。霎时，河獭终于可以呼唤安涅薄，她立刻进入他的心智与本体，与他同在。

戈戮克静静站立，但双手震颤紧握，高大身躯痉挛颤抖，像只猎犬，想追逐却找不到气息，不知所措。山坡上的短草与树丛，映照在最后一丝阳光中，却没有入口，短草从多石崎岖的干土中长出，大地毫无缝隙。

虽然河獭没想着这些字词，安涅薄却以他的声音说话，依然是那软弱沉闷的声音："只有主人能打开大门。只有王者持有钥匙。"

"钥匙。"戈戮克说。

河獭静立，埋没自己，如同安涅薄在塔房中一般站立。

"钥匙。"戈戮克焦急复诵。

"钥匙是王者的真名。"

话语在黑暗中一跃而出。河獭和安涅薄，是谁说了这句话？

戈戮克紧绷颤抖地站着，依然不知所措。"土锐丝。"过了中晌后他说，近似耳语。

风吹拂干草。

巫师立刻向前一步，眼中精光四射，大喊："以王者之名开启！我是提纳拉！"他的双手比出快速有力的手势，仿佛拨开沉重窗帘。

面前山壁颤抖、扭动，而后开启。山壁上一道裂痕加深、加宽，地下水自裂缝涌出，漫过巫师脚背。

他后退瞪视，手激烈比划，拨开河流，如风吹散喷泉，大地裂缝变得更深，露出云母岩礁。一阵激烈的撕裂破碎后，闪亮岩层裂成两半，下面是一片黑暗。

巫师走上前去。“我来了。”他以欢欣温柔的嗓音说道，无畏地踏入大地初绽的伤口，白色光芒在他双手与头顶边波动照耀。但他走到石室破裂顶边，看不到往下的斜坡或台阶，便迟疑了起来。那一刻，安涅薄以河獭之声大喊：“提纳拉，坠落！”

巫师狂乱地踉跄数步，试图转身，却在渐渐剥落的崖缘失去重心，朝黑暗笔直落下，猩红披风在他身边鼓胀飞起，灵光围绕着他，宛如流星。

“闭上！”河獭大喊，顿时跪下，双手伏在地面，碰触岩隙的初绽裂唇，“闭上，母亲！愈合！完整！”他恳求、哀乞，说着他说完之后才知道的创世语词，“母亲，完整！”破裂大地哀鸣移动，渐渐合拢，自行愈合。

只余一条泛红裂缝，一道在干土、碎石与拔起草根间的伤疤。

风呼啸吹动矮树丛上的干叶。太阳沉入山后，成堆灰黑色的云朵低压聚集。

河獭独自蹲在山坡脚下。

乌云密布。雨云飘过小山谷，水滴落在干土地和草上。云层上，太阳正由明亮天宫缓缓迈下西方台阶。

河獭终于坐起身。他又湿、又冷、又迷惘。为什么他会在这里？

他遗失了某样东西，必须找回，他不知道自己遗落什么，却知道掉在那火热石塔，那里有道石阶，在灰烟迷雾中缓缓攀升，他得过去。他站起身，一跛一拐，摇摇晃晃，拖着脚离开山谷。

他没想要隐藏或保护自己，幸好附近没有守卫。虽有几个守卫，却未警备，因为有巫师咒语封锁牢房。咒语已经消失，塔里的人却不知道，依然在名为“绝望”的法咒下辛劳工作。

河獭经过烤炉坑大穹室与奔走的奴隶，缓缓爬上光线渐暗、臭气熏天的盘旋台阶，来到最高处。

她就在那里，能治愈他的患病女子，持有宝藏的贫瘠女子，是自己化身的那位陌生人。

他默默站在门口。她坐在熔炉底旁，瘦弱的身体灰黑有如石块，下巴与胸脯闪耀从嘴角流下的唾液。他想到由破裂地面流出的泉水。

“弥卓。”她唤，溃烂的嘴无法清楚地说话。他跪下，握起她的双手，凝视她的脸庞。

“安涅薄，”他悄声说，“跟我来。”

“我想回家。”她说。

他扶她站起。他没念咒保护或隐藏两人。他已耗尽力量，而她虽然拥有极大魔力，得以陪他一步步走上通往山谷的奇特旅程，骗巫师说出真名，但仍不懂技艺或魔法，且体力尽失。

依旧没人注意他们，就好像他们身上有保护咒。两人走下螺旋梯，出了塔门，经过棚屋，远离矿坑。穿过稀疏林地，走向萨摩里低地上那遮掩住欧恩山的低陵。

安涅薄脚程不慢，不像一名饥饿、迹近毁损且近乎全裸地在寒雨中行走的女子。她意志专注地前行，脑中别无他念，没有他，没有一切，但她的实体与他同在。他敏锐、奇异地感觉她在身边，一如彼时她应他召唤而来。雨水沿着她裸露的头部与身体流下。他要她停步，穿上他的衬衫，却为此羞愧，因为这数周来，他都穿着同一件衬衫，衣服因而污秽不堪。她让他为自己套上衬衫，然后继续前行。她走不快，却很稳定，眼睛盯着他们追随的马车微迹，直到夜晚在雨云笼罩下提早降临，看不清该踏向何处。

“造光，”她说，声音呜咽哀伤，“你不能制造光吗？”

“我不知道。”他答，试图让周围亮起法术光，须臾，两人脚前的地面微微发光。

“我们应该找地方躲雨歇息。”他说道。

“我不能停。”她说，又开始迈步。

“你不能彻夜不停啊！”

“如果我躺下，就站不起来了。我想看到大山。”

她微弱的声音被刮过山陵树丛的嘈杂风雨掩盖。

两人继续穿越黑暗，银亮雨丝中，只见微弱银白的光，照着眼前路径。她脚下一绊，他便拉住她的手臂，之后两人紧密并肩行走，好分享安慰，取得些微温暖。他们走得更慢、更慢，却一直前进。周遭静默无声，只有暗黑天际的降雨拍打地面，他们溽湿的双脚在小径稀泥与湿草上，微微发出亲吻的滋响。

“你看，”她停下步伐说道，“弥卓，你看。”

河獭一直半睡半醒地走着。法术光的苍白渐退，淹没在更微弱广大的澄澈中。天地灰白如一，但前方与上方，极高之处一抹飞云之上，却有一道幽长的山脊泛着红光。

“那里。”安涅薄说，指着高山微笑。她看着同伴，然后缓缓看向地面，直直跪落在地。他一同跪下，试图支撑她，却发现她在他臂弯中滑倒。他试着不让她的头陷入路上泥浆。她的四肢与脸庞抽搐，牙关咔咔作响，于是他抱紧她，想为她取暖。

“女人，手。”她耳语，“问她们。在村子里。我真的看到山了。”

她试图再次坐起，抬头看天，但一阵颤动与战栗席卷身体，折磨她。她开始喘息。从山顶与东方天际投射的红色天光下，他看到猩红的泡沫与唾液从她嘴角流下。有时她紧攀住他，却不再说话。她抵抗死亡，为了多一口气而战。积云再次飘过山峰，遮蔽初升的太阳，红色的天光渐退，暗成灰色。她艰难地吐出了最后一口气时，已是下雨的白昼。

名叫弥卓的男子坐在泥泞中，怀抱死亡女子，放声哭泣。

一名车夫牵着一骡车橡木经过，将两人载至林边村。车夫无法让年轻人放开女人的尸体，虽然他衰弱且摇摇欲坠，却万分艰难地抱着她爬上马车，不肯将这负荷放在橡木堆上。前往林边村的一路上，他一直抱着她。他只说了一句：“她救了我。”车夫没有追问。

“她救了我，我却救不了她。”他急切地对村里男女说道。他依然不肯放手，紧抱着被雨淋湿的僵直躯体，仿佛要保卫它。

村人许久才让他明白，其中一位妇人是安涅薄的母亲，应该让她抱安涅薄。他终于照做，却观察她是否对他的朋友温柔，想保护她。而后，他温驯地随另一名妇女离去。他穿上妇人给他的干衣服，吃下些许食物，倒在她引领的床垫上，因疲累而啜泣，最终入睡。

一两天后，力奇几个手下前来询问，是否有人看到或听说伟大巫师戈戮克，及一名年轻寻查师的事。传言两人消失得毫无踪迹，仿佛被大地吞噬。至于有个陌生人躲藏在蜜迪家中的苹果储藏阁一事，林边村民无人吐露半字。他们保护了他。也许，这就是后来那儿的人不再将他们的村庄称为林边村，而改称为獭隐村的原因。

他经历漫长艰困的考验，为对抗强大力量甘冒重险。因为年轻，体力恢复得很快，但心智回归缓慢。他失去某种东西，永远丧失，在寻获的那一刻便已失去。

他搜寻记忆，搜寻影子，在影像间不断盲目摸索：在黑弗诺家中遭受的攻击；石牢房与猎犬；棚屋里的砖牢与魔法束缚；与力奇同行，与戈戮克同坐；奴隶、大火、在熏烟浓雾间盘旋而升的石阶、直达高塔的房间。他必须重新取回一切、经历一切、搜寻。他一遍一遍站在高塔房中，看着那女子，她也望着他；他一次次走过小谷，穿越干草，穿过巫师燃烧的幻觉，与她同在；他一再看见巫师坠落，看到大地闭合；他看到拂晓时分的红色山脊。安涅薄死在他怀里，她毁伤的脸庞靠着自己手臂。他问她，她是谁、他们做了什么、他们又是怎么做到的，但她无法回答。

安涅薄的母亲阿佑与姨母蜜迪都是智妇。两人以温暖香油、按摩、草药与诵唱尽力医治河獭。她们对他说话，听他说话。两人毫不怀疑，他的力量极大。他否认："若不是你女儿，我什么都办不到。"

"她做了什么？"阿佑轻声问。

他尽己所能全盘托出："我们素不相识，但她把真名给我，我也将真名给她。"他断续说道，夹杂着漫长的静默，"被巫师强迫同行的是我，但她也与我同在。她是自由的，因此我们两人可以一起逆转他的力量，逼他自我毁灭。"他沉思良久，说，"她把她的力量给了我。"

“我们知道她有极大天赋，但不知该如何教导她。”阿佑道，沉默片刻，“山上已经没有老师了。罗森王的巫师杀光所有术士与女巫。我们无法向任何人求助。”

“有一次我在高坡上，遇上春雪暴，迷路了。”蜜迪说，“她到那里，她来找我，但不是用身体过来。她还引导我到小径上。那时她仅仅十二岁。”

“她有时会和亡者同行，”阿佑悄声道，“在森林里，靠近法力恩的地方。她通晓我祖母告诉过我的太古之力，大地之力。她说，它们在那里很强。”

“但她也只是个平凡女孩，”蜜迪说，掩住脸，“是个好女孩。”她低声道。

半晌，阿佑道:“她跟一些年轻人去弗恩，向那里的牧羊人买羊毛。这是去年春天的事了。那些人说的巫师到那儿去，施下法咒，带走奴隶。”

众人默不作声。

阿佑与蜜迪非常相似，河獭看着她们，看到安涅薄原本可能的模样：娇小、纤细、敏捷的女子，脸庞圆润、有着清澈眼眸，一头浓密黑发，不像多数人一般直，而是鬈曲毛糙。许多西黑弗诺人都有这种头发。

但安涅薄头发落得精光，与烤炉塔中所有奴隶一样。

安涅薄的通名是“菖蒲”，泉水中的蓝色鸢尾花。她母亲与姨母说到她时，都这么叫她。

“无论我是谁，无论我能做什么，都不够。”河獭说道。

“永远都不够，无论谁都一样。”蜜迪说，“一个人能做什么呢？”

她抬起食指，接着其余手指紧握成拳，缓缓旋转手腕，掌心朝上摊开，仿佛要给予什么。他曾看到安涅薄做过同样手势。他专注地看着，心想，那不是咒语，而是信号。阿佑看着他。

“这是秘密。”她说。

“我能知道吗？”他过了一会儿问。

“你已经知道了。你将它给了菖蒲，她亦给了你。信任。”

“信任，对。”年轻人说，“但对抗……对抗他们呢……戈戮克不在了，或许罗森也会垮台。有什么不同吗？奴隶能自由？乞丐有饭吃？正义能伸张吗？我想，人有劣根性。信任能否定它、超越它，越过这道鸿沟，但它依然存在。我们的所作所为，最终还是为了满足邪恶目的，因为我们就是如此——贪婪、残酷。我看着世界，看着森林与这里的高山、天空，一切无恙，都是该有的模样。但我们不是。人类不是。我们错了，我们做的事也错了。动物不会犯错，它们哪有能力犯错？但我们可以，因此我们犯错，而且永远不能停止。”

两人听他说话，不同意、不反对，而是接受他的绝望。他的言辞深入两人倾听的缄默，沉淀数日后，以不同形式回到他心中。

“没有别人，我们将一事无成，”他说，“但只有贪婪、残酷的人才会结党营私。不愿加入的人便孤军奋战。”他第一眼见到的安涅薄影像，那个独立塔房内的垂死女人，随时陪伴着他，“真正的力量都浪费掉了。巫师将技艺用于攻击彼此，服侍贪婪之人。如此使用，技艺怎么可能会好？都浪费了。技艺错用，或遭弃置，像奴隶的生命般。无人能独力获得自由，法师也不例外，所有人都在牢房中使用魔法，一无所得。力量无法用在良善用途上。”

阿佑握起手，将掌心朝上摊开，快速粗略地比出某个手势、某个信号。

一名男子上山来到林边村，是弗恩的烧炭匠。“我的妻子小巢有口信传给智妇。”村民指引他前往阿佑家。他站在门口，快速比个手势，摊开握住的拳：“小巢要告诉你，乌鸦提早飞起，猎犬正追逐河獭。”在火边敲核桃的河獭静止不动。蜜迪谢谢信差，为他端来一杯水、一把去壳核果。阿佑两人与信差聊着他妻子的事。信差离去后，她转向河獭。

“猎犬是罗森的手下，”他说，“我今天就走。”

蜜迪望向妹妹：“那该是我们跟你谈谈的时候了。”说完，她隔着炉火在河獭对面坐下。阿佑站在桌边，一语不发。壁炉中烧着暖火。这时节阴湿冰冷，山上人家户户柴火充足。

“在这块地方，甚至更远处，有人跟你想的一样，认为人无法独力拥有智慧，我们这些人试图团结，因而被称为‘结手’，或‘结手之女’。我们并非都是女人，但自称女人颇有好处，那些大人物认为女人不能团结，觉得女人不懂什么叫作统治、苛政，或是没有任何力量。”

阿佑在阴影里接话：“据说有座岛屿仍如有王在位时，保有着正义之治，人称莫瑞德之岛，但不是众王的英拉德岛，也非伊亚。传言它位于黑弗诺南方，而非西方。在那里，结手之女保留了古老技艺，而且她们肯教导技艺，不像巫师只会藏私。”

“也许接受她们的教导后，你能好好教训一下那群巫师。”蜜迪说。

“也许你找得到那座岛屿。”阿佑说道。

河獭看着两人。显然，她们将最大的秘密与希望都告诉了他。

“莫瑞德之岛。”他复诵。

“只有结手之女这么说，以防巫师或海盗知晓其真正意义。巫师或海盗以别的词称它。”

“这趟路途将非常遥远。”蜜迪说。

对这对姊妹与所有村民而言，欧恩山就是他们的世界，黑弗诺海岸已是宇宙边缘，更远处则是传说与梦境。

“据说，你得往海边去，往南走。”阿佑说。

“他知道的，妹妹。”蜜迪告诉她，“他不是说过嘛，他是造船木匠。但从这里到海边真远，你后面还跟着个巫师，要怎么去那儿啊？”

“从不带气味的水路走。”河獭说，站起身来。一堆核桃壳从腿上落下，他拿起壁炉扫把，尽数扫入火堆。“我该走了。”

“带着面包。”阿佑说。蜜迪连忙将硬面包、硬奶酪与核桃装入绵羊胃制成的皮囊。她们非常贫困，两人倾尽所有给河獭，安涅薄亦如此。

“我母亲生在法力恩森林对面的巷底村，”河獭说，“你们听说过吗？她名叫玫瑰，是山梨的女儿。”

“车夫在夏天会下山到巷底村。”

“如果有人能告诉那里的村民，他们会捎个讯息给她。我舅舅小索以前每一两年都会进城一次。”

她们点点头。

“若能让她知道我还活着……”

安涅薄母亲点点头：“她会收到消息的。”

“去吧。”蜜迪道。

“与水共行。”阿佑道。

他拥抱两人，她们回拥，他离开屋子。

河獭跑过零星茅屋，来到湍急嘈杂的小溪。每晚在林边村，他都听到小溪歌唱。他对小溪祈祷：“带我走，救救我。”他请求。他施下老变换师很久以前教他的法咒，念出变身真言。顷刻，无人跪在吵杂流淌的溪水旁，只有一只河獭潜入溪流，消失无踪。

## 燕鸥

我们山上有个智者，
知晓如何心想事成；
他变幻外形，他变化姓名，
但其余永远不会变。
水就这样流啊流，
水就这样流。

冬日午后，在欧内法河延至黑弗诺大湾北面浅湾的河畔，一名男子在泥沙地上站起，衣衫褴褛、鞋履破烂，身形细瘦棕褐、眼眸深暗，头发又浓又密，足以让雨水滑落。河口浅滩正下雨，是灰阴冬日里绵寒阴郁的毛毛雨。他衣衫湿透，拱起肩膀，转身朝岸边远处袅袅炊烟走去。身后是河獭从水里爬上来的四脚足印，与男子离开水边的两脚足迹。

他之后去了何处，歌曲并未细述，只说他在流浪："他远远流浪，一块又一块陆地。"他若沿着大岛海岸前行，便能在许多村庄里找到通晓结手信号的产婆、智妇或术士，以获协助，但他身后跟着猎犬，因此他极可能赶忙离开黑弗诺，化身水手，登上往伊拔诺海峡的渔船，或往内极海的商船。

在阿尔克岛、厚斯克岛的欧若米与九十屿间，都有故事描述一名男子如何到来，寻找依然记得王治及巫师之义的地方，他称那片土地为莫瑞德之岛。我们无法得知这些故事是否跟弥卓有关，因为他使用许多化名，鲜少甚至不曾自称河獭。戈戮克之死没让罗森垮台，海盗王雇有别的巫师，其中一人名叫早生，很想找到击败他师父戈戮克的小后辈。早生颇可能找到弥卓行踪，因为罗森的势力囊括黑弗诺及内极海北方，且与时俱增，猎犬的鼻子也灵敏如昔。

或为躲避追猎，或因厚斯克岛结手之女的传言，弥卓来到内极海上极西的蟠多。在巨龙耶瓦德烧杀搜刮之前，蟠多是个富庶岛屿。弥卓之前所到之处，触目皆是如黑弗诺或更不堪的岛屿，深陷战争劫掠，受海盗侵扰，农田荒草丛生，城镇尽是盗贼宵小，但蟠多美丽和平，人民富庶安康，令他以为已在这城市寻得莫瑞德之岛。

弥卓在此遇见一名老法师，名唤高龙，真名已让时间淹没。高龙听到莫瑞德之岛的故事后，微笑而哀伤地摇头："不是这里，不是。蟠多的领主们都是好人，记得王道，不寻求战争或劫掠，但他们遣子去西方猎龙。好玩嘛！把西陲的龙当野鸭野鹅般滥杀，不会有好下场！"

高龙心怀感激，收弥卓为徒。"一名法师倾囊相授，使我学得技艺，但我一直找不到人传承，终究，你来了。”他告诉弥卓，“年轻人来找我，他们问，‘这有什么用？你找得到金子吗？’说，‘你能教我把石头变成钻石吗？能给我一把屠龙剑吗？说一堆大化平衡有什么用？没赚头。’他们说，‘没有利益！’”老人大论年轻人的愚蠢及世风败坏。

说到授业解惑，老人是诲而不倦、慷慨相授、一丝不苟。弥卓第一次见识魔法真貌：不是怪异天赋或无缘由的行径，而是一门艺术、一项手艺，长久研修方可窥其堂奥，持续练习方能正确使用。但即便如此，魔法的奇异感永不消退。高龙对咒语及术法的掌握，不比学生强多少，但他脑海中对某种更硕大之事——完整的知识——具有清晰概念。这使他成为一名法师。

弥卓聆听，想着自己与安涅薄如何在暗黑雨中行走，凭着微弱灯光，只看得到该走的下一步；想着他俩如何抬头，在拂晓中看到红色山脊。

“每个咒语皆息息相关，”高龙说，“一片叶子的任何动向，都能移动地海每座岛屿上每棵树木的每片叶子！万物皆有形意，这正是你必须寻找、注意的。只有成为形意的一部分，才是正道。形意中才得自由。”

弥卓跟随高龙修习三年。老法师过世后，蟠多领主请弥卓继承法师之位。高龙虽对猎龙者不断批评责骂，但在岛上一向受人尊敬，继承者也会享有尊敬与权力。也许弥卓不禁以为，此处已是最近似莫瑞德之岛的地方，便在蟠多又留了一段时间。他与年轻领主同船出航，经托林峡，深入西陲寻找龙群。他渴望见到一条龙，但那个年代天候恶劣，时有暴风雨突来，将船三度逼退到印嘎特，弥卓拒绝再让船只朝飓风西行——自黑弗诺港的小帆船时代以来，他已学得不少天候术。

之后，他离开蟠多，再度受牵引而南行。也许前往了安丝摩岛。借由某种伪装，他终于来到九十屿的吉斯岛。

直至今日，当地人民仍以捕鲸为生，船跟城镇皆腥臭无比。弥卓无意从事该业，虽不喜搭乘奴隶船，但唯一从吉斯岛出港东行的，只有一艘载着鲸油往偶港航行的船。他曾听人谈起偶岛南方与东方的封闭海，那里有富庶小岛，鲜为人知，与内极海群岛没有交易。他所寻找之地可能就在那儿。于是，他以天候师身份登上由四十名奴隶划动的船。

天气一度转晴，顺风，蓝天里白云朵朵，还有晚春和煦的阳光。船舰顺利远离吉斯岛。午后稍晚，他听到船长对舵手说："今晚让船保持向南，不要惊扰柔克。"

他从未听人谈起这座岛屿，便问："那儿有什么？"

"死亡与荒芜。"船长答，他身材矮小，有着鲸鱼般饱见世事的哀伤小眼。

"战争吗？"

"好几年前了。瘟疫、黑魔法。附近水域都受到诅咒。"

"蛆虫。"舵手说，他是船长的兄弟，"在柔克附近钓鱼，你会发现鱼长满蛆虫，像粪堆上的死狗一样。"

"还有人住在那里吗？"弥卓问，船长答"女巫"，而他兄弟说："吃虫的人。"

群岛王国中有许多这类岛屿，敌对巫师的摧残与诅咒使大地贫瘠荒芜，即使只是经过这类地方，都会招致邪恶。弥卓没多想柔克，直到当晚。

他睡在甲板上，星光照面，做了单纯鲜明的梦：白昼，云朵飞越明亮天际，海洋彼端，有座山陵高耸碧绿，陵脊沐浴在阳光下。他醒来，景象在脑中依然清晰。十年前，在萨摩里矿场，咒语锁闭的棚屋牢房里，他也曾看过这一幕。

他坐起身。黑暗的海面沉静异常，缓长的浪涌背面映照星光点点。以船桨划行的船只极少远离陆地边缘，也鲜少彻夜划航，多半会在海湾或港口停靠过夜。但这段航程没有靠泊处，既然天气温和如斯，他们便立起船桅及大方帆。船舰柔柔向前漂流，划桨奴隶在长板凳上熟睡，除了舵手及守夜人外，船员都睡了，连守夜人都在打盹儿。水波在船身边缘低语，木材轻声嘎吱，奴隶的铁链铿锵一响，又是一响。

“这样的夜晚，不需要天候师，况且他们也还没付钱给我。”弥卓对着良心说。他从梦中苏醒，脑中还留着“柔克”一词。为什么从未听人提起这座小岛，从未在航海图上看过？也许它真如传言一样，受诅荒芜，但难道不该画在航海图上吗？

“我可以化身燕鸥，在天亮前回到船上。”他自言自语，却有些提不起劲来。他的目的地是偶港，颓毁土地太常见了，没必要飞去寻找。他让自己安躺绳索间，看着星辰。西方冶铁炉座四星正明亮，低悬于海面之上。光芒有点模糊，在他注视下，星子一颗一颗熄灭。

最微弱的轻叹颤抖溜过缓慢平滑的浪波。

弥卓立时站起：“船长，醒醒。”

“怎么了？”

“有巫风吹来，顺风的方向。快把帆卸下。”

无风吹拂。空气依然轻柔，大帆软软垂下，只有西方星辰随着逐渐升高的沉默暗影淡去、消失。船长看着这一幕。“你说是巫风？”他不情愿地问。

诡徒会拿天候当武器，降冰雹摧毁敌方农作物、送飓风击沉敌方船舰。这类风暴反复狂乱，甚至能到离目的地甚远处，侵扰百英里外收割庄稼的农夫或水手。

“把帆卸下。”弥卓命令。船长伸个懒腰，咒骂两声，吼出命令。船员缓缓爬起，缓缓收入笨重船帆，船桨长对船长及弥卓问了几个问题后，开始对奴隶大吼，大步在他们之间踏步，以打结的绳鞭左右挥劈，好叫醒他们。帆仅半卸，桨仅半握，弥卓刚诵起安定咒，巫风便袭击而来。

突来漆黑与狂风暴雨中，巫风随着一声暴雷，开始攻击。船像马匹般高抬前顶，然后滚得又重又远，船桅立即断裂，但牵索撑了下来。船帆掉落海里，盛满海水，将船直线下扯。巨排船桨在桨架上来回滑动，铁链紧系的奴隶站在长椅上挣扎、惊喊。一桶桶燃油四处散落，轰隆隆撞压翻滚。船帆径直将船朝海底拉扯，甲板侧立海面，一排巨硕的暴浪扑上船只，没过了船，使船沉入海底。所有人的狂喊与尖叫霎时沉默，只留下雨水冲击海面的怒吼，随着诡异的飓风东行，渐渐淡弱。穿过飓风，一只白色海鸟从黑色海面拍翅升起，脆弱而孤注一掷地朝北飞去。

拂晓第一道曙光中，悬崖下狭长的沙滩上印着海鸟降落的踪迹，之后接续男人步行漫游的足印，在悬崖与海洋间愈行愈窄的沙滩上，延续一长段距离。之后便无踪迹。

弥卓知道反复变化形体的危险，但船难及昨夜漫长的飞行让他心晃神摇、全身虚弱，灰色的海滩只将他领向无法攀爬的陡直悬崖底。他再次施咒、念诵，以燕鸥快速、疲累的双翅，飞到崖顶。此时，飞翔支配了心神，他飞越笼罩在日出前阴影中的大地。遥远的前方，一座高耸碧绿山陵，陵脊沐浴在初生阳光下。

他朝那儿飞行、降落，碰触土地时又变回人形。

他站在那儿好一会儿，心生迷惘。他依稀觉得，自己并非因行为或抉择而变回人形，而是一降落在这土地、这山陵上，他便变回自己。比他更伟大的魔法盘踞在此。

他好奇而警戒地环顾。整座山上，星花草正值花季，细长花瓣在绿草间熊熊燃烧出一片金黄。黑弗诺孩童都认得这种植物，称它星花草，以伊里安岛的祝融之灾为名。当时火焰领主攻击诸岛，厄瑞亚拜前去迎敌，将之击败。伫立山头，往昔英雄的故事歌谣在弥卓记忆中浮现。厄瑞亚拜，以及在他之前的英雄：鹰后赫露、将卡耳格人逐回东方的阿肯巴、缔和者瑟利耳、索利亚之叶芙阮，还有广受爱戴的莫瑞德王，人称白法师。勇者与智者仿佛随召唤来到面前，仿佛他呼唤了他们，但他不曾呼唤。他看到他们，他们站在长草间，在随着晨风轻点的焰形花朵间。

然后尽皆消失，只留他一人站在山顶，饱受震撼、疑惑不安。我见到了地海诸王诸后，他心想，而他们只是长在这座山头上的蔓草。

弥卓缓缓走向山头东方，地平线上高仅数指的太阳已将该处照得又亮又暖。往太阳下方望去，他看到村镇屋顶群聚在面东而开的海湾顶，彼方高横天际的线条，则是半个世界外的海平线。转向西方，他看到农田、牧场与道路。北方则是幽长的绿色山峦。南方一块低凹山地有丛高大树木，吸引、擒持他的目光。他觉得那是座大森林的入口，就像黑弗诺的法力恩林地，他不知自己为何这么想，因为他也看得到树丛外光秃的荒野与牧地。

他站了良久，才拨开高草及星花草朝下走。山脚下一条小径，领他经过农地，农地看来经过了妥善照料，却异常寂寞。他想找一条通往城镇的小径，却没有半条朝东。田野间毫无人影，有些田刚翻犁过。一路无犬朝他吠叫，只有在某个岔路口，一只在贫瘠牧地咀嚼的老驴子走到木栅栏边，探出头，渴望有人陪伴。弥卓停步轻抚那灰褐瘦削的脸。他从小在城市、海边长大，对农场及家畜所知不多，但觉那驴子眼神和善。“我在哪里，驴子？”他向它问，“该怎么到我看见的城镇？”

驴子将头重重抵着他的手，好让他继续抓搔眼耳之间。他搔弄时，它扇动长长的右耳，因此弥卓离开驴子，选择右边的岔路，即使那条路看来通往山顶。不久，房舍可见，他走上街道，终于到达海湾顶的城镇。

农地泛着奇异的安静。无声息，无人踪。如此甜美春晨、平凡城镇，令人安适，但如许沉静让他不得不怀疑，是否身处瘟疫袭过之地，或是受到诅咒的岛屿。他继续前行。在房屋及一棵老李树间，绑着一条晒衣绳，衣物随着晴朗微风拍击。一只猫来到花园一角，不是饥肠辘辘的弃猫，而是足掌雪白、胡须洁净、生活安泰的家猫。他从这陡峭石板往下走，终于听见人声。

他停步倾听，却什么都听不到。

他朝街尾走。小巷开展成小市集，人们聚集，为数不多，不在买卖物品，也没搭起棚架或摊位。那些人正等待着他。

弥卓自从走过城镇上方碧色的山陵，见过绿草间鲜艳的幻影后，心情便觉轻松，他全心期待，满怀某种神异感，却不害怕。他静立，望向前来迎接的人。

其中三位向前走来，一名老人高大魁梧、发色炫白，还有两名女子。巫师识得巫师，弥卓知道她们是力之女。

他举起握拳的手，一转摊开，掌心向上献给来人。

“啊。”较高的女子说道，笑了，但没回应这手势。

“告诉我们你是谁，”白发男子说，语气还算礼貌，却未先招呼或欢迎，“你如何来此。”

“我生于黑弗诺，接受造船工匠与术士的训练。我原本搭一艘船，从吉斯岛前往偶港。昨夜，巫风来袭，只有我免于溺毙。”他沉默。回想起那艘船舰和被铁链锁在上面的人，这思绪便吞没他的心智，一如黑暗大海吞没他们。他大喘一口气，仿佛从陷溺中浮起。

“你怎么来到这里的？”

“变成鸟……变成燕鸥飞来的。这里是柔克岛吗？”

“你变身了？”

弥卓点头。

“你服侍谁？”较矮小年轻的女子首度开口。她有张敏锐坚毅的脸庞，还有长长的黑眉毛。

“我没有主人。”

“你在偶港的差事是什么？”

“好几年前，我在黑弗诺被奴役。解救我的人告诉我有个地方，没有主人、依然记得瑟利耳的王道统治，而且技艺受到尊崇。七年来，我一直在寻找那地方、那岛屿。”

“谁告诉你的？”

"结手之女。"

"随便谁都会握拳、摊掌，"高大女子和蔼地说道，"但不是每个人都能飞来柔克，或以游泳、航行等方法来此。所以我们必须询问你如何前来。"

弥卓没有立即回答。"机运眷顾久愿。"他终于说道，"不是技艺，也不是知识带我来的。我想我已到达自己寻觅之所，但我不知道；我想你们可能是阿佑她们提起的人，但我不知道；我想我从山上看到的树丛里藏有伟大秘密，但我不知道。我只知道，从踏上那座山头起，我就像小时第一次听人唱诵《英拉德行谊》一般，迷失在不可思议的神奇中。"

白发男子看看另两名女子。其余人也走上前来，议论纷纷。

"如果你留在这里，你要做什么？"黑眉女子问他。

"我会造船、补船，也能驾船，还能四处寻查。如果你们还需要，我亦会操纵天候这类技艺。我也愿随任何肯教导我的人学习技艺。"

"你想学什么？"较高女子以和善的声音问道。

此时，弥卓感觉无论此生是正是邪，这问题将决定自己的一生。他再次静默站立良久。他欲言又止，最后终于说道："我谁都救不了，一个都救不了，连救我的人都救不了。我知道的一切都无法让她自由，我一无所知。如果你们知道该如何自由，求求你们，教教我！"

"自由！"高大女子说，声如挥鞭。她看着同伴，片刻后微微一笑，转向弥卓，说："我们是囚犯，自由是我们研习的课题。你穿透我们的牢墙而来，你说你在寻找自由，但你必须知道，离开柔克可能比前来更加困难。监牢中还有监牢，其中有一些还是我们自己建造的。”她看看旁人，问，“你们怎么说？”

他们说的话很少，近乎静默地寻求共识。最后，较矮女子以锐利的眼神看向弥卓：“你想，就待下吧。”

“我想。”

“我们怎么称呼你？”

“燕鸥。”他答，于是众人以此称之。

弥卓在柔克找到的，比追寻已久的希望与传言更多，也更少。他们说柔克是地海的心脏。兮果乙在时间之初，从海中抬起大陆，第一块是北海的明亮伊亚，第二块便是柔克。那座碧绿山陵即是柔克圆丘，根基较其余岛屿更深。而他之前见过的树林，有时在岛这端，有时又在另一边，是全世界最古老的树林，也是魔法的源头与中心。

“如果这树林被砍伐，巫术便会失效。那些树的根就是知识之根。叶影在阳光下形成的形意，撰写兮果乙创世时所说的语词。”

荑烬如是说。她是弥卓的师父，性情暴烈，长着黑眉。

柔克上所有魔法技艺师父都是女性。岛上没有力之子，连平凡男子都很少。

三十年前，瓦梭岛众海盗王派舰队前来征服柔克，不为微薄财富，而为击破声名远播的魔法。柔克一名巫师将岛出卖给瓦梭诡徒，削弱岛上抵御及警告咒语。咒语破除，海盗非以巫术，而以蛮力、烈火攻占整座岛。绥尔湾内泊满大船，军队烧杀搜刮，奴隶贩子掳走男人、男孩、年轻妇女。他们屠杀幼童与老人，无论到哪里，都焚烧每栋房舍及田野。几天后海盗登船离去，无一座村落完好，农田亦倾毁荒芜。

海湾顶的绥尔镇也带有圆丘及大林的某些特异，劫掠者虽然在镇上追逐搜寻奴隶、抢夺纵火，火却一点就熄，狭窄的街道也引得盗匪团团转。大多数幸存岛民都是智妇与孩子，藏身镇上或心成林里。现在柔克岛上的男子，都是当初留下的孩子，如今长大成人；还有几个已老迈的男子。当地除了结手之女外，别无组织治理，她们的咒语长期守护柔克，如今更加严密。

结手之女鲜少信任男人，因为一个男人背叛，一群男人攻击此地。她们说，扭曲技艺以获私利的，是男人的野心。“我们不与他们往来。”高挑的芙纱和蔼地说道。

然而莨烬对弥卓说:“我们是自找毁灭。”

百余年前，结手之子与结手之女聚集于柔克，形成巫师联盟。他们对自己的力量感到自豪、自信，在能够公然起义之前，他们教导他人、秘密结党，抵抗兴战之徒与奴隶贩子。女人向来是联盟的领袖，莨烬说，女人假扮成膏药贩及织网工等，离开柔克，前往内极海附近，组织广泛紧密的反抗网络。至今，那张网仍留下某些联结。弥卓首先就是在安涅薄的村落遇上其中一道踪迹，从而追寻至今，但她们并未领他前来。那次劫掠后，柔克便完全封闭在智妇一再织就的强大护咒中，与其余人民再无交易。“我们救不了他们，”莨烬说，“甚至救不了自己。”

芙纱虽然有着温和的声音与微笑，却毫不妥协。她告诉弥卓，同意留他在柔克，是为了看住他。“你一度穿越我们的防御，你的自述可能是真的，也可能不是。你能告诉我什么，让我信任你吗？”

众人同意给他一间港边小屋与一份工作，协助绥尔的造船妇；妇人仅自学过造船术，乐意接受弥卓的巧艺。芙纱从不在途中为难他，总是亲切招呼，但她说过："你能告诉我什么，让我信任你吗？"他无法回答。

荚烬则多以皱眉回应他的招呼。她会骤然提问，听取答案，且一言不发。

他曾怯怯地问她心成林是什么，因为他问别人时，她们都说："荚烬可以告诉你。"她拒绝回答，态度虽不高傲，但很明确。她说："你只可能在大林里，向大林学习了解大林。"几天后，荚烬来到绥尔湾沙岸，弥卓正在那里修补渔船。她尽力协助，并询问有关造船的问题，他亦勉力告知，让她看看造船术。那是个平静午后。但之后她又骤然离去。他对荚烬怀有某种敬畏，因她难以预料。不久，出乎意料，荚烬对他说："长舞节后我会去大林。你想来就来吧。"

从柔克圆丘上仿佛看得到整片大林，但如果走在林中，却不一定能再走出返回田野，只会在树下不断行走。大林内部只有单一树种，且仅存此处，但这些树的赫语名除了"树"之外，别无称谓。荚烬说，太古语中，每棵树都有真名。继续走一会儿，会再回到熟悉的树种间：橡树、榉树、栲树、栗树、胡桃树、柳树，春天碧绿，冬季干秃；也有深色冷杉、雪松，还有一种弥卓不识的高大冬青树，红色树皮柔软、枝叶层叠。每次走，树林间的道路总是不同。绥尔人告诉他，最好不要太过深入，只有原路折返，才能确保走出树林、进入田野。

"森林有多远？"弥卓问。荚烬答："心有多远，它就有多远。"

树的叶子会说话，她说，而阴影则能被阅读。“我在学习如何读懂它们。”她说。

弥卓在欧若米时，学会阅读群岛王国的通用文字。之后，蟠多的高龙教导他一些力量符文，那些智识都是为人所知的；但茰烬独自在心成林中学到的，除了与她分享的对象外，皆不为人知。整个夏天她都住在大林边缘，身边只有一个小盒，是为了防止老鼠或林鼠夺食所存不多的食物。有间树枝搭成的遮雨棚，还有一堆煮饭的炭火，炭火设在小溪旁，溪流从树林间流淌，与奔向海湾的小河汇合。

弥卓在附近扎营。他不知道茰烬要他做什么。他希望她打算教他，开始回答他对大林的疑问，但她只字不提，而他更是羞怯谨慎，生怕打扰她独处。这种独处如大林之奇，令他戒慎恐惧。第二天，她唤他同行，领他深入林间。两人沉默行走多时。夏日正午，树林完全沉静。无鸟啼，无叶动，一排排树木各不相同，却又重叠如一。他不知道他们何时折返，只知足下所走范围，已超出柔克海岸。

温暖夜里，他们再度走出，回到耕地与牧野。走回营地时，他看到冶铁炉座四颗星出现在西方山陵。

茰烬只说了“晚安”，随即离去。

隔日，她说：“我要去树下坐。”他不确定她希望自己做什么，因此远远跟着她，直到两人走入大林最深处，那里所有的树都是同一种无名种类，但每一棵都各具真名。她在一棵老树根脉间的柔软叶堆中坐下，他也在不远处坐下。她看着、听着、静坐，他也看着、听着、静坐。两人如此过了几天。一天早晨，茰烬走入大林，他心带顽抗，留在河边。她没回头。

那天早上芙纱从绥尔镇来，带来一篮面包、奶酪、凝乳和夏季鲜果。“你学到什么了？”她异常温和地问。弥卓回答：“学到我是笨蛋。”

“为什么，燕鸥？”

“笨蛋就算永远坐在树底下，也不会更明智。”

高挑女子微笑。“我妹妹从未教导过男子。”她说，瞥他一眼，调开目光，凝视夏日田野，“她从未正眼看过男子。”

弥卓默立。他脸颊发热，低下头。“我以为……”欲语还休。

芙纱所言让他恍然看到，萸烬的不耐烦、猛锐、沉默，原来还有另一面。

他试图将萸烬视为不可亵渎，但事实上他渴望碰触她柔软的褐色肌肤和闪耀的黑发。她突然以难解的挑衅瞪视他时，他以为她在生气。他害怕会侮辱、激怒她。她害怕什么？他的欲望？她自己的……但她不是涉世未深的女孩，她是智妇、法师，是走在心成林中通晓阴影形意的人！

他与芙纱站在树林边缘，思绪决堤般在脑海激荡。“我以为法师都离群索居，”他终于说道，“高龙说，男女的结合会崩解力量。”

“某些智者是这么说的。”芙纱和蔼地说道，再次微笑，向他告别。

他整个下午都沉浸在混乱愤怒的情绪中。萸烬走出大林，朝上游叶影扶疏的房舍走去时，他同行，提着芙纱的篮子作借口。“我能跟你说话吗？”

她微微点头，皱起黑色眉尖。

他一语不发。她蹲下身看看篮子里有什么。“桃子！”她喊，微笑。

“我师父高龙说过，因爱结合的巫师会力量崩解。”弥卓突发此语。

她无言，只是拿出篮里东西放在地上，分成两份。

“你认为是真的吗？”他问。

她耸耸肩：“不。”

他瞠目结舌，站在那里。须臾，她抬起头看着他。“不，”她温柔沉静地说，“我不那么认为。我认为所有真正的力量，所有的太古之力，追本溯源都是一体。”

他依然站着。然后她说：“你看这些桃子！都熟透了。得马上吃掉。”

“如果我把名字告诉你，”他说，“我的真名……”

“那我就把我的告诉你。”她说，“如果……如果我们应该这样开始……”

但，两人却从桃子开始。

两人都很害羞。弥卓握起她的手，双手颤抖，真名是伊蕾哈的萸烬怒容满面地转开，然后，她轻轻碰触他的手。他轻抚她滑顺流泻的黑发时，她似乎只是在忍耐他的碰触，于是他停住。他试图拥抱她，她全身僵直，拒绝他。而后，她转过身，激烈、急切、笨拙地用双手将他紧圈。两人并未在第一夜，或最初几夜内，便获得极大喜悦与自在，但彼此学习，终于超越羞耻恐惧，进入激情。他们在林中静默的长日，与星光遍照的长夜，皆为喜悦。

芙纱从镇里带来最后一批晚熟桃子时，两人笑了。桃子正是他们的幸福象征。他们欲留芙纱共进晚餐，但她不肯。“你们要把握良辰。”她说。

那年夏季过早结束，雨季提早来临，即使在如此南端的柔克，秋天也飘起了雪。风暴轮番来袭，仿佛狂风愤起，抗拒诡徒无端的摆弄干涉。妇女在寂寥农庄的炉火边团坐，人群聚集在绥尔镇壁炉周围，聆听风啸雨打或寂静雪落。绥尔湾外，大海轰隆击打岛岸暗礁与悬崖，没有船只敢出航，进入这种海面。

众人分享一切。就这点看来，这里的确是莫瑞德之岛。在柔克，无人风餐露宿，但每人仅拥有生活基本必需。有大海和风暴掩护，更有自身防御，来伪装岛屿并诱导船只迷途，因而与世隔绝。他们工作、谈话、唱《冬颂》与《少王行谊》，也有《英拉德编年史》与《智杰史》可读，老人与妇女会在渔妇织补渔网的港边大厅，高声朗诵这些珍贵书籍。那里有座壁炉，他们会点起炉火，甚至有人从岛另一端的农场前来听史诗朗诵，在沉默中倾听，全神贯注。“我们的灵魂饥饿。”荚烬道。

荚烬与弥卓住在离网屋不远的小房子中，不过她经常与姐姐芙纱在一起。劫匪从瓦梭前来时，荚烬和芙纱还是孩子，住在绥尔附近一座农场。母亲将姊妹俩藏在农场放根菜作物的地窖里，自己出去施咒，试图保护丈夫与兄弟，因为男人宁愿战，不愿躲。一家人与牛同遭杀戮，房子、谷仓被焚为平地。当天及之后的夜晚，两个小女孩都待在地窖里。最后，前来埋葬腐尸的邻居发现了她们，沉默、饥饿，手握鹤嘴锄及断裂犁头，准备守御两人为死者叠砌的石土堆。

弥卓从荚烬口中只听到一丁点内容。比荚烬大三岁的芙纱，记忆较清晰，她在某晚告诉了他完整的故事。荚烬坐在两人身边，默默聆听。

弥卓则把萨摩里矿坑、巫师戈戮克及奴隶安涅薄的一切，告诉芙纱与茵烬，作为回报。

他说完后，芙纱沉默良久，说道：“所以，你刚来这里时说，‘我救不了救我的人’，就是这个意思。”

“而你问我，‘你能告诉我什么，让我信任你？’”

“你刚告诉我了。”芙纱说。

弥卓握住她的手，将额头贴上。说故事时他强忍泪水，如今，他再也忍不住。

“她给了我自由，”他说，“而我依然觉得，我所做的一切都是透过她、为了她。不，不是为了她，我们对死者无能为力。是为了……”

“为了我们。”茵烬接口，“为了我们这些活着、躲着、未遭杀害也不杀人的人。强有力的人肆无忌惮任意而为，世上仅剩的希望，只在微不足道的小人物身上。”

“我们非得永远躲藏不可吗？”

“真像男人说的话。”芙纱带着她受过伤的温柔微笑着说道。

“对。”茵烬说，“我们非躲不可，必要的话，永远都得躲藏。因为在这道海岸之外，只剩下杀人与被杀。你是这么说的，我也相信。”

“但真正的力量无法隐藏，”弥卓说，“藏不久。它若是躲藏，无人分享，便会消亡。”

“柔克的魔法不会消亡，”芙纱说，“‘在柔克，诸咒皆强。’阿斯这么说过，而你已在树下行走……我们的任务必然是保留这份力量。隐藏力量，对，囤积力量，就像小龙囤积火焰般；还要分享，但仅限此地，传递下去，一个又一个。这里很安全，因为这里的人都微不足道，大盗与杀手最不可能来此寻找力量。总有一天，龙会成长茁壮，即使要花上千年……”

“但在柔克外，”弥卓说，“平民在困苦中受奴役、挨饿、死亡。难道他们也得毫无希望地持续千年吗？”

他轮流看着两姊妹的脸，一个温和、不动如山；而另一个，在严厉外表下，宛如初燃火焰的第一道火舌，灵敏温柔。

“黑弗诺岛上，离柔克很远的地方，欧恩山上的村落里，在对世事一无所知的人民之间，依然有结手之女。经过这么多年，网络毫发未损，那是怎么织成的？”

“以灵巧。”莨烬说。

“而且撒得很远！”他再度轮流看着两人，“我在黑弗诺市没受过良好训练，我的老师们告诉我，不要将魔法用在坏用途上，但是他们活在恐惧中，没有力量抵抗强权。他们把能给的都给了我，却依然羸弱。我未走上歧途，都得感谢机运，以及安涅薄赐给我的力量。要不是她，我如今已是戈戮克的奴仆。然而，她自己乏人教导，也遭受奴役。如果巫术只由佼佼者草草教导，由强势者用于邪恶之途，我们在此处的力量该如何壮大？小龙将赖何为生？”

“这里是中心，”芙纱说，“我们必须守住中心，并且等待。”

“我们必须给予所能给予之物，”弥卓说道，“如果我们之外的人都沦为奴隶，那我们的自由还有何价值？”

“真实的技艺胜于虚假，形意会维持。”莨烬皱眉说道。她拿起火钳，把与她同名的余烬在炉火中聚成一堆，一击打入烈焰，“我知道这点。我们的生命如此短促，形意则长长久久。如果当今柔克有昔时盛况……若有更多身怀真实技艺的人聚集在此，教寻与学习，同时保存……”

“如果柔克如昔时般，以强盛知名，害怕我们的人将再来摧毁。”芙纱说。

“保密一途解决了问题，”弥卓说，“也制造了问题。”

“我们的问题是男人，”芙纱说，“亲爱的弟弟，希望你别介意。对别的男人而言，男人比女人和小孩重要。我们这里纵有五十名女巫，他们也不会多加注意，但如果知道我们有五名力之子，他们就会打算再来摧毁。”

“所以当初虽然我们之间有男子，但我们仍叫自己结手之女。”萸烬说。

“你们依然是。”弥卓说，“安涅薄曾是其一。她、你们，以及所有住在同一监牢的人。”

“我们能怎么办？”芙纱问。

“学习了解我们的力量！”弥卓说道。

“建一所学院，”萸烬说，“睿智的人可以前来相互学习、研习形意……大林为我们遮荫。”

“枭雄鄙视学者与师父。”弥卓说道。

“我想，也害怕他们。”芙纱说道。

于是，他们在漫长的冬天里讨论，旁人也前来参与。讨论逐渐从愿景变成意图，从渴望变成计划。芙纱一直十分谨慎，警告各种危险。白发的杜恩十分急切，萸烬说他甚至想开始教导绥尔每个孩子术法。一旦萸烬开始相信柔克的自由在于提供他人自由，她便致力于思索结手之女如何复兴。但她在树下经长期独处形成的思考方式，总是在寻找形式及明确性，因此她问：“我们不知道自己的技艺是什么、该如何教导。”

因此，岛上智妇开始讨论：魔法的真实技艺是什么？魔法从哪里开始转为虚假？一体至衡如何维持，会因何丧失？哪些法艺必要、哪些有用、哪些危险？为什么有人只有某项天赋，而没有另一项天赋？技艺能否由学习获得？在讨论中，她们协调出此后各项技艺名称：寻查、天候、变换、治愈、召唤、形意、名字、幻术、歌曲知识。尽管日后寻查仅被视为一项有用法艺，不符合法师身份，而以诵唱取代，但直到今日，这些依然是柔克师父的技艺。

柔克学院也自这些讨论中诞生。

有些人说，学院的诞生与此相去甚远。他们说，柔克当初由一名称为“暗妇”的女人统治，与大地太古之力共谋合作。据说，她住在柔克圆丘下一处洞穴中，从未走入日光下，却在大地与海洋上编施咒法，强迫男子服从她邪恶的意志，直到第一任大法师来到柔克，破除咒法，进入洞穴，打败暗妇，取代她的位置。

这故事只有一项属实，早期有位柔克师父确实破开、进入一处极大洞窟。虽然柔克之根基亦是所有岛屿的根基，但那洞窟却不在柔克。

在弥卓及伊蕾哈的年代，柔克人无论男女，对大地太古之力皆无惧意，反而加以尊崇，从中寻求力量与远见。这点随时间流逝渐渐改变。

那年春天再度迟来，寒冷且暴雨不断。弥卓开始造船。桃树开花时，他已依循黑弗诺风格，建好一艘纤细结实的深洋船，名之“可望”。不久，他将“可望”驾离绥尔湾，未携伴同行。“在夏季尾声寻找我的踪迹。”他对荚烬说。

“我会在大林里等你，我的心会随你而去，我黝黑的河獭、我雪白的燕鸥，吾爱，弥卓。”

“我心亦与你同在，我的火焰余烬、我盛开的花树，吾爱，伊蕾哈。”

弥卓，人称燕鸥的男子，在首度寻航中，驶向内极海北方，朝向他数年前曾造访的欧若米。那里有他信任的结手之人，其中一位名叫鸦。鸦是富有的隐士，虽然本身没有魔法天分，却热衷文字著作，尤其是术典与史书。照鸦的说法，当初他将燕鸥一头塞进书本，直到燕鸥读懂为止。“文盲巫师是地海之祸！”他高喊，“无知的力量是破灭之源！”鸦是个怪人，任性、高傲、固执，为保护热衷的事物，会变得分外英勇。好几年前他便反抗过罗森威权，伪装进入黑弗诺港，从古老皇家藏书阁中取走四本书。他最近刚从威岛取得一篇有关水银的古老论述，极端自豪。“也是从罗森鼻子下弄出来的。”他对燕鸥说，“你快来看！这以前属于一个名巫师。”

“提纳拉，”燕鸥说，“我认得他。”

“这本书不会是垃圾吧？”一提到书，鸦的脑子便转得极快。

“我不知道，我在追更大的猎物。”

鸦歪着头听。

“《真名之书》。”

“阿斯去西方时，那本书就跟着遗失了。”鸦说。

“高龙法师告诉我，阿斯住在蟠多时，曾告诉那里一名巫师，他把《真名之书》留给九十屿一个女人妥善收藏。”

“女人！妥善收藏！在九十屿！他疯了吗？”

鸦喧嚷怒骂，但一想到《真名之书》可能还存在，他便立刻整装——燕鸥一点头，他们就可以出发。

于是，他们乘“可望”南航，首先抵达臭气冲天的吉斯岛，然后伪装成小贩，在宛如迷宫的海峡间，造访一座座小岛。鸦在船上塞满多数岛民难得一见的好东西，燕鸥则以合理价钱卖出，以物易物，因为岛民没有多少钱。两人极受欢迎，人未到先轰动，大家都知道，只要书本老旧古怪，他们就愿意交易。而群屿上，只要是书本，就全都老旧古怪。

鸦高兴地以五颗银扣、一把珍珠柄小刀和一块洛拔纳瑞丝料，换得一本阿肯巴年代写成、水渍满布的动物寓言集。他坐在“可望”中，低哼古代有关赫瑞蜥、瓯塔客与冰熊的描述，燕鸥则登上每座岛屿，在家庭主妇的厨房与老人盘桓的慵懒酒馆中展示货品。有时他会懒懒地握紧拳头，将手反转，摊开掌心，但这里无人响应信号。

“书？”北苏迪迪一个灯心草编织匠问，“像那边那个吗？”他指向塞入屋顶缝隙间的长条羊皮纸，“它们还有别的用途啊？”鸦紧盯着四散在屋檐下灯心草间的字词，因气愤而全身颤抖。燕鸥赶紧趁他还没爆发，把他带回船上。

“那只是兽医手册。”继续航行时，鸦冷静下来，承认道，“我看到‘马瘸’，还有一些母羊乳房之类的东西。可是这种无知的态度！这种野蛮无知的态度！用书填他家的屋顶！”

“而且是有用的知识。”燕鸥说，“如果知识不保存、不传授，人民怎么可能不无知呢？如果书籍可以收藏在一个地方……”

“例如众王藏书阁。”鸦说，梦忆过往荣光。

“或是你的图书馆。”燕鸥说，他已比当年更懂得字斟句酌。

“只字片语罢了。”鸦说，撇开毕生心血，“只是断简残篇！”

“这是个开始。”燕鸥说。

鸦只叹口气。

“我想我们该往南走。”燕鸥说道，将船导向开阔的海道，“朝帕笛岛去。”

“你有做这门生意的天分，”鸦说，“你知道该去哪找，就这么直直走向谷仓阁楼里那本动物寓言书……可是这儿没什么好找，没什么重要的。阿斯不会把最伟大的术典留给会拿来塞屋顶的老粗！你若高兴，我们就去帕笛岛吧，然后回欧若米。我受够了。”

“而且我们没有纽扣了。”燕鸥说。他很愉悦，一想到帕笛岛，便知道自己正往正确方向走，“也许我沿路能找到点纽扣，这是我的天赋呢。”

两人都未去过帕笛岛。那是座慵懒的南方鸟屿，有座漂亮老港城泰立欧，以粉红色砂石建造，还有本应肥沃的田野与果园。但瓦梭领主在此统治了一世纪之久，不断加税、征奴，耗竭土地与人民。泰立欧晴朗的街道忧伤肮脏，城中人民有如住在野地，睡在碎布拼凑而成的帐篷及披屋中，或露宿街头。“哦，我不行了。”鸦厌恶地说道，避开一堆人类排泄物，“燕鸥，这些家伙不会有书！”

“等等，等等，”同伴说道，“给我一天时间。”

“这很危险，”鸦说，“而且毫无意义。”但他没坚决反对。这谦虚天真的年轻人，曾由鸦来教他如何阅读，如今已成了鸦深不可测的向导。

两人走过一条主街，转进一片小房子中，这里曾是纺织工小区。帕笛岛上种植亚麻，路上有些多已废弃的石造沤麻屋，某些窗边还看得到纺轮。小广场一块遮蔽酷热阳光的阴凉处下，四五名妇人在井边纺织。孩童在附近嬉戏，身体瘦弱、因炎热而无精打采，对陌生人没有多少兴趣。燕鸥仿佛知道自己该往何处前行，毫不迟疑走到这里。他停下脚步，向妇人们问安。

“哦，俊俏小伙子，”其中一人带着微笑说，“你不用给我们看你那包袱里有什么，我已经一个月没看过一枚铜钱或象牙了。”

“不过，太太，你或许会有点亚麻布吧？织品、麻线？我在黑弗诺听说帕笛岛的亚麻是最好的，我也看得出你在纺的是好东西。这线真漂亮。”鸦愉悦又带点鄙视地看着同伴，他自己可以非常精明地为一本书议价，但要他跟普通妇人喋喋不休扣子跟线的事，则太贬低身价。“你先等我把这打开吧。”燕鸥一面在石地上摊开包袱，一面说道。妇女与肮脏胆怯的小孩靠过来，想瞧瞧他有什么宝贝。“我们在找织好的布料、未染色的线，还有别的……我们还缺扣子。你们有没有兽角或骨头雕成的扣子？我愿意用这顶漂亮小绒帽，来跟你们换三四颗扣子。或是像这捆漂亮缎带，太太，看看这颜色，配你的头发多漂亮啊！纸张也可以，书也成。我们在欧若米的主人正找这类东西，也许你们有收一些起来。”

“哦，你真俊俏，”他将红色缎带比在她黑色发辫上时，最先说话的妇人笑道，“我真希望有什么可以给你！”

“我没有大胆到向你索个吻，”弥卓说道，“但或许要个摊开的掌心，可以吗？”

他比出信号，她看了他片刻。“这很简单，”她轻轻说道，比回信号，“但在陌生人中不一定安全。”

弥卓继续展示货品，与妇女、小孩说笑。没人买东西。他们凝视这些小玩意儿，仿佛是些珍宝。他让他们尽情看、尽情碰，也让一个小孩摸走一面磨光铜镜，看着它消失在破烂衬衫下，一句话也没说。终于，他说他必须走了，一边收起包袱，孩子三三两两离开。

“我有个邻居，”黑辫女子说，“她可能有点纸片。如果你们在找那些东西。”

“上面有字的？”一直无聊地坐在井盖上的鸦问，“上面有记号的？”

她上下打量他：“上面有记号的，先生。”然后她以完全不同的语气对燕鸥说，“请你跟我来，她住在这里。虽然她只是个女孩，而且十分贫困，但我可以跟你说，小贩，她有摊开的掌心。也许不是我们所有人都有。”

“我可有哩，”鸦说，粗略地比划信号，“所以，女人，收起你刻薄的态度吧。”

“哦，该收敛的是你吧，先生。我们是穷人家，又无知。”她眼光一闪，又带领他们继续前行。

她将他们领到巷尾一间屋前。那曾是漂亮房舍，以石头建成的双层楼房，但如今半空、楼面毁坏，窗户外框及装饰用的石雕尽遭拆除。他们经过有口井的中庭。她在边门上敲了两下，一名女孩来开门。

“啊，这是女巫巢穴。”鸦一闻到草药及芳香烟雾，便如此说道，向后退了一步。

“是治疗师。”他们的向导说道，“多莉，她又生病了吗？”

女孩点点头，先看看燕鸥，然后转向鸦。她大约十四五岁，瘦削结实，眼神阴郁沉稳。

“多莉，他们是结手之子，一个矮小俊俏，另一个高大骄傲。他们在找纸。我知道你们以前有一些，不过现在可能没了。他们的包袱里不会有你们需要的东西，但也许他们愿意为想要的东西付点象牙币。是这样吧？”她将明亮眼眸转向燕鸥，他点点头。

“兰草，她病得很重。”女孩说，再次注视燕鸥，“你不是治疗师啊？”是句责问。

“不是。”

“她是。”兰草说，“她母亲、她母亲的母亲也是。多莉，我们进屋里去吧，至少让我进去，好跟她说话。”女孩回屋里一会儿，兰草对燕鸥说道：“多莉的母亲患肺病，快死了。没有治疗师能医好，她自己却能医治瘰病，以碰触止痛，真是神奇。多莉颇有望继承她的衣钵。”

女孩示意三人进屋，鸦决定在外面等待。房间高而深，依稀留存着以往优雅痕迹，如今已非常古老残破。治疗师的各色道具及干燥草药四散屋内，却有如以某种规则排列。细致石壁炉燃烧着一小撮香甜草药，附近有个床架，床上女人十分瘦弱，在昏暗光线下，几乎只剩一团骨头与虚影。燕鸥走到床边，她试图坐起身说话，女儿用枕头将她的头撑起。燕鸥靠得很近时，他听到她说：“巫师。不是巧合。”

她是力之女，知道他是何等人物。是她呼唤他前来此地吗？

“我是寻查师，”他说，“也是追寻者。”

“你能教导她吗？”

“我能带她到可以教导她的人身边。”

“带她去。”

“我会的。”

她躺下头，闭上眼。

受到那专注意志的震撼，燕鸥站起身，深吸一口气。他转头看看女孩，她没有回应，只是以呆滞阴郁的哀伤望着母亲。妇人沉入睡眠后，多莉才有动静，前去协助兰草。兰草身为这对母女的朋友及邻居，自认该尽点心力，因此正收集四散床边的血湿布条。

“她刚刚又流血了，但我止不住。”多莉说，泪水自眼角流下脸颊，表情几乎没变。

“孩子，小东西。”兰草说，将她拉近拥抱，虽然多莉回抱了兰草，却没有软化。

“她要去那里，去墙那里，我不能跟她一起去。”她说，“她要独自去那里，我不能跟她一起去……你不能去那里吗？”她自兰草身边抽离，再度看着燕鸥，“你可以去那里！”

“不行，”他说，“我不认识路。”

但就在多莉说话时，他看到女孩所见的景象：一道长坡向下通往黑暗，山坡对面，暮色边缘，有道矮石墙。他观看，仿佛看到一名妇人沿着墙走，消瘦、羸弱、骨头、虚影。但她不是床上那名垂死的妇人。是安涅薄。

然后那一幕消失，他面对年轻女巫站着。她责难的神情缓缓改变，将脸埋入双手。

“我们必须让她们走。”他说。

她说：“我知道。”

兰草以敏锐明亮的眼睛轮流看着两人。“不只是手巧的人，还是有法艺的人。嗯，你也不是第一个了。”

他露出疑惑的眼神。

“这里叫作阿斯之屋。”她说。

“阿斯住过这里。”多莉说，一抹傲气暂时穿透她无助的痛苦，“法师阿斯。很久以前，在他去西方之前。我的女性先祖都是智妇。他曾经和她们一起住在这里。”

“给我一个脸盆，”兰草说，“我端水来浸泡这些布条。”

“我去拿水。”燕鸥说。他端起脸盆，走到院子。鸦一如以往，坐在井盖上，看起来既无聊又坐立不安。

“我们为什么在这里浪费时间？”燕鸥把水桶垂入井里时，他质问，“你开始替女巫拿东端西了吗？”

“对，”燕鸥说，“我会端到她过世。然后，我会带她女儿到柔克。如果你想读《真名之书》，可以跟我们一起来。”

于是，柔克学院收了第一位来自海外的学生，还有第一位图书馆员。如今存放在孤立塔里的《真名之书》，是“名字”技艺的知识与方法基础，而真名是柔克魔法的基础。据说，名叫多莉的那位女孩，日后反而教导她的师父，且成为所有治疗技艺及草药学的师父，更奠定了这门学科在柔克的尊崇地位。

至于鸦，连与《真名之书》分开一个月都无法承受，所以他从欧若米运来自己的书，和众多书本一同定居绥尔。只要学院的人对书本及他表现出一定的敬意，他便允许他们前来研读书籍。

燕鸥经年的规律也如此定下：晚春时节，他会乘“可望”出航，探寻适合前来柔克学院的人。大多数是有魔法天赋的小孩与年轻人，有时也有成年男女。小孩多半贫穷，虽然燕鸥从未强迫孩子同行，但他们的双亲或师父却鲜少知道真相。燕鸥会假扮渔夫，想雇个男孩在他船上工作，或找女孩到纺织棚里接受训练，或为另一座岛上的工人买回奴隶。若父母是为了让小孩有机会，而让燕鸥带走小孩，或出于贫困而将小孩卖出，以让孩子获得工作机会，燕鸥会以真正的象牙钱币付款；但如果他们是把小孩卖了当奴隶，燕鸥会以金币付款，在隔日离去，同时，金币也变回牛粪。

他在群岛王国中四处旅行，甚至远至东陲，相隔多年才会返回同一城镇或岛屿，好让自己的事迹淡去，但即便如此，还是有人开始谈论他。人们称他为拐儿人，一个可畏的术士，将小孩带往北方冰冷岛屿，在那里吸小孩的血。威岛及飞克威岛上的村里，依然流传着拐儿人的故事，警告孩童提防陌生人。

当时，已经有许多结手之人知道柔克在进行什么工作。年轻人前往柔克，成年男女前去受教与教学。对这些人而言，路途十分艰辛，因为隐匿柔克的咒文如今更为强大，让它看起来只像一片云，或碎浪间的暗礁；柔克之风吹着，阻止任何船舰进入绥尔湾，除非船上有术士，知道如何转移风向。然而，人们继续前来，随着岁月流逝，终于需要一栋比绥尔镇房屋更大的房舍。

群岛王国中，依照传统，男人造船，女人造屋。但在建造大型屋舍时，女人会让男人一起工作，没有“矿工不许男人入矿场”或“造船匠禁止女人观看安舵”等迷信。因此，力量神通的男女在柔克建起宏轩馆，基石安置在绥尔镇上方一座山顶，靠近大林，面向圆丘。墙垣不仅以石头、木材建立，更以魔法为基底，以咒语强化。

弥卓站在山顶，说：“就在我所站之处，下面有一条水脉，泉水永不枯竭。”众人小心翼翼向下挖掘，找到水源，让水流恣意跃入阳光；而宏轩馆首先建妥的部分，就是最内层心脏地带：涌泉庭。

弥卓与伊蕾哈在白砖道上漫步，四墙尚未筑起。

伊蕾哈曾在喷泉旁种植一棵大林挖来的小山梨树。两人前来确定小树是否顺利茁壮成长。春风自柔克圆丘强劲吹下，面海而去，令喷泉水流歪斜四散。圆丘山坡上有一小群人，年轻学生正向偶岛术士手师父亥加学习如何施展幻象。星花草绽放后，灰烬飘散风中。荑烬的发丝也出现灰痕。

“那你去吧，”她说，“让我们来解决律条的问题。”她眉眼悍锐如昔，但与他说话的语气已鲜少这般严厉。

“伊蕾哈，你要我留，我就留下。”

“我是想要你留下。但是别留！你是寻查师，必须四处探寻。只是，要让众人对‘道’——瓦利斯希望称为‘律条’——产生共识，比建造宏轩馆加倍困难、争端更多。我真希望我能就此离开！我希望能和你如现下这般一同漫步……也希望你不去北方。”

“我们为何争执？”弥卓颇为丧气地问。

“因为人数增多了！把二三十个有力量的人聚在同室之内，各人有各自的想法，而把一向任意而为的男人与女人放在一起，就会相互憎恨。我们这些人之间，的确存有一些明显、具体的差异。这些差异必须解决，却又不容易办到。但只要有一点善意，就能带来莫大好处。”

“是瓦利斯吗？”

“瓦利斯，以及几个男人。他们把身为男人这点看得比其他事重要。他们鄙视太古之力，更觉女人的力量与太古之力有关，所以不可靠。难道力量可以由凡人控制或利用吗！但是他们看待‘男人’，犹如我们看待‘世界’，所以，他们坚持真正的巫师非男人不可。而且要禁欲。”

“啊，那件事。”弥卓语带哀伤。

“就是那件事。姐姐昨晚告诉我，她、安尼欧和其余木匠提议，在宏轩馆为他们搭建一部分专属，甚至独立的屋子，好让他们维持自己的纯净。”

“纯净？”

“这不是我说的，是瓦利斯说的。但是他们拒绝了。他们希望柔克律条将男女分离，而且他们要让男人决定一切。我们能作出什么妥协？他们如果不愿与我们合作，为什么要来这里？”

“我们应该送走不愿意合作的男人。”

“走？怀着怒气吗？好告诉瓦梭或黑弗诺的枭雄，柔克女巫正酝酿一场风暴？”

“我忘了……我老是忘记。”他沮丧地说，“我忘了囚室的牢墙。我在外面时，不像现在这么笨……在这里，无法相信这里会是牢狱，但在外面，没有你，我会想起……我不想离开，但是我必须离开；我不想承认在这里的事可能错了，或可能出错，但我必须这样去想……伊蕾哈，这次我会离开，往北方去，但我回来后就会留下。我会在这里找到我需要的。我不是已经找到了吗？”

“没有，”她说，“你只找到我……但在大林中有很多可寻找的事物，即使是你也能免于四处奔波。为什么要去北方？”

“好到达英拉德岛和伊亚，我从没去过那里，我们对那儿的巫术一无所知。众王之英拉德，明亮伊亚，至寿之岛！我们在那里一定找得到盟友。”

“但是黑弗诺隔在我们之间。”

“我不会穿过黑弗诺，亲爱的。我打算走水路绕过。”他总是能让她笑。他是唯一能让她笑的人。他离开后，她变得声音宁静、脾气平和，因为她已学会，在必须完成的工作面前，不耐烦毫无用处。有时她依然怒容满面，有时她会微笑，但从不放声大笑。她会一如往常，独自前往大林，但在搭建宏轩馆及开设学院的这几年，她鲜少能去那里，即使能，也多会带一两名学生同行，学习森林间的道路及树叶的形意，因为她是形意师父。

燕鸥那年较晚才启程。他带着一名十五岁男孩，名叫小尘，是个颇有潜力的天候师，需要在海上多加锻炼；他还带着莎娃，一名七八年前跟他一起来到柔克的六十岁妇女。莎娃曾是阿尔克岛上的结手之女，虽然毫无巫术天赋，却熟知该如何让一群人彼此信任、共同合作，因而在阿尔克岛上受到智妇般尊崇，在柔克亦然。她请求燕鸥带她去见家人，她母亲、妹妹，还有两个儿子。他会把小尘留在她身边，返航时再接他们回柔克。他们在夏天横越内极海朝东北航行。燕鸥要小尘在船帆里灌入一点巫风，好在长舞节前抵达阿尔克岛。

一抵达阿尔克岛沿岸，燕鸥亲自在“可望”周围施下一道幻象，让船看来像根浮木，因为这些水域满是海盗与罗森的奴隶贩子。

他将两人留在阿尔克岛东岸的赛瑟斯里，在长舞节后，继续沿着伊拔诺海峡航行，打算沿欧穆尔岛南岸朝西前进。他继续在船上施加幻象。仲夏灿烂清澈的阳光里，随着北风吹拂，他看见欧恩山幽长山脊、轻盈山巅，在蓝色海峡及较模糊的蓝褐色陆地上高远耸立。

你看，弥卓。你看！

那是黑弗诺，他的家乡、家人所在之处，不知他们是死是活；那是安涅薄在山上长眠之所。他从未返回，从未如此靠近。已多少年了？十六年、十七年？无人认得他，无人记得少年河獭，只有河獭父母和姐姐还记得——如果他们还活着。而黑弗诺大港里一定有结手之人，虽然年少时不认识，但他如今总该认得他们。

他沿着宽广的海峡航行，直到欧恩山隐藏在黑弗诺湾口岬角之后。得通过那狭窄的通道，才会再看到欧恩山，之后，他就能看到那座高山的全貌，包括绵延的山坡与高耸的山顶，然后穿过他十二岁时试图招起巫风的平静水域。继续前行，他会看到高塔从水边立起，先是模糊的点和线，而后抬起鲜艳旗帜，抬起在世界中心的白色之域。

如今他避开黑弗诺，只为胆怯，担心自身安全，担心发现家人已死，担心安涅薄的回忆太清晰。

因为他有好几次都觉得，他能召唤生时的她，因此死去的她亦可能召唤他。联结两人、让她救了他的羁绊尚未斩断。许多次，她都进入梦境，静静地站着，就像他首次在萨摩里恶臭的塔上看到她时一样。多年前，他透过泰立欧那名濒死治疗师之意象，看到她在暮色里，在石墙旁边。

他如今已从伊蕾哈与别的柔克人那里，得知那道墙是什么。那道墙立于生者与死者之间。那个意象中，安涅薄走在这半边，而非朝向黑暗的那半边。

他害怕曾经解放过自己的她吗？

他抢过强劲的风，绕过南角，航入黑弗诺大湾。

旗帜依旧在黑弗诺城塔顶飘舞，王依旧统治当地，旗帜上画着他侵占的城镇岛屿。王就是藩王罗森，他终日端坐于大理石宫殿，让奴隶服侍起居，看着厄瑞亚拜之剑的影子像大日晷影子般掠过下方屋顶。他下达命令，奴隶回答："事已办妥，吾王。"他举行朝会，老人前来说："遵命，陛下。"他召唤巫师，而法师早生前来，低身鞠躬。"让我走路！"罗森大喊，以衰弱双手击打麻痹的双腿。

法师道："陛下，如您所知，我浅薄的技艺并无帮助，但我已派人带来全地海最伟大的治疗师，他住在纳维墩岛，一旦抵达，陛下一定能再行走，还能在长舞节上歌舞。"

接着罗森又是诅咒，又是哭泣。奴隶为他端酒，法师鞠躬后离开，一面检查确保麻痹咒依然有效。

对早生而言，让罗森当王，比他自己公开统治黑弗诺方便得多。军人不信任有法艺的人，也不喜欢服侍他们。无论法师有何力量，除非与莫瑞德之敌同样法力强大，否则一旦士兵与水手选择抗命，他便无法集结军队和舰队。人民惧怕、服从罗森，已是旧习，而且根深蒂固。他们相信罗森曾拥有的力量，包括大胆的策略、坚定的领导和绝对的残忍，也相信他从未拥有的力量，包括能掌控服侍他的巫师。

如今，除了早生及一两名卑微的术士外，已没有巫师服侍罗森。早生已一个接一个赶走或杀害跟他竞争罗森宠信的对手，因此，多年来一直独享统御黑弗诺的权力。

他还是戈戮克的学徒及助手时，就鼓励师父修习威岛的民间智识，他发现只要戈戮克耽溺于水银，自己便完全自由了。但戈戮克突来的厄运撼动了他。整件事之中，有某种谜团、某个缺失的部分或人物。他传唤有用的猎犬来协助，自己亦仔细调查。戈戮克在哪里自然不是秘密。猎犬直直追踪到山壁中一道裂隙，说戈戮克深埋其中，早生完全不打算掘起他。猎犬却追踪不到原本跟戈戮克在一起的男孩，他说不出男孩是否跟戈戮克一起在山里，或逃逸无踪。猎犬曾说，男孩不像巫师般留下咒法痕迹，且隔日下了一整晚大雨，猎犬以为已找到男孩踪迹时，找到的其实却是女人的踪迹，而且她已经死了。

早生未因此惩罚猎犬，但牢记下了这次失败。他不习惯失败，也不喜欢；他不喜欢猎犬说的男孩河獭，但他还是记得。

贪求权力的欲望会自我饱食，不断在吞噬中增长。早生苦于饥饿。他饿坏了。统治黑弗诺这块只有乞丐与贫农的土地，不得满足。如果马哈仁安的宝座上只坐着一个酒醉的残废，那拥有马哈仁安宝座有何益处？城中宫殿只住着摇尾乞怜的奴隶，宫殿又能为他增添什么光彩？他想要的女人，他都能得到，但女人会耗竭法力、吸走力量。他不要女人靠近，他渴望拥有敌人，一个值得摧毁的对手。

一年多来，间谍陆续向他喃喃回报：有一宗秘密叛变，横跨整个领土；一群反叛的术士，自称结手。他急切想找出敌人，因此侦察了类似的一群人，发现不过是一堆老女人、产婆、木匠、挖水沟劳工和铁匠学徒，还有一两个小男孩。早生感到屈辱又愤怒，将他们连同告密者一起处死，以罗森之名公开处决，罪名是秘密谋反。最近不乏这类威吓行为，但这有违他的作风。他不喜欢将骗得自己团团转的笨蛋公之于世，宁愿以自己的方法、自己的时程，好好对付。想要获得滋养，恐惧就必须立即呈现，他需要看到别人怕他，听见他们的畏惧，嗅到它、品尝它。但既然他以罗森之名统治，军队及人民害怕的必是罗森，自己须躲在幕后，只靠奴隶及学徒勉强凑数。

不久前，他派猎犬负责某件工作，事成后老人对他说："你有没有听过柔克岛？"

"在柯梅瑞岛西南。瓦梭领主拥有那座岛已经四五十年了。"

早生鲜少离城，但熟知整个群岛王国，颇为自豪。他从水手报告及宫中保存的绝妙古航海图认识群岛，在夜晚研读地图，沉思下一步该如何、往何处拓展帝国。

猎犬点点头，仿佛对柔克的兴趣就只限于位置。

"怎么了？"

"那群人烧死之前，你曾严刑拷问一个老妇人，记得吗？行刑那人告诉我了。她提到在柔克的儿子，呼唤他过来，你知道吗？叫得好像他有力量过来一样。"

"那又如何？"

"有蹊跷。内陆村庄的一名老妇，连海都没见过，却叫得出那么远一座岛的名字。"

"她儿子是渔夫，会谈论旅途中见闻。"

早生挥挥手。猎犬嗅嗅鼻子，点点头离开。

早生从未忽视猎犬提起的任何小事，因为许多小事都已证明不小。早生因此而讨厌他，更因动不了他，而不喜欢那老人。早生从未称赞猎犬，也尽少利用，但他太有用，不得不用。

巫师将柔克这名字留在脑海，他再度听到这名字，且与此前有相同之处时，他知道猎犬又追到了真正的踪迹。

罗森在欧穆尔岛南边的巡逻队抓到两名十五六岁的男孩和一名十二岁的女孩，三人搭乘偷来的渔船，顺着法术风航行。巡逻队船上有天候师，唤起大浪淹没赃船，才抓到三人。在押回欧穆尔岛途中，一个男孩崩溃，哀号哭诉提到加入结手。听到结手，押解的人便说，他们会先被拷问后被烧死，男孩一听，哭求放过他，他愿说出结手、柔克，以及柔克上伟大法师的事情。

“把他们带进来。”早生对信差说道。

“女孩飞走了，大人。”那人很不情愿地说。

“飞走了？”

“她变成鸟形。说是鹗。没想到这么小的女孩也会。在发现以前，她就逃走了。”

“那就带男孩过来吧。”早生以极大的耐心说道。

他们带来一个男孩。另一个男孩在跳船横越黑弗诺湾时，被弩箭射死。带进来的男孩因恐惧而抽搐连连，连早生都感到鄙弃。他怎么能恐吓一只早就惧怕得盲目崩碎的生物？他在男孩身上施了缚咒，让他像石雕直立不动，站了一天一夜。偶尔，他会对雕像说话，说它是个聪明小伙子，说不定可以在皇宫里当个好学徒，也许最后还去得了柔克呢，因为早生也正打算前往柔克，去会会那里的法师。

他将男孩解缚时，男孩试图假装自己还是石头，不肯说话。早生必须进入男孩的心智，用在很久之前戈戮克还是名副其实的技艺大师时，从他那儿学来的方法。他尽力挖掘。之后，男孩毫无用处，必须处理掉。他再次被这些人的愚蠢耍弄，深感耻辱，而且他对柔克的了解，仅止于结手在那里，有所教导巫术的学院。然后，他得知一个男人的名字。

光想到巫师学院，就让他发笑。野猪学校，他想，还不如去给龙上课！但是力之子正在柔克集结共谋，似乎颇有可能，愈想到有任何巫师联盟或同盟，他就愈惊骇。这不自然，除非存在于极大的力量之下、一个主宰意志的压力……一个法师的意志，强盛到足以使强大巫师为之效劳。这正是他要的敌人！

猎犬在楼下门外等待。早生叫他上来。“燕鸥是谁？”他见到老头劈头就问。

猎犬年事已高，看起来愈发人如其名：皱纹满布、鼻子长尖、眼神哀伤。他嗅嗅鼻子，似乎打算说不知道，但他知道最好别对早生说谎。他叹口气。“是河獭，”他说，“就是杀了老白脸的人。”

“他躲在哪里？”

“他根本没躲起来。在城里四处走动，跟人说话，到巷底村见他母亲，就在那山附近。他现在就在那儿。”

“你应该立刻告诉我！”早生说。

“我不知道你在追他。我已经追了他许久。他骗过我。”猎犬毫无怨怼地说。

“他诈骗、杀害一名伟大巫师，我师父。他很危险，我要报复。他在这里跟谁说过话？我要抓到他们，然后再来处理他。”

“港边的一些老妇人、一个老术士，还有他姐姐。”

“把他们抓来这里。带我的手下去。”

猎犬抽抽鼻子，叹了口气，点点头。

从抓来的人身上得不到多少信息。与先前一模一样：他们属于结手，而结手是一个强大术士的联盟，位于莫瑞德之岛，又称柔克。叫作河獭或燕鸥的人来自那里，不过他原籍黑弗诺。虽然他只是寻查师，众人却很尊敬他。姐姐不见了，也许跟河獭一起去巷底村，他们母亲住的地方。早生在他们迷茫愚笨的脑袋里翻搜，下令对其中最年轻的人施以酷刑，然后把他们烧死，罗森坐在窗边就看得到。国王需要些消遣。

这些事只花了他两天。这期间，早生注视、刺探巷底村，他派猎犬先行前往，然后将自己的“呈象”送去一同观察。一得知河獭行踪，他快速拍着老鹰翅膀，全速前进。早生是非常杰出的变形师，无所畏惧，甚至敢化为龙形。

早生知道自己必须谨慎应付。河獭击败提纳拉，加上还有柔克的事，某种力量存于他体内，或与他同行。但是早生很难惧怕一个跟产婆之辈相处甚欢的卑微的寻查师，他无法自贬身份，偷偷摸摸、躲躲藏藏前进。因此，他大白天便降落在巷底村房屋零星四散的广场，将利爪折回成人腿、巨翅挥为手臂。

一个小孩哭叫着跑向母亲。四周无人，但早生转过头，依旧带着一丝老鹰般的敏锐，僵硬地转身，盯视。巫师识得巫师，他知道猎物在哪间房舍。他走过去，将大门一推。

一名细瘦褐肤的男子坐在桌前，抬头看他。

早生举手，要在男子身上施加缚咒。他的手定住，动弹不得地在身旁半举。

所以，这是一场竞赛，有个值得对战的敌人！早生往后退一步，微笑着将双手外举，向上举，动作缓慢稳定。无论对方做什么，都定不了他。

房子消失。没有墙壁，没有屋顶，没有人影。晨光下，早生站在村庄广场的尘土上，双臂高举在天。

这当然只是幻象，却也稍微阻碍他的咒语，他必须解除幻象，带回周围门框、墙壁、屋梁、陶制餐具、石壁炉与桌子。但无人坐在桌前。敌人消失了。

早生很生气，非常生气，如盘中食物被夺走的饿汉。他召唤燕鸥重新出现，但他不晓得燕鸥真名，无法掌控他的心或智。召唤无人应答。

他大步踏离房子，转身，施下火咒。火苗立刻迸出，屋顶、墙壁及每扇窗都蹿出火舌，妇女尖叫着逃出。她们方才一定躲在后面房间，他丝毫没注意。“猎犬。”早生心念猎犬真名使出召唤咒。老人不得不来，对此十分不快，说：“我就在下面那边酒馆里，你只要说我的通名，我就会过来了。”

早生看了他一眼。猎犬立即闭嘴，不能多言。

“我准了才能说话。”巫师说，“那人在哪里？”

猎犬朝东北方点头。

“那里有什么？”

早生打开猎犬的嘴巴，给他以足够声音，让他能用平板死枯的音调说话。“萨摩里。”

“他是什么形体？”

“河獭。”平板的声音说道。

早生笑了：“我去等着抓他。”他的人腿变成黄色利爪，手臂变成宽广羽翅，老鹰飞冲上天，越风而去。

猎犬嗅嗅，叹了口气，不情愿地拖着脚步尾随在后，身后村落火焰熄灭，孩童哭泣，妇女在老鹰身后叫喊诅咒。

试图行善的危险，在于内心会混淆善意与善行。

一只河獭沿着叶纳伐河快速下游，想的不是这些。除了速度、方向、河水甜美的味道及游泳的甜美力量之外，它其实想得不多。但弥卓坐在巷底村奶奶家桌前，跟母亲、姐姐说话时，想的正是跟这个差不多的念头，之后屋门被一推而开，那可怕的闪耀身形便站在门口。

弥卓来到黑弗诺时心想，无意害人便不会伤人。但他已造成无法弥补的伤害：孩童因为他身在那里而死，他们在折磨中死去，被活活烧死；他让姐姐、母亲和自己陷入恐怖的危险，还危及柔克。如果被早生（他只知道此人的通名及恶名）抓到，就像其他人一样被早生利用，柔克众人都将暴露在那巫师的力量及他掌握的船舰军队之下。弥卓那时就会将柔克出卖给黑弗诺，如同不知名巫师将柔克出卖给瓦梭一般——也许那人也以为自己不会伤人。

巫师前来时，弥卓一直想着该如何立刻离开黑弗诺，而不引人注意。他依然无解。

现在身为河獭，他只想永远维持河獭的形体，当只河獭，待在甜美流动的褐色河流中。对河獭来说，没有死亡，只有生命到达尽头。但这只滑顺动物有人类的心智，小河流经萨摩里西方山丘时，河獭爬上泥泞河岸，化回人形蹲在河边颤抖。

现在要去哪儿？为何来到这里？

他还没有开始想。他选择最方便的形体，照河獭的习性跑到河边，照河獭的习性泅水，但他必须回到人类形体，才能像人类一样思考、躲藏、决定，以人类或巫师的方式行动，对抗猎捕他的巫师。

他知道自己不是早生的敌手。为了定住第一个缚咒，他已用尽力量抵抗。幻象及变换是他仅剩的技法，若再次面对那巫师，他一定会被摧毁，连同柔克一起。柔克及其子民、他心爱的伊蕾哈，还有芙纱、鸦、多莉，所有人，以及白色中庭内的喷泉、喷泉边的树。只有大林挺得下去，只有碧绿、无言、屹立不摇的山陵。他听见伊蕾哈说，“黑弗诺隔在我们之间。”他听见她说，“所有真正的力量、所有的太古之力，追本溯源，都是一体。”

他抬头。凌驾河流之上的山边，就是他与提纳拉，还有在他脑中的安涅薄，曾一同来到的山边。绕过那座山后略走几步就是那道裂隙，那道密缝，夏日碧草下依然清晰可见。

“母亲，”他跪着说道，“母亲，对我开启。”

他将双手覆盖在大地的密缝之上，手里却无力量。

“让我进去，母亲。”他以与山坡同样古老的语言低声道。地面略略颤抖后开启。

他听见一只老鹰尖鸣。他站起身，跃入黑暗。

老鹰飞来，在山谷、山坡、河边柳树上盘旋尖鸣。它盘旋、搜寻又搜寻，后循原路飞回。

良久之后，已是向晚，猎犬蹒跚走入山谷。他不时停停嗅嗅，在山坡旁大地裂隙边坐下，歇息疲累的双腿。他研究翻起的新鲜土块、草被压扁的地方，轻抚弯扁的草茎，让它站直。他终于站起身，到柳树下清澈水边喝口水，走回山谷，朝矿坑前进。

弥卓在疼痛中、在黑暗中醒来。漫长时间里，也只有这两样陪他。疼痛来来去去，黑暗随侍在侧。光线一度微亮得近乎黄昏，他勉强看到四周。一道斜坡从他躺卧处往下延伸至一面石墙，石墙对面又是黑暗，但他无法起身走到石墙，疼痛再次激烈地回到手臂、大腿、头颅。黑暗包围着他，一切消失无踪。

口渴，伴随而来的是疼痛。口渴，还有潺潺的水声。

他试图记起该怎么发出亮光。安涅薄呜咽哀伤地对他说："你不能制造光吗？"但他不行。他在黑暗中匍匐前进，直到水声愈来愈大、身下石头尽湿，他盲目摸索直到发现水为止。他喝水，试图再从湿润石头边爬走，他非常冷，一只手臂疼痛无力。头又痛了，他抽噎颤抖，试着将自己缩成一团取暖。没有温暖，也没有光线。

虽然四周依然一片漆黑，他却坐在离他躺着不远的地方看着自己。他全身蜷缩，瘫散在地，附近有条云母岩脉渗滴出的小水流，不远处还缩着另一堆腐烂的红丝绸、长发、骨头。在那之外，一串岩穴向深处延伸。他看到其中的岩室通道远比所知延伸得远。他以同样事不关己的兴味看着那串岩穴、提纳拉与自己的身体。他感到一阵淡淡懊悔，今天会死在自己杀死的人身边，也算公平。这样也对。没有什么不对。但他体内有某种事物在痛，不是尖锐的肉体疼痛，而是漫长、一生的哀痛。

"安涅薄。"他说。

然后，他回到自己体内，手臂、大腿、头上感到强烈痛楚，在昏聩的黑暗中恶心、晕眩。移动身体时，他痛得啜泣，但还是坐起身。我只能活下去，他心想，我必须要记得如何活下去、如何发光。我必须要记得。我必须要记得树叶的影子。

森林有多远?

心有多远，它就有多远。

他在暗中抬起了头，一会儿，他稍微移动完好的手，暗淡的光从手上流泻。

石穴顶在遥远的上方，云母岩脉滴下的潺湲水流在磷火中短促闪烁。

他再也看不见之前所见的石室与通道，视觉已无关乎己、游离体外。他只看得到一抹光在他四周与眼前。一如他与安涅薄穿过夜里，走向她的死亡，一步步踏入黑暗。

他跪起身子，才想到轻声说："谢谢你，母亲。"他站起，又跌下，左腿一阵疼痛，令他大喊出声。一会儿，他再试一次，站了起来，开始前进。

他花了许多时间越过石穴。他将损伤的手臂放入衬衫，完好的手按在大腿关节上，让走路轻松些。两侧墙壁逐渐缩成一条通道，这里的岩顶压低许多，离头顶不远，清水从一面墙上渗出，在地下岩石间聚成小池。这不是提纳拉幻觉中神妙的红色宫殿，有高耸廊柱写着神秘银色符文；这里只有泥土，只有干土、岩石、水，空气沁凉沉静。除了小溪的滴答声，一切静默。法术光外黑暗一片。

弥卓低下头，站在那儿。"安涅薄，你能回这么远来吗？我认不得路。"他稍待片刻。他看到黑暗，听到寂静。他缓慢而停歇地进入通道。

早生不清楚那人如何逃离他的法眼，但有两件事他很肯定：他比早生遇过的法师都强大，而且他会尽快回到柔克，因为那是他力量的泉源与中心。试图比他早到一步也没有用，他遥遥领先，但早生可以追随在后；如果自己的力量不够，早生还能带上另一股力量，令所有法师莫之能御。莫瑞德不也几乎被击倒吗？且击倒他的不是巫术，只是由敌方作法而叛变的军力。

"陛下，您要派遣船舰，"早生在众王之宫，向坐在手扶椅上瞪视着的老人说道，"内极海南方聚有强大的敌人，要来攻击您，我们将前往歼毁。百艘船舰将自大港、欧莫尔岛、南港及您的采邑厚斯克岛出动，是世界上最壮大的海军！我会亲自领军，而荣耀将归属于您。”他带着公然的嘲笑说道，让罗森以恐怖眼神盯着他，终于开始了解谁是主人、谁是奴隶。

早生对罗森手下全盘掌握，两天内，大批船舰已从黑弗诺出发，沿路不断有援军加入。八十艘船舰在正确稳定的法术风吹拂下，航经阿尔克岛及伊里安岛，直奔柔克。有时早生会穿着白丝袍，握着由极北海兽角雕成的白色长杖，站在领航战舰的船首甲板上，战船的百支船桨如海鸥翅膀拍击。有时他自己便是海鸥，或老鹰，或飞龙，在船舰前方或上方飞行，兵将看到他如此飞行，便叫喊：“龙主！龙主！”

船舰停靠伊里安岛，补给水与食物，如此快速出动数百名兵士，船舰少有时间装载补给品。他们蹂躏伊里安岛西岸城镇，四处劫掠，在维斯提及柯梅瑞岛也如法炮制，尽可能掠夺能带走的，烧毁带不走的。然后，大批舰队转向西方，朝柔克唯一的港口绥尔湾航行。早生从黑弗诺那些地图上得知这海港，知道海港上有座高陵。船舰靠近时，他变身龙形，由船只上空腾越而起，引领船舰，目光朝西凝视，寻找山陵的踪影。

他看到模糊碧绿的山陵在迷雾海面上时，放声大喊——船上的人都听到龙的尖鸣——并加速飞行，让他们尾随在后，前往征服。

传说柔克当地受咒法保护、由诵咒隐藏，凡人眼睛无法看到。如果那山陵及他如今在山陵前看到的开展海湾有任何咒语，之于他也仅是薄纱，透明可见。他飞越海湾、横渡小镇及山坡上半完成的建筑，抵达高耸的碧绿山顶，双眼无可模糊，意志无可挑战。他在山顶伸长龙爪，拍击锈红双翅，降落在地。

他以自己的形体站着，没有变身。他警觉、忐忑地站着。

风起，长草在风中点头。夏日正进入尾声，长草已干枯变黄，除了缀边的小白点之外，没有半朵鲜花。一名女子走上山，穿过长草，朝他前来，她未沿任何小径，从容不迫。

他以为他已举手诵咒，阻止女子；但他的手并未举起，而她继续前进，直到离他两臂之遥略低处，方才停步。

“告诉我你的真名。”她说。而他答：“帖列尔。”

“帖列尔，你为什么来这里？”

“来摧毁你们。”

他盯着她，看到一名圆脸的中年妇女，身形矮小结实，发中带有灰丝，深色眼眸在深色眉下，双眼擒住他的双眼、擒住他的人，从他口中带出实话。

“摧毁我们？摧毁这座山丘？那边的树木吗？”她低头朝离山不远的树林望去，“也许创造这一切的兮果乙可以毁坏一切；也许大地会自行摧毁；或在最后，透过我们的手，自行摧毁。但不会透过你的手。虚假的王、虚假的龙、虚假的人，等你明白自己站在何处，再来柔克圆丘。”她的手作势朝土地一挥，转身循着前来的方向，穿越长草下山。

如今，他看到山顶上还有人，许多人：男人、女人、孩童，生者，以及死者的灵魂，许许多多。他极端恐惧，整个人缩成一团，试图施咒隐藏自己，不让所有人看到。

但他无法施咒，身上不剩半点魔法。魔法尽失，自他体内流入这座可怕山丘，流入脚下这可怕土地，消失。他已不再是巫师，只是与旁人一样的凡人，毫无力量。

他知道这点，彻底明了，却仍试图诵咒，在念诵中举起双臂，怒击空气。然后他往东方看，竭力寻找战舰船桨的闪击，寻找前来惩罚这些人、前来拯救他的舰队风帆。

他只见到水上一片雾气，覆盖海湾口外。在他注视下，雾气转浓、转暗，越过缓击浪波，森森逼近。

大地自转向阳，创造白昼与黑夜，但在大地内却无白昼。弥卓彻夜行走。他的跛脚愈趋严重，也无法一直维持法术光闪亮。光熄灭时，他必须停步、坐下、睡觉。睡眠永远不是他以为的死亡。他总是自冰冷、疼痛和口渴中苏醒，而在他能发出微弱的一点光芒后，便起身行走。他一直没见到安涅薄，但知道她在彼处。他尾随在她身后。有时是宽敞的房室，有时是一池池静水，沉静难以打破，但他仍从中喝了几口水。他觉得自己渐行渐深，过了好长时间，最后抵达最长的水池，之后坡道再度攀升。现在，安涅薄有时跟在他身后。他可以说出她的真名，但她没回答；他说不出其余名字，但是他可以想着树、想着树根，这里是树根的王国。森林有多远？树走多远，它就有多远。与生命一样远，与树根一样深，与叶片投射的疏影一样远。这里没有影子，只有黑暗，但他继续前行，继续前行，直到看见安涅薄在他前面。他看到她眼中的闪光、她如云的卷发。她回头看他片刻，然后转身沿着一条长长陡坡，轻盈地往黑暗里跑。

他站的地方并非完全漆黑。空气在他脸上浮动。遥远前方，微弱细小地出现一道不是法术光的光芒。他向前行。他已匍匐前进许久，拖着撑不住身体重量的右脚。向前行。他闻到夜风气息，透过树枝及叶片看到夜空。一段弯曲橡木树根形成洞穴开口，大约一人或一只獾能爬过的大小。他爬过去。他便如此躺在大树根下，看着天光殒退，一两颗星辰从叶片间冒出。

猎犬就在那里找到他，离山谷数英里外，萨摩里西边，法力恩大森林边缘。

“找到你了。”老人说，低头看着那泥泞松弛的身体。他又惋惜地加上一句：“太迟了。”他弯下腰，想知道是否能抱起或拖动他，却感觉到一丝生命的温暖。“你命很硬嘛，”他说，“好了，醒醒。快点。河獭，醒醒。”

河獭虽然坐不起身，几乎无法言语，但认得猎犬。老人将自己的外套围在河獭肩头，让他从水壶里喝两口水，然后蹲在河獭身边，背倚橡树粗壮的树干，向森林深处望了片刻。天色近晚。气候炎热，夏日阳光透过树叶，散成千种浓淡绿光。一只松鼠在橡树上远远叫骂，松鸦予以回应。猎犬抓抓脖子，叹了口气。

“巫师照常追错方向，”他终于开口，“说你已经去柔克岛，他会在那里逮到你。我什么都没说。”

他看着他只知道叫作河獭的人。

“你跑到里面，那个关着老巫师的洞里，对吧？你找着他了吗？”

弥卓点点头。

“嗯哼。”猎犬吐出一声短促嘟哝的笑，“你找着你要找的东西了吧？我也是。”他发现同伴陷入一阵烦郁，便说，“我会把你弄出去的。等我喘口气，就去下面那村庄找个车夫过来。你好好听我说，不要急。我这几年来追你，不是为了把你交给早生，像我把你交给戈戮克一样。这事我很愧疚。我一直在想，当初跟你说过，有法艺的人应该团结、为某人工作。那时我看不到有什么选择的余地。害了你一次，我便想，如果再碰上你，我便要帮你一把。也算寻查师之间的情分，懂吧？”

河獭呼吸愈渐急促。猎犬将手覆盖在他手上片刻，说：“不要担心。”然后站起身说，“好好休息。”

猎犬找到一名愿意将两人载往巷底村的车夫。河獭母亲跟姐姐目前住在表亲家，尽力重建焚毁的屋子。她们以不可置信的喜悦欢迎河獭回来。她们不知道猎犬与藩王及他手下巫师的关系，把他当自己人，认为他找到河獭半死不活地躺在森林里，又带他回家，是个好人。“他是智者，”河獭母亲玫瑰说道，“一定是智者。”这样一个人值得她们尽心款待。

河獭复原得慢。接骨师尽力救治他骨折的手臂及受伤的大腿，智妇在他手上、头上、膝盖上为岩石割破的伤口涂抹药膏，母亲为他找来菜园及莓丛间的各式美味，但他依然与猎犬当初带回来时一样，虚弱衰竭地躺着。巷底村智妇说，他体内没有心。他的心在别处，被忧虑、恐惧或羞愧吞蚀。

“所以心在哪里？”猎犬问。

河獭良久沉默后回答：“柔克岛。”

“老早生带船舰去的地方。我懂了。那里有朋友。好吧，我知道其中一艘船回来了，我在下面那边酒馆里看到其中一名船员。我去打听打听，问问他们有没有到达柔克，那里发生了什么事。我能告诉你的是，老早生好像晚回了。嗯哼，嗯哼。”他又说道，觉得自己的笑话很有趣，“晚回了。”他重复，然后站起身。他看看形销骨立的河獭，“好好休息。”他说，随即离去。

猎犬去了几天。他乘马车返回时，神情让河獭姐姐急急忙忙冲去告诉河獭：“猎犬要不是打胜仗，就是发了！他搭着光鲜的马车，前面一匹光鲜的马拉着，像王子一样！”

猎犬紧跟在后进了屋：“这个嘛，首先，我一到城里，就往皇宫跑，去打探消息。结果我看到什么？我看到老海盗王双脚站着，像过去一样发号施令。站着！他已经好几年没站过了。发号施令！有些人听令行事，有些人没有。我离开那儿，在那种情况下，皇宫可危险着。我到朋友那里走走，问问老早生跑去了哪里，舰队是不是去了柔克又回来。他们说，没人知道早生去了哪儿，他也没送个信回来。他们开我的玩笑，说也许我找得着他，嗯哼，他们知道我有多爱戴他。至于那些船呢，有些船回来了，船上的人都说他们根本没到柔克岛，连看都没看到，直直穿过航海图上说有岛的地方，结果却没有岛。还有从其中一艘大战舰下来的人，说靠近本来应该有岛屿的地方时，却闯进一团跟湿布一样厚重的雾里，海也变得很厚重，船桨手连桨都差点划不动。他们说陷在里面一天一夜，逃出时，海上看不到半艘舰队的船只，奴隶都快反叛了，船长便速速返航。另一艘船，那艘老‘乌云’，以前是罗森的船，那时也进港了。我跟船上下来的人聊了两句，他们说柔克原本所在地，除了浓雾跟暗礁外，什么也没有，他们便跟其余七艘船舰继续往南航行，遇上瓦梭航来的舰队。说不定那里的藩王是听说有大舰队前来劫掠，因为他们没停下来问问题，就直接对我们的船舰发射巫火，靠到船边想强行登船。跟我聊过的人都说，光是要从那些人手里逃跑就已是苦战，还有人没逃出来。整段时间他们都没有早生的讯息，而且除非船上有袋子师，否则也没人操作天候。从‘乌云’下来的人说，他们沿着内极海海岸回来，像被打败的狗群一样，一只接一只，乱七八糟。你喜欢我带给你的消息吗？”

河獭一直强忍着不掉泪，他藏起脸：“喜欢。多谢。”

“就知道你会喜欢。至于罗森王，”猎犬说，“谁知道。”他抽抽鼻子，叹了口气，“我要是他，早就退休了。我想我自己也该退休了。”

河獭终于控制住自己的表情与声音。他擦擦眼睛鼻子，清了清喉咙，说道：“这主意可能不错。来柔克好了。比较安全。”

“好像是个难找的地方。”猎犬说道。

“我找得到。”河獭说道。

# 弥卓

我们门边有个老人，
无论贫富一律应门，
众多高矮尽皆前来，
少能通过弥卓之门。
水就这样流啊流，
水就这样流。

猎犬留在巷底村。他可以在那里靠寻查维生，又很喜欢那儿的酒馆，还有河獭母亲的殷勤款待。

初秋时分，罗森已被一条绑在脚上的绳子倒吊起来，挂在新皇宫窗边腐烂。六名藩王正为他的国土争执，大舰队在海峡及饱受巫师骚扰的海面上，相互追逐争斗。

由两名黑弗诺结手年轻术士航行掌舵的“可望”，却带着弥卓安然渡过内极海，抵达柔克。

荚烬在码头迎接。跛脚又枯瘦的他来到荚烬面前，握起她的双手，却无法抬头面对。他说：“我的心积压太多死亡了，伊蕾哈。”

“跟我来大林。”她说。

两人一起到大林，待到冬季来临。之后一年，他们在流出大林的绥尔河边，建了一座小屋，夏天都住在那儿。

两人在宏轩馆工作、教导，看着它一石一石盖起，每块石头都浸濡在保护、延续、和平的咒语中；他们看到柔克律条制定，却不如他们所希望的那般稳固，总是遇上反对意见，因为有来自别岛，以及从学生身份跃升而成的法师，都是拥有力量、知识、自傲的男女，他们对律条起誓，共同合作，共谋所有人的福祉，但每个人都看见不同的达成方法。

年岁渐长的伊蕾哈倦于学院的热情与问题，而愈发受到树林吸引，因此她独自前往，到心能带她去的最远的地方。弥卓也在那里行走，但走得不如她远，因为他跛脚。

她过世后，他独自在大林旁小屋住了一阵子。

秋季的一日，他回到学院。从菜园边门进入，一旁小径可穿过田野至柔克圆丘。柔克宏轩馆的特色，便是完全没有正门或宏伟入口，你可以从称为后门的地方进入，这扇门虽以兽角做成、以龙牙为框、门上雕着千叶树，但如果从墙外一条昏暗小路前来，门的外表便平淡无奇；或者也可以从菜园门进去，那扇门是普通橡木，有个铁闩。可是没有前门。

弥卓穿过大厅及石廊，来到屋子最深处，铺满大理石的喷泉中庭。伊蕾哈当初种的树如今高高耸立，枝上浆果渐渐转红。

柔克众师父听说他在那里，群集前来，无论男女，均是各种法艺的大师。弥卓前往大林之前，曾是寻查师父，如今，一名年轻女子教导这门技艺，如同曾受教于他一样。

“我一直在想，”弥卓说，“你们有八人。但九是比较好的数字。你们愿意的话，再把我当成师父吧。”

“您要做什么呢，燕鸥大师？”召唤师父问，他是伊里安岛的灰发法师。

“我来守门。”弥卓说，“我跛脚，所以不会远离那扇门；我年纪大，知道该对来人说些什么，我是寻查师，能知道来人是否属于这里。”

“那会替我们免除许多麻烦和部分危险。”年轻的寻查师父说。

“你会怎么做？”召唤师父问道。

“我会询问来者的真名。”弥卓说，微笑，“如果他们愿意告诉我，便可以进来，认为自己学成时，就可以再出去。只要他们能说出我的真名。”

于是如此。终其一生，弥卓守着柔克宏轩馆的双门。即使世纪迁移，人事已非，面朝圆丘开的菜园门，长久以来依旧被称为弥卓之门。第九位柔克师父也依然是守门师父。

在巷底村及黑弗诺欧恩山脚下的村庄，编线纺织的妇女唱着一首打谜歌，最后一句或许与身为弥卓、河獭及燕鸥的人有关。

有三件事不可能：
索利亚岛浮上海；
蟠龙游在大海中；
海鸟飞入坟墓内。

# 黑玫瑰与钻石

# DARKROSE AND DIAMOND

## 西黑弗诺船歌

我爱人去向何方
我亦跟随
他船桨划往何方
我同往

我们将一同欢笑
亦将一同哭泣
他生我亦生
他死我亦死

我爱人去向何方
我亦跟随

他船桨划往何方

我同往

黑弗诺西方，橡树及栗树密生的山林间，是碧原镇。从前，镇上有个富人从商，名唤阿金。

阿金有间工厂，专门为黑弗诺南港及黑弗诺大港所建的船只切割橡木板。他拥有最广的栗树林，拥有许多拖车，雇用了多位车夫，将木材和栗子载越山头贩卖。阿金在木材生意上赚了大钱，因此儿子出生时，孩子母亲问道："我们就叫他阿栗或阿橡吧，如何？"但阿金说："叫他钻石。"在他的观念中，唯有钻石比黄金珍贵。

于是，小钻石在碧原镇最漂亮的房子中成长，先是目光炯炯的胖娃娃，后来成为红润开朗的男孩。他歌声悦耳、听力敏锐、热爱音乐，因此母亲托莉以"歌雀""云雀"等亲昵小名唤他。母亲始终不喜欢"钻石"这名字。钻石在房子四处婉转轻歌，曲子听过就能哼唱，听不到曲子便自己编歌谣。他母亲要智妇阿缠教导他《伊亚创世歌》与《少王行谊》；他十一岁时，西陆王爷造访碧原镇上方的山陵领地，他还在日回宴上为西陆王爷吟唱《冬颂》。西陆王爷及夫人赞美孩子的歌声，送他一只小金盒，盒盖上镶着颗钻石。这钻石对母亲而言，似乎是份亲切漂亮的礼物，但阿金对唱歌及小玩意儿毫无兴趣。"儿子，你有更重要的事得做，"他说，"还有更大的奖赏要赚。"

钻石以为父亲指的是事业，那些伐木工、锯木工、锯木场、栗树林、采果工、车夫、马车，还有一大堆工作、讨论、计划等等，复杂的大人事情。他从不觉得那些跟自己有多大关系，所以他该怎么完成父亲期许的大事？也许等长大后就明白了。

但阿金想的其实不只是事业，他观察到儿子有某种特质。这种特质还不至于让他眼高于顶，设立些崇高目标，但也会令他偶尔朝那目标瞄上两眼，然后闭上眼。

初时，他以为钻石像其他孩子般，只有昙花一现的魔法，不久便会消退。阿金年幼时也能让自己的影子发光闪烁，家人为此大为赞美，还要他表演给访客看，但到了七八岁，他便失去这项能力，从此不能施法。

阿金看到钻石未沾阶梯便能下楼，还以为自己眼花，但几天后，他又看到孩子只用一指轻轻滑过橡木扶手，飘上阶梯。“你能用这法子下楼吗？”阿金问。钻石答：“可以啊，就像这样。”旋即像飘在南风上的云朵，平稳滑行而下。

“你怎么学会的？”

“不小心就发现了。”男孩说，显然不确定父亲是否赞成。

阿金没赞美孩子，不希望他因这可能只在孩提时期才有的短促天分而变得骄矜，毕竟已经有太多人对他甜美高亢的嗓音大惊小怪了。

约莫一年后，阿金看到钻石跟玩伴玫瑰在外头后院里。两个孩子蹲着，头靠头，大声嘻笑。两人间有种不知名的强烈神秘气氛，令他在楼梯间窗前驻足观察：有种东西正上下跳跃。是青蛙？癞蛤蟆？大蟋蟀？他往外走入花园，靠近两人。虽然他个头高大，但动作极其安静，全神贯注的两人都没发觉。在两人光裸脚趾间上下弹跳的，是一块石头。钻石抬起手，石头便跳入空中；轻轻甩手，石头在空中盘旋；手指往下一挥，石头便掉回地面。

“轮到你啦。”钻石对玫瑰说。玫瑰开始依样画葫芦，但石头只是略微滚动。“噢，”她悄声道，“你爸爸来了。”

“蛮厉害的嘛。”阿金说。

“小钻想出来的。”玫瑰说。

阿金不喜欢玫瑰。她直率却防卫心重、冲动却又羞怯。这女孩比钻石小一岁，是女巫之女。他希望儿子能跟同年龄男孩，跟他的同类，跟碧原镇上的望族子弟一起玩。托莉坚持唤女巫为“智妇”，但女巫就是女巫，女巫的女儿可不适合当钻石的玩伴。不过，看到儿子教女巫的孩子小技法，他多少还是有些愉快的。

“钻石，你还会什么啊？”阿金问。

“吹笛子。”钻石立刻回道，从口袋里拿出十二岁生日时母亲送的小横笛。他将横笛举到口边，飞舞手指，吹出一首在西岸耳熟能详的甜美旋律《爱人去向》。

“很好嘛，”父亲说，“但横笛谁都会吹。”

钻石瞥向玫瑰。女孩别过头，看着地上。

“我一下子就学会了。”钻石说。

阿金闷哼两声，不为所动。

“它自己会吹。”钻石说，将横笛举离口边。他的手指在音孔上飞舞，横笛响起简短的吉格舞曲。其间吹错几个音，最后一个高音还发出刺耳声响。“我还没学好。”钻石说，又恼又羞。

“不错，不错，”阿金说，“继续练习。”说着，他离开两人。他不确定自己该说什么。他不想鼓励孩子多花时间在音乐或那女孩身上，钻石已经浪费太多时间，音乐或女孩都无法帮他出人头地。但这天分，这毋庸置疑的天分——飘浮的石头或无人吹奏的横笛——也许过度鼓励不对，但也不该遏止。

在阿金的观念里，财富就是力量，但不是唯一的力量。除此之外还有两种力量，其一与财富相当，另一种较财富更伟大。首先是出生：西陆王爷来到碧原镇附近领地时，阿金很乐于表示忠诚。领主生来就为统治维安，如同阿金生来就该经商赚钱。两者各有所长，无论贵族平民，只要各司其职、诚实做事，便应获得荣耀与尊重；但也有些小领主，阿金可以收买或出卖、借其金钱或任其乞讨，这些人虽出身贵族，却不值得效忠或荣誉。身家来历与财富皆属偶然，必须努力赚取才不至失去。

但在富人、贵族外，另有拥有力量的人，即巫师。他们的力量虽鲜少使用，却是绝对的。巫师手中握有虚位已久的群岛王国的命运。

如果钻石生来就有这种力量，如果这是天赋，那么阿金的一切梦想、计划，包括训练钻石从商，要他协助拓展车队路线，与南港固定交易，买下芮崎上方的栗树林，等等，都将化为琐事。钻石会像他叔公一样，去柔克岛上的巫师学院吗？也能为家族赢得荣耀，或凌驾贵族、平民之上，成为黑弗诺大港摄政王的御用法师吗？阿金满怀想望，飘飘然，只差没能飘上楼梯。

但阿金对孩子和妻子只字未提。他天性寡言，不相信想望，除非想望可化为行动。托莉虽是尽责温柔的妻子、母亲、主妇，却已过度夸耀钻石的能力与成就。而且，她和所有女人一样，喜欢说长道短，交友也不慎。那个叫玫瑰的女孩会一天到晚待在钻石身边，正是因为托莉鼓励玫瑰的母亲——即女巫阿缠——来访；每次钻石的指甲长个倒刺，就要咨询阿缠，还告诉她过多家务事，那些事无论阿缠还是任何人都不应该知道，他的事跟女巫无关。但另一方面，阿缠或许能告诉他，儿子是否真有潜力，拥有法术天分……然而，光想到要问女巫意见，就让他退避三舍，更遑论让她评断自己儿子。

阿金决定静观其变。耐心又坚毅的他等了四年，等到钻石十六岁。钻石长成高大健壮的青年，长于运动、课业，依然脸色红润、目光炯炯、性格开朗，但变声时却受到颇大打击，因为甜美高亢的歌喉变得荒腔走板且沙哑。阿金希望孩子能从此不再歌唱，他却继续跟云游乐师或民谣歌手之流闲晃，学习无用之事。这种生活不适合商贾之子，他就要继承管理父亲名下产业、锯木坊与事业了。阿金据实以告："儿子，唱歌时间结束了，你该想想成年人的事。"

钻石在碧原镇上方山中的阿米亚泉领受真名。巫师铁杉认识他的曾叔公，特地从南港来为他命名。铁杉亦受邀参加来年的命名宴，场面盛大，供应啤酒、食物与新衣裳，每个孩子都有新衬衫、裙子或衬衣，这是西黑弗诺的古老传统。最后，在温暖的秋日傍晚，众人在村庄绿地上跳舞。钻石有许多朋友，包括镇上所有同龄男孩、女孩。年轻人跳舞，有些人多喝了点啤酒，但无人逾矩太甚，是个快乐夜晚，值得回味。隔天早上，阿金再度提醒儿子，该思考成年人的事。

"我想过一些。"男孩以沙哑的声音说道。

"然后呢？"

"嗯，我……"钻石才启齿，旋即哑口。

"我一直相信你会加入家族事业。"阿金说，口气平静，而钻石一语不发，"你想过要做什么吗？"

"有时候想过。"

"你跟铁杉师父谈过吗？"

钻石稍加迟疑，说：“没有。”他带着疑问望向父亲。

“我昨晚跟他谈过，”阿金道，“他说，抑制某些天分不仅困难，而且实际上更是错误、有害。”

光芒返回钻石深黑的眼眸。

“师父说，这些天分或能力若不经训练，不仅浪费，可能还会造成危险。他说，技艺必须经过学习和练习。”

钻石神色一亮。

“但是，他说，必须为技艺而学习、练习技艺。”

钻石殷切地点头。

“如果是真正的天分、难得的能力，这点就更重要。使用爱情灵药的女巫不会引发多少灾难，但即使是乡野术士，也必须当心……技艺倘用于卑鄙目的，就会衰减、败德……当然啦，就算只是乡野术士，也能获得报酬。而法师，你知道，他们与贵族同等，要什么有什么。”

钻石正专注聆听，微微蹙眉。

“所以，说白一点。钻石，你若有这种天分，对事业并无直接用处，这天分必须依本身条件加以培养、控制，得学习、精熟。铁杉说，到那时，你的老师才能开始告诉你这技艺怎么用、会带给你什么好处。或带给别人什么好处。”阿金刻意补上一句。

一阵漫长的沉默。

“我告诉铁杉，”阿金道，“我看过你手掌一翻，随口一说，就把一只木雕鸟儿化为飞翔歌唱的鸟；我看过你在空中制造一团亮光。你不知道我当时在看你。长久以来，我一直观察，却什么也没说。我不想过分夸耀孩子的小把戏。但是我相信你有天分，也许是伟大的天分。我把亲眼看到的告诉铁杉师父，他也同意我的说法，他说你可以跟他去南港修习一年，甚至更久。”

“跟铁杉师父修习？”钻石问，声调高了半阶。

“如果你愿意。”

“我……我……我从没想过这事。我可不可以考虑一下？想个……一天？”

“当然可以。”阿金对儿子的谨慎感到欣慰，他原以为钻石会迫不及待接受提议。这种反应或许是最自然的，但对于抚育了老鹰的猫头鹰父亲来说，看到这样的反应还是颇为痛苦。

阿金确实尊敬魔法技艺，认为远超出自己的能力，不只是类似音乐或说书的玩意儿，而是一门实际事业，具有无限潜力，自己的事业永远无法与之相提并论。而且，虽然口头上不说，但阿金其实害怕巫师。他轻蔑要弄雕虫小技、幻象及胡言乱语的术士，却害怕巫师。

“妈妈知道吗？”钻石问。

“时候到了她自然会知道。钻石，她无权介入你的决定，女人不了解这些事，跟这些事也无关。你必须像个男人，独立决定。你懂吗？”阿金十分认真，认为这是让儿子断奶的时机。托莉是女人，会紧攀不放；但他是男人，必须学会放手。钻石虽神色犹带深思，却仍坚定地点了点头，这已足使父亲满意。

“铁杉师父说，我……说他认为我有……我可能有天分、有才能……吗？”

阿金保证，巫师的确这么说过，但什么样的天分则有待观察。孩子的谦逊让他大大松了一口气。他已意识到自己害怕钻石会凌驾于他，会立刻展示力量——神秘、危险、难以预估的力量，阿金的财富、统治权及尊严，相较之下黯然失色。

“谢谢爸爸。”男孩道。阿金拥抱他后离开，满怀欣慰。

两人约在流经铁匠铺下方的阿米亚河边，一片灰黄柳树丛下。玫瑰才刚到，钻石便说：“他要我去跟铁杉师父修习！我该怎么办？”

“跟巫师修习？”

“他认为我有伟大超凡的天赋，在魔法上！”

“谁这么想？”

“爸爸。他看到我们在练习的一些东西，说铁杉认为我该跟着去修习，因为不去可能会很危险。哦！”钻石用双手敲打头。

“但你的确有天分。”

钻石哀鸣一声，用指节搔搔头皮，坐在两人旧时游乐场的泥巴上，柳林深处遮荫的小空间里。两人可清楚听到河流跃过邻近的石头，听到远方铁匠铺传来的铿锵敲击。女孩面对他坐下。

“你看看你会做的那些事，”她说，“如果你没有天分，那你什么都不可能会的。”

“小聪明，”钻石模糊地说，“只够耍些把戏。”

“你怎么知道？”

玫瑰的皮肤十分黝黑，她有云雾般浓密卷发、薄薄嘴唇和专注认真的面孔。四肢裸露而肮脏，裙子及外套破旧不堪。她肮脏的脚趾及手指纤细优雅，一条紫水晶项链在扣子掉光的破烂外套下闪耀。她母亲阿缠靠着治愈术、医疗、接骨接生或贩卖寻查咒、爱情灵药、安眠药浆等，赚取丰厚的生活费。她有钱让自己和女儿穿新衣、买新鞋、保持清洁，但她从未想要这么做，家事也非她的兴趣。她与玫瑰大多靠白煮鸡及炒蛋度日，因为经常有人以家禽抵账。两房住屋的庭院里鸡猫横行。她喜欢猫、癞蛤蟆和珠宝。紫水晶项链是她为阿金的伐木工头成功接生儿子所获的报偿。阿缠不耐地比划咒语时，手上一条条链子手环便闪烁敲击。有时她会让一只小猫坐在肩膀上。她不是呵护孩子的那种母亲。玫瑰七岁时便质问她："你如果不想要我，为什么生下我？"

"没生过孩子，怎能好好接生？"她母亲说道。

"所以我只是练习品！"玫瑰咆哮道。

"一切都是练习。"阿缠说。阿缠个性并不乖戾，虽然极少想到要为女儿尽什么心力，却从未伤害她、责骂她，女儿要晚餐、自己的癞蛤蟆、紫水晶项链、巫术课程等，有求必应。如果玫瑰要求，阿缠也会提供新衣服，但玫瑰从未这般要求。她自幼年便开始照顾自己，这是钻石爱她的原因之一。有了她，他懂得什么是自由；没有她，他只能透过聆听音乐、歌唱、演奏音乐，获得自由。

"我的确有天分。"他现在说道，又搓太阳穴，又扯头发。

"别再虐待你的头了。"玫瑰告诉他。

"我知道泰瑞认为我有。"

"你当然有！泰瑞怎么想又如何？你的竖琴已经弹得比他这辈子弹的要好九倍！"

这是钻石爱她的另一个原因。

"有巫师乐手吗？"他问，抬起了头。

她沉思："我不知道。"

"我也不知道。莫瑞德及叶芙阮会互相咏唱，而且他是法师。我想柔克有个诵唱师父，教导歌谣、历史。但是我从来没听过巫师当乐手。”

“我觉得没什么不可以。”她永远觉得没什么是不可以的。又一个爱她的理由。

“我总觉得两者似乎蛮像。魔法和音乐，咒文和曲调。相同点是，你一定要把这两样做得完全正确。”

“练习，”玫瑰酸溜溜地说，“我知道。”她向钻石弹起一颗小石子，石子在空中变成蝴蝶；他向她回弹一颗石子，两只蝴蝶交互飞舞，翻腾片刻，才落回地上变为石头。钻石及玫瑰曾玩出几种这样的弹石子花招。

“你应该去，小钻。”她说，“看看是怎么回事也好。”

“我知道。”

“要是你能成为巫师该有多好！哦！想想你能教我的事情！变形……我们可以变成各种东西！变成马！变成熊！”

“变成鼹鼠。”钻石说，“说真的，我好想躲进地里。我一直以为获得真名后，爸爸会叫我学他那些东西。但这一整年，他一直拖延。我猜他老早就有这个念头。但如果我去那里，发现我当巫师的能力也不比我当记账员好多少，那怎么办？为什么我不能做我有把握的事？”

“嗯，你为什么不能都做？至少魔法跟音乐一起？至于记账员，你随时可以请得到。”

她大笑，瘦削的脸庞顿时一亮，细薄的唇张开，双眼眯起。

“哦，黑玫瑰，”钻石说，“我爱你。”

“你当然爱我。你最好爱我。要是不爱，我就对你施法。”

两人膝行靠前，脸对脸，双臂垂下，双手相连，吻遍彼此脸庞。在玫瑰唇下，钻石的脸如梅子般光滑饱满，唇上及下颌边微微刺痛，那是他刚开始刮胡子的地方；在钻石唇下，玫瑰的脸庞光滑如丝，只有一边脸颊微微粗糙，她刚才用脏手抹过。两人更靠近些，胸腹相触，但双臂依然垂在两侧。他们继续亲吻。

“黑玫瑰。”他在她耳畔吐出他为她取的秘密名字。

她一语不发，只是非常温暖地朝他耳朵吐气，他呻吟一声。他的双手紧握她的。他稍微后退，她也后退。

两人跪坐在地。

“小钻，”她说，“你走了，我会好难过。”

“我不会走，”他说，“哪里都不去。永远不去。”

但他当然还是下至黑弗诺南港，搭乘父亲的一辆马车，由父亲的一名车夫驾驶，与铁杉师父同行。照例，人们依法师建议行事；受巫师之邀成为其门生或学徒，亦非等闲荣誉。铁杉已于柔克赢得巫杖，习惯于有男孩前来乞求测试有无天赋，或乞求受教于门下。他对这男孩有点好奇，在男孩开朗良好的教养下，似乎隐藏着某些勉强或自我怀疑。有天分一事，是父亲的主意，不是男孩的，这倒不寻常。但相较平民，这种事在富人间或许没那么怪。无论如何，男孩带着一笔以金币、象牙预付的学费而来，为数十分可观。如果他有资质可成为巫师，铁杉便会训练他；若他如铁杉怀疑的那样仅有昙花一现的才能，那他会随着剩余费用遣遣返回家。铁杉诚实、正直、不幽默，是学者型巫师，对感情或理念少有兴趣。他的天分在于真名。“技艺始于真名，终于真名。”他说。的确如此，但起点与终点间，可能还有不少内容。

因此，钻石没有学习咒文、幻象、变换，或其余铁杉视之俗丽的伎俩，而是在旧城一条狭窄后巷，巫师狭窄房屋的深处，一间小室内，坐着背诵长长的真名列表，创生语中的力量真字。植物与植物构造、动物与动物构造、岛屿与岛屿地理、船的部位、人体构造……这些真名一向毫无意义、毫无句法，只是列表。长长的列表。

他的思绪游荡。读到“睫毛”的真名是希亚纱，就感觉睫毛如蝶吻般拂过脸颊，深黑的睫毛。他惊讶得抬起头，不知是什么碰触了他。之后，他试图复诵时，哑不成声。

“记忆、记忆！”铁杉道，“天分缺乏记忆也枉然！”他不严厉，但也不含糊。钻石浑然不知铁杉对自己有何评价，或许颇低。有时巫师要他随同前往工作，大多是在船只及房屋上施以安全咒文、净化井水，偶尔参与议会，他们也极少发言，只是专注聆听。另一位巫师没在柔克受过训，却拥有治愈天分，照顾南港的疾患与老死，铁杉乐于让他善尽职责。铁杉的喜悦在于研习，就钻石所见，也在于全然不用魔法。“维持一体至衡，均在于此。”铁杉说。还有“知识、秩序、控制”。这些词他频繁复诵，在钻石脑海中自成曲调，一遍又一遍唱着：知识、秩——序、控——制……

钻石将真名列表配上自编曲调后，背诵得快多了，但如此一来，曲调便成为真名一部分。他会放声清唱，声音已恢复为强劲沉厚的男高音，这让铁杉皱眉，因铁杉家非常安静。

大多数时间，学生会与师父共处，或在摆放术典与真字书籍的房间内，研习真名列表或睡觉。铁杉笃行早睡早起，但钻石偶尔会有一个小时的空当。他总到港边，坐在码头旁或港口边台阶上，想着黑玫瑰。他一走出房子，远离铁杉师父，便开始想着黑玫瑰，一直想，几乎不含杂念。此事让他略感惊讶，他以为自己应该想家、想妈妈。他的确经常想着母亲，也经常想家，尤其在吃过一顿寒碜的冷豆粥当晚餐，躺在空乏狭窄房中褥榻上时——铁杉这位巫师过得不如阿金想象中那么奢华。钻石从未在夜晚想着黑玫瑰。他想着母亲，想着明亮的房间及温热的食物，一首曲子或许会进入脑海，他用心里的竖琴练习演奏，渐入梦乡。只有在码头边，望着港口海洋、石码头、渔船时，只有在户外，远离铁杉及屋子时，黑玫瑰才会进入思绪。

因此，他珍视自己的自由时光，仿佛真正与她会面。他一直爱着她，却从未明白自己爱她胜过任何人、任何事物。在她身边的时候，甚或即使只是在码头边想着她的时候，他才活着。在铁杉师父的屋子及身边时，他从未感到全然活着。他感到有一部分死去。不是死亡，只是有一部分死去。

几次，坐在港口边台阶上，听着肮脏海水冲刷脚下台阶，海鸟与码头工人的喊叫交织成微弱、变调的音乐，他闭上眼，看到恋人在眼前如此清晰、如此贴近，不禁伸出手碰触她。如果只是在想象里伸手，如同演奏心中竖琴，他的确碰触到她：他感觉她的手就在自己手里，她的脸颊温暖而沁凉、丝滑而粗糙，贴着自己的嘴。脑海里，他对她说话；脑海里，她回答。她的声音，沙哑的声音念着他的名字：钻石……

可是走在回南港的街上，他便失去她。他发誓要将她留在身边，要想着她，当晚要想着她，但她悄然而逝。他一打开铁杉师父的家门，就背诵真名列表，或因时常感到饥饿而想着晚餐吃什么。等到自己有一时半刻能再跑回港口，才能再想着她。

因此，钻石开始感到这些时光是与她真实的相会，他为此而活，却要到双脚踏上石子路，眼睛看到港口及远程海天一线，方知自己为何而活，接着，忆起值得回忆的事。

冬季过去，温暖晚春接着寒冷早春来到，车夫带来母亲的信。钻石读后，将信拿给铁杉师父，说：“我母亲在想，我今年夏天能否在家度过一个月。”

“可能不行。”巫师回道，然后似乎注意到钻石，便放下笔，说，“年轻人，我必须问你愿不愿意继续随我修习。”

钻石不知该说什么。任凭自己选择的念头，未曾浮现心头。“您认为我应该吗？”钻石终于问道。

“可能不该。”巫师道。

钻石以为自己会感到放松、解脱，却发现觉得挫折、羞愧。

“我很抱歉。”他相当高傲地说，让铁杉抬头瞥了他一眼。

“你可以去柔克。”巫师道。

“去柔克？”

男孩张口瞠目，这模样惹恼铁杉，虽然铁杉明白自己不该如此——巫师一向惯于年轻一辈骄矜自信，若有谦逊，必定是随年纪而增。“我说，柔克。”铁杉的语调说明自己不习惯必须重述。接着，因为这男孩，这个耳根子软、受宠、爱做梦的男孩，以毫无怨言的耐心赢得铁杉喜爱，所以铁杉大发慈悲，说道：“你应该去柔克，否则就找个巫师，学习你需要的智识。当然，你需要我能教你的事物，你需要真名。技艺始于真名，终于真名。但这不是你的天赋，你不擅长记忆真字，你必须奋力加以锻炼。但显然你的确有能力，需要培养、管束，这点别人会比我适合。”可见，无论多么不可能，有时谦逊也会衍生谦逊，“如果你想去柔克，我会写封信让你带去，请召唤师父特别照顾你。”

“啊！”钻石叹道，大为震惊。召唤师父的技艺可能是魔法技艺中最诡谲也最危险的。

“也许我错了。”铁杉以冷淡平板的嗓音说道，“你的天赋可能在形意。也可能在塑形及变身这种平凡技能上。我不确定。”

“但您是……我真的……”

“当然。年轻人，你自知的能力，真是少见的迟钝。”这话说得严厉，钻石骨气硬了点。

“我以为我的天分在音乐上。”他说。

铁杉随手一挥，打散这念头：“我说的是真正的技艺。现在，我要对你坦白。我建议你写信给父母，我也会写信给他们，告知你将前往柔克学院的决定。如果你决定去，或者去大港看看那里的驻城法师愿不愿意收你，带着我的推荐函，应该可行。但我不建议回家探望。家人、朋友，诸如此类的羁绊，正是你需要脱离的。从今，往后。”

“巫师没有家人吗？”

铁杉乐于看到男孩终于有点火气：“巫师互为家人。”

“也没有朋友吗？”

“可能会成为朋友。我曾说过这是舒适的人生吗？”铁杉停顿，直视钻石，“有个女孩。”铁杉说。

钻石迎向他的视线片刻，低下头，一语不发。

“你父亲告诉过我。女巫的女儿，儿时玩伴。他认为你教过她咒文。”

"是她教我。"

铁杉点点头:"在孩童间,这可以理解。现在几乎不可能了。你懂吗?"

"不懂。"钻石说道。

"坐下。"铁杉说。一会儿后,钻石坐在硬实高背椅上面对他。

"我在这里可以保护你,也确实保护了你。当然,你在柔克绝对安全,那里的门墙……但如果你回家,你必须自愿保护自己。对年轻人来说,这是件难事,非常困难……这是一场试炼,试炼你那尚未化为钢铁的意志、尚未见晓真正目标的心灵。我敦促你,别冒这个险。写信给你父母,去大港,或去柔克。我会退给你半年费用,足以支付你一开始的花费。"

钻石直挺挺静坐。他近来渐像父亲,身高体壮,虽然十分年轻,但看来已像个男子。

"铁杉师父,您说您在这里保护了我,是什么意思?"

"就像我保护自己一样。"巫师说。片刻后,不耐烦地续道,"交换,孩子。我们为自己的力量而付出的力量,我们断绝低下的存在。你一定知道,每个真正的力之子都独身。"

一阵沉默,接着钻石问:"所以您负责……让我……"

"当然。这是我身为老师的责任。"

钻石点点头,说:"谢谢您。"他随即起身,"请容我告退,师父,我需要思考。"

"你要去哪儿?"

"去码头边。"

"最好留在这儿。"

“我在这里无法思考。”

铁杉或许已明了自己的敌手是谁，但他已表明不再是钻石的师父，便无法昧着良心命令少年。“艾希里，你有真正的天赋。”铁杉以在阿米亚泉赐予男孩的真名唤道，此名在太古语中意指柳树，“我不完全了解你的天赋，而你则根本一点也不了解。小心！错用天赋，或拒用天赋，可能会导致极大遗憾。极大的伤害。”

钻石点点头，满心痛苦悔恨，柔顺但意志坚定。

“去吧。”巫师说，钻石离开。

之后，铁杉方知不该让孩子离开屋子，他低估了钻石的意志力，或是那女孩在男孩身上施加的魔法效力。早上交谈后，铁杉继续工作，注释古老咒语，直到晚餐时分想起自己的学生，直到他独自用毕晚餐，才承认钻石已经逃走。

铁杉不愿使用任何低等魔法技艺，他没有像其余术士在这种时候会做的那样施寻查咒，也不以任何方法召唤钻石。他很生气，也许还很伤心。他对这孩子评价不错，主动提议为他写信给召唤师父，然而，才第一次人格试炼，钻石便碎了。“玻璃。”巫师喃喃道。至少这份软弱证明他不危险——有些能力不可放纵，但这家伙没有危险、没有敌意、没有雄心。“没有骨气。”铁杉对着屋内的静默说道，“让他爬回妈妈身边吧。”

然而，想到钻石令自己彻底失望，不留一字谢意或歉意，他就怨恨难消。再怎么有礼也不过如此，他心想。

女巫之女吹熄油灯，上床就寝，听见猫头鹰呼唤，发出微小澄澈的“呼——呼——呼”声，这也是人们称它笑枭的原因。她带着哀伤谛听。过去，那曾是夏夜里的暗号，趁所有人熟睡时，两人溜到阿米亚河岸杨柳丛里相会。她不愿在夜里想他。去年冬天，她夜夜对他传息，她学会母亲的传信咒文，知道那是真咒。她传送她的碰触，她的声音复诵他的名字，一次又一次，却只碰上一堵空气与沉默的高墙。她什么都触不到。他把她挡在墙外。他不想听。

好几次，突如其来，在白天，她瞬间感觉他的心灵十分贴近，如果她伸出手，便能碰触他。但夜里，她只知道他空白的缺席、他对她的拒绝。她几个月前便已放弃联系他，但心里依然十分伤痛。

“呼——呼——呼！”猫头鹰在窗下唤，然后说，“黑玫瑰！”她从哀愁中一惊，跳下床，打开木窗。

“出来吧。”钻石悄唤，如星光下一抹暗影。

“妈妈不在家。进来！”她在门口迎接他。

两人紧密、沉默地牢牢相拥良久。对钻石而言，臂弯中拥抱的仿佛是自己的未来、生命，他的一生。

终于，她动了，轻吻他的脸颊，悄声说：“我想你，我想你，我想你。你能待多久？”

“多久都可以。”

她握着他的手，领他入屋。他一向不太情愿进女巫的房子，刺鼻、混乱的地方，满是女人及女巫术的神秘，与自己整洁舒适的家大相径庭，与巫师冷漠俭朴的房子差距更远。他站着，像马一般颤抖，身材高过满挂草药的顶梁。他十分紧绷，疲累不堪，已十六小时未进食，徒步走了四十英里[1]路。

① 1英里≈1.61公里。

“你妈妈呢？”他悄声问道。

“去为老蕨妮守夜。她今天下午去世了，妈妈整晚都会待在那里。你怎么来的？”

“走路。”

“巫师让你回家了？”

“我逃走了。”

“逃走！为什么？”

“想留住你。”

他看着她，那张清晰、热情、黝黑的脸庞，环绕着云般粗发。她只着底衫，他看见那无尽细致、纤柔隆起的胸脯。他再次将她拉近。虽然她抱了他，却立刻抽身，皱起眉头。

“留住我？”她复述，“你整个冬天好像都不担心会失去我，现在为什么会回来？”

“他要我去柔克。”

“去柔克？”她呆望着他，“去柔克吗，小钻？所以你真的有天赋……你可以当术士？”

发现她站在铁杉那方，对他是个打击。

“术士对他来说不算什么。他的意思是，我可以当巫师。用魔法。不只是女巫之术。”

“哦，我懂了。”玫瑰半晌后说道，“但我不明白你为何逃跑。”

两人放开彼此双手。

“你不了解吗？”钻石气急败坏，因为玫瑰不理解，而彼时的自己也不了解，“巫师不能跟女人、女巫或那一切有任何关系。”

“哦，我知道。配不上。”

“这不只是配不上的问题……”

“哦，就是配不上！我打赌你必须忘掉我教给你的每个咒文。对不对？”

“这不能混为一谈。”

“没错。这不是高等技艺。这不是真言。巫师不能让普通语词玷污双唇。‘无能得好像女人家的魔法，恶毒到有如女人家的魔法’，你以为我不知道他们是怎么说的吗？那你为什么回来这里？”

“来看你！”

“为什么？”

“你想为什么？”

“你离开的这段时间，从没传息给我，也不让我传息给你。我就该在这里等到你厌倦扮巫师为止？那好，我等不下去了。”她近乎蚊鸣般粗哑低语。

“有人来找过你了？”他问，不敢相信她居然背弃他，“是谁在追你？”

“就算有也跟你无关！是你先变心，你先不理我。巫师不能跟我或我妈妈的作为有任何关联，好吧，那我也不想跟你有任何关联，永远！你走吧！”

钻石饥肠辘辘、灰心泄气、遭受误解，他伸出双手再度拥抱她，让她的躯体理解他的躯体，重现那初次深沉的拥抱，那倾注彼此人生这些岁月的拥抱。但他发觉自己向后退了数步，双手刺痛、双耳鸣响、双眼迷眩。闪电在玫瑰眼中跳动，她紧握双手时，火花蹿跃。“再也不要碰我。”她低声道。

“不用怕。”钻石说，原地转身，踏步出门。一串干燥的鼠尾草缠上头顶，垂在身后。

钻石在土堆旁的旧时小窝过夜。也许他曾希望她前来，但她没有。他很快便因疲惫而沉睡，在冷冽曙光中苏醒，坐起思索，在寒光下检视人生，发现它与自己先前认定的是两回事。他朝着领受真名的河流走去，喝口水，洗把脸，清洗双手，尽力让自己看来体面，然后穿过城镇，朝高地一间大宅走去，那是他父亲的宅邸。

一阵惊叹与拥抱后，仆人及母亲立刻将他迎到早餐桌旁坐下。于是，肚子装满温热的食物，心中满盛某种冰冷的勇气，他前去面对父亲。父亲在早餐前便出门，监看一辆辆运送木材的马车驶向大港。

“啊，儿子！”两人互碰脸颊，“铁杉师父让你放假了吗？”

“不，我离开了。”

阿金盯着他，装了一盘子食物后坐下：“离开了？”

“是，先生，我已下定决心，我不想当巫师。”

“嗯。”阿金一面咀嚼，一面问，“你自愿离开的？完全自愿？师父首肯了吗？”

“完全是我自愿离开，没有师父的首肯。”

阿金缓慢咀嚼，眼神落在桌面。钻石上次看到父亲这种神情，是一名林场管理人报告栗树林发生感染，还有他发现自己被一名骡商欺骗时。

“他要我去柔克学院，随召唤师父修习。他要把我送到那里。我决定不去。”

一会儿，阿金问道，依然看着桌子：“为什么？”

“那不是我想要的人生。”

又一阵静默。阿金瞥了妻子一眼，她就站在窗边安静地聆听。然后，他看着儿子。慢慢地，他脸上由怒气、失望、迷惘、尊重交织而成的神色，被某种单纯表情取代，一种共谋的神情，近乎促狭地眨眼。“我懂了。”他说，“那你决定你想要什么？”

一阵静默。“这里。”钻石说，声音平稳，没看着父亲，也没看着母亲。

“哈！”阿金说，“这样啊！我会说我很高兴，儿子。”他一口吞下嫩猪肉馅饼，“我总觉得当巫师、跑去柔克，那些事啊，不太踏实，不太真实。而且你一到那里，说实话，我便不知道这里的一切，我这些事业为了什么。如果你留在这里，就很合算了，懂吗？真的很合算。这下好了！但是你听好，你是不是从巫师那里逃走了？他知道你要离开吗？”

“不知道。我会写信给他。”钻石以平稳的声音说。

“他不会生气吗？人家都说巫师脾气不好。骄傲得很。”

“他是生气，”钻石道，“但他不会做什么。”

的确如此。阿金十分惊讶，铁杉师父分毫不差地送回五分之二的学费。包裹由阿金手下载运圆材到南港的车夫带回，随包附上一张给钻石的字条，上写：“真正技艺须心无旁骛。”外头指示是以赫语符文写成的柳树，字条底有铁杉签写的符文，它有两个意思：铁杉树、受苦。

钻石坐在楼上自己明亮房间内的舒适床铺上，听母亲一面歌唱，一面在屋内走动。他手握巫师的信，一再重读其中短句与两个符文。那日清晨，在土堆上，自他体内诞生的冰冷而呆滞的决心，接受了教训。不用魔法。再也不用。他从未对魔法用心，这对他来说一向只是游戏，与黑玫瑰玩的游戏。即使他在巫师家中学到真言之名，即便明了其中蕴藏的美丽与力量，他也可以放开，任其滑落、遗忘。那不是他的语言。

他只能对玫瑰诉说自己的语言，而他已失去她，任其离去。旁骛之心无法拥有真言。从现在起，他只能诉说责任的语言：赚取与花费、支出与收入、获利与亏损。

除此之外，空无一物。过去曾经有幻象、小咒语、化为蝴蝶的碎石、以活生生翅膀短暂飞行的木头鸟，但其实从来没有什么选择。他只有一条路可走。

阿金非常快乐，虽然自己并未意识到这点。“老头儿得回宝贝了，”车夫对林场管理人说，“他现在可跟新鲜奶油一样甜。”阿金不知道自己有多甜，只想着人生多甜美。他买下芮崎树园，所费不赀，但至少没让东丘的老洛伯买去，他与钻石如今可将树园潜力完全发挥。栗树间长着许多松树，应该砍除，当船桅、圆材、小木段卖，再重新种满小栗树，而后长成大林般的纯栗树林——大林是他栗树王国的核心。当然，要很久以后。橡树或栗树不像赤杨及柳树，隔夜就可蹿高生长，但他还有时间。现在有时间了，孩子不到十七，自己只有四十五岁，正值壮年。前阵子他才感觉人有点老，不过那都是胡说，他正值壮年。最老的树、无法结果的，都应该跟松树一起砍下，可以从中抢救一些适合做家具的好木材。

“好，好，好。”他经常对妻子说道，“瞧你，脸色又红起来了，嗯？心肝宝贝又回到家了，嗯？不再哭哭啼啼了？”

托莉便微笑轻抚他的手。

一次，她没微笑同意，却说："他回来是很好，可是……"然后阿金便不听了。母亲生来就担心孩子，女人生来就不满足。他何必听托莉忧心这、忧心那，成天说个不停。她当然会觉得商贾生活配不上这孩子，甚至觉得连黑弗诺王位也配不上他。

"一旦他帮自己找到一个女孩，他立刻就没事了。"阿金随意答话，好敷衍托莉，"你知道，像巫师那样，跟巫师一起住，让他有点退缩了。别担心钻石。等他看到就知道自己想要什么了！"

"希望如此。"托莉说道。

"至少他没再跟女巫的女儿见面。"阿金说，"这档事倒解决了。"之后他才想到，妻子也不再拜访女巫。几年来，她们鬼鬼祟祟地密切往来，不听他的警告，如今阿缠再也不靠近房子一步。女人的友情绝不长久，他以此揶揄。他发现她在箱子及衣柜中洒下防蛾侵袭的薄荷与克虫粉，便说："我还以为你会找那个智妇朋友来把蛾诅咒走。你们已经不是朋友了？"

"不了。"妻子以温软平稳的声音说道，"我们不是朋友了。"

"这也是好事！"阿金坦承，"她那女儿怎样了？听说跟杂耍的跑了？"

"是乐师，"托莉说，"去年夏天。"

"命名宴，"阿金说，"孩子，应该稍微玩玩，听听音乐、跳跳舞。十九岁啦，是该庆祝庆祝！"

"我那天得跟苏儿的骡子去东丘。"

“别，别，用不着。苏儿可以处理，你留在家，好好享受宴会。你一直很卖力工作。我们来雇个乐团。这一带最好的是谁？泰瑞跟他那伙人吗？”

“父亲，我不想要宴会。”钻石边说边站起身，肌肉剧烈颤抖。他如今比阿金高大，突然移动时会惊到人。“我要去东丘。”他说完便离开房间。

“他是怎么了？”阿金对妻子说，但其实是自问自答。她看看他，一语不发，没回答。

阿金出门后，她在账房找到对账的儿子。她看了看账簿内页，一串串的姓名、数字，账务和额度、利润与损失。

“小钻。”她唤，他抬头。他的脸庞依然圆润泛红，然而骨架渐壮，眼神忧郁。

“我不是故意要伤父亲心的。”他说道。

“如果他想举行宴会，他自己会去办。”她说。两人嗓音相像，都较高亢，但音泽浑厚，带有平稳的安静、自制、内敛。她在他身边桌旁板凳上坐下。

“我不能，”他说完、稍歇，又继续说，“我真的不想跳舞。”

“他是在做媒。”托莉一本正经，但语气宠溺。

“我才不管那种事。”

“我知道你不管。”

“问题是……”

“问题是音乐。”母亲终于说道。

钻石点点头。

“儿子，你不需如此，”她突然激动地喊道，“没有理由放弃你所爱的一切！”

两人并肩坐着，他端起她的手轻吻。

“不该一概而论，”他说，“也许本当可以，却不能。我自己发现的。在离开巫师的时候，我以为自己什么都可以做，你知道的，魔法、音乐、父亲的儿子、爱玫瑰……但事实却非如此。不能一概而论。”

“可以，可以！”托莉说，“每件事都相互连接、相互交缠！”

“也许对女人来说可以。但是我……我不能心有旁骛。”

“心有旁骛？你？你放弃巫术，是因你明白若不放弃，总有一天会背叛它！”

看得出来，他听到这字眼，受了震惊，却未反驳。

“但你为什么，”她逼问，“为什么放弃音乐？”

“我必须心无旁骛。我不能在和养驴人家议价时弹竖琴；我不能一面思考该付采果工人多少钱好让他们不被洛伯雇用，一面编写歌谣！”此刻他声音微微震颤，眼神不再哀伤，而是愤怒。

“所以你对自己施咒，”她说，“就像那巫师对你施咒一样。保平安的咒语。好让你留在养驴人家、采果工人这些东西身边。”她随手轻蔑一拍满载名称及数字的账簿，“静默的咒语。”她道。

良久，年轻人问：“我还能怎么办？”

“我不知道，亲爱的。我的确希望你平安，我乐于看到你父亲快乐、以你为荣。但我无法忍受看你不快乐、毫无自尊！我不知道。也许你是对的，也许男人永远只能拥有一件事。但我想念你的歌声。”

她已泪流满面。两人相拥，她轻抚他浓密闪亮的头发，为她的残酷道歉，而他再次紧拥她，说她是全世界最慈爱的母亲。然后，她离去。中途，她转身说道："让他享受宴会吧，小钻。也让你自己享受宴会。"

"我会的。"他说道，好安慰她。

阿金订购啤酒、食物、烟火，但钻石负责聘雇乐师。

"我当然会把乐团带来，"泰瑞说，"我才不会错失良机！西半边世界所有会哼唱的三脚猫，都会出现在你老爸的宴会上。"

"你可以告诉他们，只有你们才能拿钱。"

"哦，他们会因为想沾光而来。"竖琴师接道，他身形细瘦、下巴硕长、眼睛斜视，约四十余岁，"也许你会跟我们来一曲，嗯？你开始做生意之前，这方面挺行的，而且你如果下工夫，嗓音也不错哪。"

"我想没有吧。"钻石说。

"你喜欢的那个女孩，女巫的玫瑰，我听说跟拉必走在一起。不用说，他们一定会来。"

"那到时候见了。"看来高大、英挺、冷漠的钻石说道，离开。

"现在连停下来说个话都高不可攀了。"泰瑞说，"虽然他会的竖琴都是我教的。不过对有钱人来说，那又算什么？"

泰瑞的敌意让钻石更加神经敏感，一想到宴会，便压得他失去食欲。他一度以为自己生病，能够躲掉宴会了，但那天来临时，他还是到场了。不像父亲那般引人注目、显赫夸张，但在场，微笑、跳舞。所有童年玩伴都在场，看来全都配对成婚，但打情骂俏仍满天飞，还有几个漂亮女孩老是在他身边。他喝了很多酿酒师嘎其的上等啤酒，发现自己只有一边随乐起舞，一边说笑，才能忍受音乐。于是他轮流与所有漂亮女孩跳舞，再与二度出现的人继续共舞——当然，每个女孩都再度出现。

这是阿金家有史以来最盛大的宴会，舞池从阿金家一路铺设到镇上绿地，一顶帐篷供老镇民吃吃喝喝、说长道短，还有新衣服给孩子；更有杂要、木偶戏团，有些应聘而来，有些自行上场，趁机想多捞些钱，享用免费啤酒。庆典总吸引巡回表演者与乐师，这是他们赖以维生的场合，即使不请自来，也受到欢迎。叙事歌者嗓音深沉，风笛嗡鸣，对着山顶大橡树下一群人唱《龙主行谊》。泰瑞乐团的竖琴、横笛、六弦提琴、小鼓等乐手下台休息、喘口气、喝杯酒时，新乐团跳上舞池。“嘿，拉必的乐团来了！”最靠近钻石的漂亮女孩喊道，“快来，他们最棒！”

拉必肤色很浅，外貌俗气，吹着双簧木号角。和他在一起的，还有六弦提琴手、小鼓手，以及吹横笛的玫瑰。第一曲是踏步舞，节奏明快，对某些舞者来说简直太快。钻石和舞伴留在舞池中，两人汗流浃背，气喘吁吁舞毕，大伙儿欢呼鼓掌。“啤酒！”钻石大喊，被一团年轻男女又笑又闹地簇拥而去。

他听到身后下一首曲子响起，六弦提琴独奏出如男高音般浑厚哀伤的嗓音——《爱人去向》。

他一口气吞饮下整杯啤酒，身边所有女孩看着他咽喉上健壮的肌肉，她们又笑又闹，他则像受苍蝇骚扰的驮马般全身颤抖。他说：“哦！我不能……”然后穿过满挂灯笼的酿酒摊，朝暮色飞奔。

“他要去哪儿啊？”一人问道。另一人接口：“他会回来的。”然后她们又笑又闹。

曲子结束。“黑玫瑰。”钻石在她身后的黑暗里唤着。她转头，看着他。两人同高，她盘腿坐在舞台上，他跪在草丛间。

“来土堆这里。”他说。

她一语不发。拉必瞥向她，将木号角举到唇边。鼓手在小鼓上击出三拍子，奏起水手的吉格舞曲。

她再度转头张望，钻石已经消失。

泰瑞约一小时后带着乐团返回，并没有感谢自己得到了喘息的机会，还因啤酒脾气益发恶劣。他打断演奏及舞蹈，大声叫拉必滚开。

“弹竖琴的，去弹鼻屎！”拉必说，泰瑞听了大怒，围观群众纷纷选边支持，趁着短暂的争吵高潮，玫瑰将横笛放入口袋，偷偷溜走。

远离了宴会灯笼，四周一片黑暗，但她在黑暗中认得路。他在那里。这两年，柳树都长起来了，绿色垂条及细长坠挂的叶片间，仅容方寸之地席坐。

音乐重新奏起，远远传来，夜风与河流的呢喃，模糊了乐音。

“你要做什么，钻石？”

“说话。”

他们在对方眼里，只是声音与阴影。

“说。”她道。

“我想请你跟我一起离开。”他说。

“什么时候？”

“那时候。我们吵架的时候。我说错了，我那时以为……”静默漫长，“我以为可以继续逃跑，和你。然后演奏音乐，以此维生。我俩一起。我本来想说这些。”

“你没说。”

“我知道。我说错了、做错了。我背叛了一切。魔法、音乐，还有你。”

“我还好。”她说。

“是吗？”

“我不善于吹横笛，但也还过得去。你没教我的，必要时，我用咒文搪塞。乐团的人也都不错。拉必不像外表那么讨厌，没人欺负我，收入也不错。冬天，我跟妈妈一起住，帮她点忙。所以我还好。你呢，小钻？”

“一塌糊涂。”

她开口想说些什么，但没说出口。

“我想我们当时是孩子，”他说，“如今……”

“什么改变了？”

“我作了错误的决定。”

“一次吗？”她问，“还是两次？”

“两次。”

“事不过三。”

两人有一段时间都没说话。她可在扶疏叶影间隐约辨出他的身影。“你比以前高大了。你还会点起光吗，小钻？我想看你。”

他摇头。

“那是你会，而我一直不会的事。而且你始终不能教我。”

“我那时也不知道在做什么。”他说，“有时灵，有时不灵。”

"南港的巫师没有教你怎样才灵吗？"

"他只教我真名。"

"你现在为什么办不到？"

"我放弃了，黑玫瑰。我必须选择它，放弃别的，否则就不做。必须心无旁骛。"

"我看不出有这必要。"她说，"我妈妈会治高烧、让生产顺利、找寻丢掉的戒指——也许这跟巫师或龙主会的事情相比，算不了什么，但也不能说她完全没有作为，而且她从没为此放弃任何事物。生下我没有妨碍她继续当女巫，她怀了我好学习怎么接生！就因为我从你那里学会演奏音乐，我就必须放弃念咒吗？我现在也可以治高烧了。你为什么非得停下一件事，好做另一件事？"

"我父亲，"他答道，稍顿，出声，仿佛发笑，"钱和音乐，这两样配不起来。"

"父亲，和女巫的女儿。"黑玫瑰说。

两人之间再度沉默。柳叶轻拂。

"黑玫瑰，你愿意回到我身边吗？"他问，"你愿意跟我走、跟我住、嫁给我吗？"

"我不要住你爸爸家。"

"哪里都好。我们私奔。"

"但你不能拥有没有音乐的我。"

"或没有你的音乐。"

"我愿意。"

"拉必缺竖琴手吗？"

她迟疑，笑道："除非他不想留住横笛手。"

“自从离开后，我再没练习过了，”他说，“但音乐一直徘徊在我脑海里，而你……”她向他伸出双手。两人面对面跪着，柳叶拨弄发丝。两人接吻，小心翼翼开始。

钻石离家后那些年，阿金赚的钱比以往更多。所有交易都有利可获，仿佛好运黏着他，甩也甩不掉。他变得非常富有。

他没原谅儿子。此事原可欢喜收场，但他不愿意。在命名日晚上和女巫的女儿跑了，一字不留，丢下未完成的正事，成了流浪乐师、竖琴手，为了几分钱又唱又弹又卖笑……对阿金来说，整件事只有耻辱、痛苦及愤怒。于是，他有了自己的悲剧。

托莉长期与他共享这悲剧，唯有对丈夫说谎，才能见到钻石，她发现这不容易。她一想到钻石可能挨饿或睡不暖，就伤心落泪，寒冷的秋夜格外哀戚。时光推移，她听人提起他已成为西黑弗诺的美声歌手钻石、在剑塔中为勋爵演奏献唱的钻石，心才逐渐轻松。一次，趁阿金下南港，她与阿缠搭乘驴车，驾至东丘，听钻石唱《消失女王的叙事诗》，玫瑰坐在她俩身旁，小托莉坐在托莉膝上。纵然不是皆大欢喜，却是真实的喜悦，毕竟，除此已别无所求。

## 爱人去向

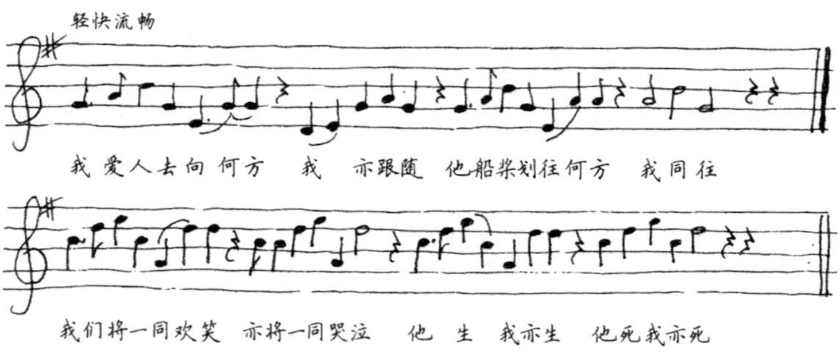

# 大地之骨

# THE BONES OF THE EARTH

又下起雨。锐亚白的巫师蠢蠢欲动，想念个气候咒，只是个轻微细小的咒语，把雨送到山的另一面。他骨头酸疼，酸疼得渴望太阳露个脸，照遍皮肉，将他彻底烘干。他当然可以念个解痛咒，但那顶多只能暂时隐藏酸疼，这病症无药可治。老骨头需要太阳。巫师动也不动，站在家门口，在昏暗房间及雨丝穿梭的开阔天空间，阻止自己念咒，气自己阻止自己，气自己必须被阻止。

杜藻从不咒骂——力之子不咒骂，因为不安全——但他以咳嗽般的咆哮清清喉咙，像熊一样。须臾，一声雷响自云雾迷藏的弓忒山坡向下滚去，自北往南回响一阵后，消逝在云雾弥漫的林里。

杜藻心想，这阵雷是个好兆头，雨很快就会停了。他拉起兜帽，走入雨中喂鸡。

他查看鸡舍，找到三颗蛋。红布卡正在孵蛋，不久便可孵化。它患虱虫病，变得蓬头垢面、精疲力竭。杜藻说了几个防虱的字，并提醒自己，小鸡一孵出来就要清理巢窝。他走到鸡圈，褐布卡、小灰、长腿、纯白和国王正挤在屋檐下，对雨发表宽厚、泼辣的议论。

巫师对鸡群说："中午雨就会停了。"他喂饱鸡群，湿答答地踏回屋里，握着三颗温暖的鸡蛋。他儿时喜欢在稀泥里行走，犹记当时喜爱泥泞在趾缝间的沁凉；如今，他仍爱光着脚到处走，但已不再喜欢稀泥。那玩意儿黏黏的，而且他讨厌每次进屋前，还得弯腰把脚清干净。以前是泥巴地还不打紧，如今为了避免湿寒渗入他的骨头，家里可有了片木板地，像领主、商人、大法师一样。不是巫师自己的主意，是去年春天"缄默"从弓忒港上来，为老屋铺了一层地板。两人为此又起争执。都这么久了，他早该知道，跟缄默辩论没有用。

"我踩了七十五年的泥巴地，"杜藻当时说道，"再踩几年也杀不死我！"

缄默自然没有响应，只是让杜藻从头到尾听自己的词句，感受其中的愚蠢。

"泥巴地比较容易保持干净。"杜藻说，也明白挣扎无用。的确，一块填压妥当的陶土地只需偶尔清扫，再洒点水避免尘土飞起就好，但听起来还是一样蠢。

"谁来铺地板？"他问，如今只能发发牢骚。

缄默点头，意指自己。

这孩子其实还真是一流的工人、木匠、组柜工、铺石工、屋顶工。这点在他还受教于杜藻、住在山上时，就已表露无遗。他在弓忒港那些有钱人家中的生活，也未让他变得手拙。他驱着老太婆的牛车队，从锐亚白老六磨坊买来木板，铺成地板，隔天再趁老法师去泥沼湖采集草药时，打亮磨光。杜藻回到家时，地板已完工，如深黑湖泊般闪闪发光。“现在每次进屋都得洗脚了。”他嘟囔抱怨，小心翼翼走入。木材如此光滑，光脚踩着仿佛是柔软的，“真像丝缎。你不可能没施一两个咒法就在一天内完成。看看这有宫殿地板的村野茅屋！好吧，等冬天来，火光照在上面时可好看了！还是我现在得弄条地毯来？金线织的细羊毛地毯如何？”

缄默微笑，很满意自己的手工。

几年前，缄默出现在杜藻家门。嗯，不对，一定有二十年、二十五年了吧。离现在好一阵子了。他当年真是个孩子，长腿、粗发、细脸，坚毅的嘴、清澈的眼。“你想做啥？”巫师问道，很清楚这孩子想要什么、其他人想要什么，所以不让眼睛对上那清澈双眸。他是个好老师，弓忒最好的老师，他自己也清楚这点，但他已厌倦教学，不想再收学徒在身边碍手碍脚。况且，他感到危险。

“学习。”男孩轻声道。

“去柔克。”巫师说。男孩穿着鞋和一件不错的皮背心，可以付船费，或赚钱去学院。

“我去过了。”

听到这句，杜藻又上下打量。没有斗篷，没有巫杖。

“失败了？被驱离？还是逃跑？”

男孩对每个问题都摇头，闭起眼睛。嘴巴早已闭上。他站在那儿，专注精神，忍受痛苦，深吸一口气，然后直视巫师双眼。

“我精擅的事物在此，在弓忒。”他说，依然似耳语，“我师父是赫雷。”

一听这话，真名为赫雷的巫师像男孩一般静立、回望，直到男孩垂下目光。

杜藻于静默中寻求男孩真名，看到两样东西：一颗松果与缄默符文。他再继续深寻，于脑中听到一个真名，但他未说出口。

“我已经厌烦教导、说话，”杜藻说，“我需要静默。对你来说，这样行吗？”

男孩点头。

“那我就称你‘缄默’。”巫师说，“你可以睡在西窗下的角落。木屋里有个旧床垫，拿去晒晒，可别把老鼠也带进来。”接着他朝高陵愤步走去，气这孩子前来、气自己屈服。但让他心悸的不是怒气。他大步向前——当年他还能大步行走——海风不断从左向他吹袭推挤，海面上，清晨阳光照过巨硕山影，他想到柔克众法师，那些魔法技艺师父、神秘与力量的专家。“那孩子超出他们能力所及，是吧？而且还会超过我。”他微笑着想。杜藻是个平和的人，但不介意生命中有点危险。

他驻足，感受脚下泥土。他一如往常赤脚。他在柔克学艺时，都穿鞋，但后来回了家，回到弓忒，回到锐亚白，他便握着自己的巫杖，踢开鞋履。他静立，感觉脚下悬崖小径的尘土与岩石，感觉其下悬崖，与更深层、埋于黑暗的岛屿根源。黑暗中、水面下，所有岛屿一一相连，合而为一。他师父阿珥德如是说，柔克的老师如是说，但这是他的岛、他的岩、他的土，他的巫术自此而来。“我精擅的事物在此。”男孩方才说道，但这已超越精擅的范畴。或许杜藻可以教导男孩比精擅更深层的事物，这是他在这里、在弓忒、在去柔克之前便学到的。

而且那孩子得有根巫杖。倪摩尔为什么让他手无巫杖便离开柔克，像学徒或女巫般两手空空？这样的力量不该恣意散游，不经疏导或示意。

我的老师就没有巫杖，杜藻想，同时也想到，这孩子想从我手上取得巫杖。以弓忒的橡木制成，出自弓忒巫师之手。好吧，如果他有所成就，我就帮他做一根；如果他闭上嘴巴，我还会把术典留给他——如果他会清理鸡舍、了解《丹尼莫注释》，一直闭嘴。

新学生清理了鸡舍、翻挖豆圃、学习《丹尼莫注释》及《英拉德群屿秘籍》的意义，一直闭着嘴。他懂得聆听；他听到杜藻说的，有时还听到杜藻想的；他完成杜藻的愿望，也完成杜藻不自觉的愿望。他的天赋远超越杜藻能引导的范围，但他来锐亚白是正确的，两人都明白。

那些年里，杜藻有时会想到父与子。他选择阿珥德为师，为此与身为探矿术士的父亲大吵一架。父亲大喊阿珥德的学生不是他儿子，一直怀着愤怒，至死也不谅解。

杜藻看过年轻人因长子出生，喜极而泣；看过穷人付女巫一年薪资，以确保有健康男孩；还看过富人轻触穿金戴银的婴孩脸庞，爱怜低语："我的永恒！"他看过男人揍打儿子，威吓羞辱，刁难阻碍，怨恨在儿子身上看到的死亡；他看过儿子眼中回应的愤恨、威胁、无情鄙夷。看过一切，杜藻明白自己为何从未与父亲寻求和解。

他见过父子共同自拂晓劳动至日落，老人牵引盲眼黄牛，中年人推动铁犁，虽未交换只字，但返家时，老人曾将手暂放在儿子肩头。

他一直记得那一幕。冬夜里，他隔着炉火，看着缄默的黝黑脸庞俯于一本术典或一件需要修补的衬衫上，双眼低垂、嘴巴闭合、用灵魂倾听，便又想起那景象。

"幸运的话，巫师在一生中，会找到可交谈的对象。"杜藻离开柔克前一两晚，倪摩尔对他说道。倪摩尔曾任形意师父，在一两年后获选为大法师，是杜藻在学院众师父中最和善的一位。“赫雷，我想，如果你留下，我们可以交谈。”

杜藻片刻间完全无法响应。终于，他结结巴巴说道：“师父，我很愿意留下，但是我的志业在弓忒。我但愿是这里，与您同在……”一面为自己的忘恩与固执感到自责、不解。

“知道自己需要待在何处，而不必四处奔走茫然探寻，是难得的天赋。好吧，偶尔送一名学生给我。柔克需要弓忒巫术，我想我们在这里错失了一些事物，一些值得通晓的事物……”

杜藻曾送学生至学院，大约三四名，都是不错的小伙子，各有天赋；倪摩尔等待的人却自行来去，柔克对自己的评价，杜藻一无所知。缄默当然没有说。显然，他在柔克那两三年，学会了某些男孩在六七年甚至一辈子都没学到的事物。对他而言，那仅是基础功夫。

“你为什么不先来找我，再去柔克求精进？”杜藻质问。

“我不想浪费您的时间。”

“倪摩尔知道你要来跟随我吗？”

缄默摇头。

“如果你肯开金口，告诉他你的意向，他可能会送个讯息给我。”

缄默看来震惊懊悔：“倪摩尔是您朋友吗？”

杜藻停顿：“他曾是我师父。若我留在柔克，或许吧，他会是我朋友。巫师有朋友吗？或许跟有妻有子一样不可能吧……有一次他跟我说，在我们这一行，若能找到可交谈的对象，便是幸运的人……你记住这点。你要是运气好，有一天你就得开口。”

缄默俯首，不修边幅的脑袋若有所思。

“如果还没生锈到开不了口。”杜藻加上一句。

“若您要求，我会开口。”年轻人认真说道，甘愿违逆天性，遵从杜藻要求。巫师不得不放声而笑。

“是我要求你别开口，而且，我不是在谈我的需求。我说的话可抵两人份。没关系，时候一到就知道该说什么了。这就是技艺吧，嗯？说话合情合时，其余皆缄默。”

年轻人在杜藻家小西窗下的床垫上睡了三年。他学习巫术、喂鸡、挤奶。他一度建议杜藻养羊，在此前已约莫一周没开口，那是在寒冷潮湿的秋季。他说：“您可以养几只山羊。”

杜藻已把大术典摊开在桌上，正设法重新编织“方铎散力”在数百年前损毁的一则阿卡斯坦咒文。他才刚开始感受到某些字词或许可以填补其中一处空缺，解答呼之欲出，然后，缄默说：“您可以养几只山羊。”

杜藻自认多话、烦躁、易怒。年轻时，不得咒骂是沉重负担；三十年来，学徒、顾客、牛只、鸡群的愚蠢一直在严厉地考验他。学徒和顾客惧怕他的快嘴利舌，牛群与鸡群当他的喝骂如马耳东风。他之前从没对缄默发过脾气。一阵漫长的沉默。

“做什么？”

缄默显然没注意到那段沉默，或杜藻极端轻柔的声调。“羊奶、奶酪、烤小羊、做伴。”

“你养过山羊吗？”杜藻以同样轻柔礼貌的声音问。

缄默摇头。

缄默其实是城市小孩，在弓忒港出生。他从未提及自己的事，但杜藻四处打听到一些。他父亲是码头搬运工，约在他七八岁时死于一场大地震，母亲是港边一间旅社的厨娘。十二岁时，这孩子惹了某种麻烦，可能与乱施魔法有关，母亲好不容易才让他向谷河口镇颇有声望的术士伊拉森学艺。男孩好歹在那里取得真名和一些木工农务方面的技能，伊拉森也甚为慷慨，三年后，为他支付前往柔克的船资。杜藻所知仅止于此。

“我讨厌羊奶酪。”杜藻说。

缄默点头，一如往常接受。

此后几年，每隔一阵子，杜藻都会想起缄默请求养山羊时，自己如何克制情绪，这段记忆每次都带给他一股默默的满足感，仿佛吃下最后一口熟得完美的桃子。

在耗费数日想找回遗失真字后，他让缄默研习阿卡斯坦咒文。两人终于合力完成了这一份漫长的苦差事。“如盲牛耕田。”杜藻说。

不久，他把巫杖交给缄默，那是他以弓忒橡木为缄默做成的。

这时，弓忒港领主再次试图请杜藻下山，完成弓忒港所需的工作。杜藻反而派遣缄默前往，此后缄默便留在那里。

于是杜藻站在自家门前，手中拿着三颗鸡蛋，雨水冷冷地沿背脊流下。

他在这儿站了多久？他为什么站在这儿？他刚正想着稀泥、地板、缄默的事。他曾走到高陵上的小径吗？不对，那是好多年、好多年前，在阳光下的事了。现在下着雨。他喂好鸡，带着三颗鸡蛋回到屋里，丝滑黄褐微温的鸡蛋，还暖烘烘在掌心，雷声还在脑海中，雷声震动在他骨子里、在他脚底。雷声？

不对。之前才打过雷。这不是雷声。他有过这种奇特感觉，而且没辨认出来，那是在……何时？很久以前，比他方才回忆的日月年岁更久以前。何时？何时发生……就在大地震前。就在艾萨里海岸半英里陷入海底，人们被村庄倾倒的房舍压死，大浪淹没弓忒港码头之前。

他走下门阶，踩上泥巴地，好以脚跟神经感受大地，但泥泞湿滑，混淆了土地传达给他的讯息。他将鸡蛋放在台阶上，自己坐在一旁，以台阶旁小瓦罐积储的雨水清洗双脚，用挂在瓦罐把手上的破布把脚擦干，清洗拧干破布，挂回瓦罐把手，捡起鸡蛋，缓缓站起身，走进屋里。

他敏锐地瞥一眼巫杖，那巫杖就倚在门后角落。他将鸡蛋放入橱柜，因饥饿而速速吞下一颗苹果，接着拾起巫杖。巫杖以紫杉做成，以铜封底，握柄处已磨得光滑。这是倪摩尔赐给他的。

“立起。”他以它的语言对它说道，然后放手。巫杖仿佛插入凹槽般屹立。

“到根部去。”他以创生语不耐烦地说道，“到根部去！”

他看着闪亮地板上直立的巫杖，随即，看到巫杖非常轻微地颤抖，一阵抖缩，一阵颤动。

“啊，啊，啊。”老巫师说道。

“我该怎么办？”须臾，他大声问道。

巫杖摇摆，静止，再度颤抖。

“可以了，亲爱的。”杜藻说，以手抚杖，“好了。难怪我一直想着缄默。我该找他来……应该传信给他……不对。阿珥德是怎么说的？找到中心，找到中心。这才是问题症结，这才是解决方法……”他一边喃喃自语，翻出厚重斗篷，在之前点起的小火上烧开水，一边思索是否一向自言自语，与缄默同住时，自己有没有不停说话。不对，他想，这是缄默离开后才养成的习惯，一点脑筋思考日常生活，其余都用在预防恐怖与毁灭上。

他将三颗新蛋与橱柜里的一颗旧蛋煮熟，与四颗苹果、一囊浸过树脂的酒，一起放入腰袋，以防必须整晚在外。他带着关节痛，披上厚重斗篷，拾起巫杖，命炉火熄灭，离开。

他早已不养母牛。他站住，望向鸡圈，思索。狐狸近来常造访果园，但如果他不回来，鸡群就得自行觅食，它们也得像别人一样冒险。他微微打开栅栏。虽然只剩迷蒙细雨，鸡群仍在鸡舍屋顶下紧缩成一团，郁郁寡欢。国王整个早晨都还未啼叫。

“你们有什么要跟我说吗？”杜藻问。

他最爱的褐布卡晃晃身子，说了几次自己的真名。别的鸡都没说话。

“好吧，保重。我在满月夜里看到过狐狸。”杜藻语毕，继续上路。

他一面走，一面思索，努力思索、细细回想。他尽力回想师父在很久以前说过的事。奇事，奇异到他无法分辨是否为真正的巫术，或是如柔克人所说，仅是女巫把戏。都是他在柔克没听过的事，也从未在柔克论及——也许害怕师父会鄙视他认真看待这类事物，也许是知道他们无法了解；因为这些是弓忒的事物、弓忒的真相，这些事甚至没写入阿珥德手中的术典，此书由佩若高岛的伟大法师安纳司开始流传，句句口耳相传，是家传实学。

“如果你需要详读大山，”师父告诉他，“就去赛梅尔牧场顶端的黑池。从那里可以看到路。你得找到中心，看要从哪里进去。”

“进去？”男孩杜藻悄声问。

“你在外面能做什么？”

杜藻沉默了好一阵子，才问：“怎么进去？”

“像这样。”阿珥德修长的手臂伸直高举，开始念诵杜藻日后才明白的变换宏深大法。阿珥德扭曲咒文读音——所有巫术导师都必须如此，否则咒文会开始运行，杜藻知道正确聆听与记忆的诀窍。阿珥德说完后，杜藻在脑海中默诵这些文字，半比划着随同而来的奇特笨拙手势。突然，他的手停下。

“但是这不能解除！”他说出声。

阿珥德点点头：“这无法撤回。”

杜藻知道没有不能撤回的变换、没有不能解除的咒文——松绑咒词例外，那只能说一次。

“但为什么……”

“因为必要。”阿珥德说。

杜藻知道这时要求解释只是白费工夫。这咒文不可能经常需要念诵，非得使用的概率也十分低微。他让这可怖的咒文深陷脑海，埋藏在千百个有用、美丽或启迪的魔法及诵咒下，在所有柔克智识、律条，在所有阿珥德传承的书本智慧下。粗陋、畸形、无用的咒语，在他脑海深暗处潜躺六十年，仿如灯火通明、充满珍宝与子孙的大宅下，地窖底一块早遭人遗忘的基石。

大雨停歇，但白雾依然隐藏山峰，片片白云在高耸的林间穿梭飘浮。虽然杜藻不似缄默是个不知疲累的健行者，情愿毕生在弓忒山林间漫游，但依然是锐亚白子弟，对附近路径了然于胸。他在利希之井走捷径，午前便来到赛梅尔高山牧地的山边平台。山下一英里外，沐浴在阳光下的农庄，立于山的背风面，羊群如云影移行。弓忒港与海湾隐藏于陡峭纠结的山峦后，山峦下是城中内陆。

杜藻在四周漫步稍时，才发现他认定是黑池的地点。那里十分狭小，半是稀泥与芦苇，有条模糊小径通往水边，已为沼泽所覆，除了羊蹄，杳无人迹。池水虽然荡漾于晴空下，远离泥煤土层，却非常深暗。他沿羊蹄小道前行，脚在泥泞中打滑，他想避免跌跤，却扭伤脚踝。他咆哮出声，静立水边，弯腰按摩脚踝，倾听。

万籁俱寂。

无风声。无鸟鸣。无远处传来的牛、羊、人声。整座岛仿佛都寂静下来，甚至没有苍蝇嗡嗡作响。

他看着暗黑池水。毫无倒影。

他不情不愿，向前一步，赤脚光腿。一个小时前，太阳露面，他便已将斗篷卷好收入背包。芦苇拨搔他的腿，脚下湿泥松软深陷，芦苇根脉交缠遍布。他不声不响，缓缓朝池中移动，仅激起轻缓细小的涟漪。池水一直很浅，他直到谨慎的脚步探不到底，才停住。

水面在哆嗦。他先在大腿上感到一阵毛皮搔触般拍打，然后看到遍布池面的颤抖。不是他引起的圆形涟漪，那早已消逝；而是一片皱褶、一种崎岖、一阵颤动，一次，又一次。

“哪里？”他悄声问，继而以没有其他语言的万物均能了解的语言，说出那词。

只有沉默。接着一条鱼从黑暗晃动的水里跃出，体色白灰，长如巴掌，跳起时以微小清晰的声音，用同样语言喊出：“亚夫德！”

老巫师站立。他回想自己尽知的弓忒真名，将每片山坡、悬崖、幽谷收入脑海，一瞬间就看到亚夫德在何方。那是山脊分裂之处，就在离弓忒港不远的内陆，深埋在城市上方的海岬要害。那正是断层。一场以那里为震中的地震，可以摇散整座城市，引来山崩、浪啸，将海湾两侧悬崖像拍手般闭合。杜藻如池水般全身哆嗦、战栗。

他转身往岸边走去，急急忙忙，不在意足落何处，也不在乎哗啦声与沉重呼吸是否打破沉默。他步履蹒跚走回小径，穿过芦苇丛，直到踏上干燥陆地与粗硬短草，听见蚊蚋蟋蟀的嗡鸣，才重重坐倒在地，双腿发抖。

“不行。”他说，以赫语自言自语，“我做不了。”又接着说，“我一个人做不了。”

他心情纷乱、决心呼唤缄默时，竟想不起咒语开头，那咒语他记了六十年！待他以为想起时，反而念出召唤咒，等咒语生效，才发现自己做了什么好事，赶紧停下，一字一字解除咒语。

他拔起一把草，想擦去双脚双腿上的烂泥。泥巴还没干，反而抹得皮肤上到处都是。“我痛恨泥巴。”他悄声道。然后咬紧牙关，不再设法把腿擦干净，“泥土啊，泥土。”他说，温柔拍抚自己坐的地面。然后，非常缓慢，非常仔细，开始念诵呼唤咒。

通往弓忒港繁忙码头的街道上，巫师欧吉安突然停下步伐。他身旁的船长继续向前几步，才转身看到欧吉安对着空气说话。

“师父，我当然会去！”欧吉安说，稍停顿后，又问，“多快？”他随即以某种船长听不懂的语言，对空气说了几句话，比出一个手势，令周围天色突然转暗片刻。

“船长，很抱歉，我必须稍后再为你的船帆施咒。即将发生地震，我必须警告全城。请告诉那边所有能航行的船只，立刻朝外海航行。远离雄武双崖！祝你好运。”欧吉安转身跑向街道，头发粗灰的高壮男子如今像牡鹿般奔跑。

弓忒港位于陡峭海岸间一条狭长海湾的最底端，面海入口在两块大岬角间，为海港之门，称为雄武双崖，双崖相距不到一百英尺。弓忒港百姓免受海盗侵扰，但安全之处亦是危险所在：狭长的海湾沿着地底一道断层，大张的颚口也可能闭合。

欧吉安尽力警告城内百姓，确认城门与港口的守卫皆尽力维持几条对外道路秩序，以防惊慌失措的人民拥堵而出事，之后，他将自己反锁在港口信号塔里，因为人人都想立刻找到他。他送出传像到山上赛梅尔牧地的黑池。

老师父正坐在池畔草地上啃苹果，蛋壳碎片撒在腿边地上，腿上裹着渐干的泥巴。他抬头看到欧吉安的传像，露出一道开怀甜美的微笑。但他看起来老迈。他看起来从未如此老迈。欧吉安因忙碌，已一年多没见到他。欧吉安在弓忒港一向忙碌，忙着为领主和百姓工作，无暇到山边森林走走，或到锐亚白小屋中与赫雷同坐、倾听、沉淀。赫雷是个老人，如今近八十岁，他很害怕。他因看见欧吉安而喜悦微笑，但他很害怕。

“我想我们要做的，”赫雷直截了当说道，“是设法不让断层过度滑落。你在海港之门，我在底端、在山里。你懂吗？两人合作。我们说不定办得到。我感觉它蓄势待发，你感觉到了吗？”

欧吉安摇头，让传像在赫雷附近草地上坐下，传像并未弯折它踏过或坐上的草茎。“我除了让城里惊慌失措、遣送船只出海湾之外，什么事都没做。”他说，“您感觉到什么？怎么感觉到的？”

这些是法师对法师的技术问题。赫雷迟疑，回答。

“这是我跟阿珥德学的。”他说，再次停顿。

赫雷从未向欧吉安谈起他首位师父，一个连在弓忒都毫无名气、可能还有恶名的术士。欧吉安只知道阿珥德从未去过柔克，是在佩若高岛接受训练，某种谜团或耻辱污蔑了这名字。虽然以巫师而言，赫雷颇为健谈，但在某些事上，他与顽石一样沉默。因此，尊重缄默的欧吉安，从未探问老师。

“这不是柔克魔法，”老人说，声音有点刻意平淡，“不过并不违反平衡。不会黏手。”

他一向用这个词形容邪恶行为、利己咒法、诅咒、黑魔法——“黏手的东西”。

一会儿，他遍寻词汇，继续说道：“泥土。石头。这是土魔法。古老，非常古老。与弓忒岛一样古老。”

“太古之力吗？”欧吉安喃喃道。

赫雷说：“我不确定。”

“它会控制大地吗？”

“我想，比较像是进入大地，里面。”老人将苹果核和大片蛋壳埋入松软土中，再整整齐齐拍平，“我当然知道那些词，但我得边做边学。这就是大咒文麻烦的地方，不是吗？你只能边做边学，没机会练习。”他抬起头，“啊……来了！你感觉到了吗？”

欧吉安摇头。

“正在使劲儿。”赫雷说，手依旧不自觉轻拍地面，宛如轻拍一头受惊的母牛，“我想快来了。孩子，你能维持海门大开吗？”

“告诉我您要做什么……”

但赫雷摇头。“不行。”他说，“没时间。你做不来。”无论他从大地或空中感受到什么，他愈来愈受其干扰。透过他，欧吉安也感受到那股聚集难忍的紧绷。

两人坐着互不交谈。危机过去，赫雷略微放松，甚至微笑：“我等会儿要做的，是非常古老的东西。真希望我以前好好想过，把它传给你。可是似乎有点粗陋，不够灵活……她没说她从哪儿学来的。当然是从这里……毕竟，知识有很多种。”

“她？”

“阿珥德。我师父。”赫雷抬起头，脸上神情难解，或许有点局促，“你不知道吧？她是女的。没错，我想我没提过。性别说到底没什么要紧的，我们并没有性，我们巫师，不是吗？我觉得，重要的是，我们住在谁的屋子里。看来我们漏过了不少重要的事，这类事情……来了！又来了……”

赫雷突如其来的紧张僵直、紧绷脸孔及收束的表情，近似产妇子宫收缩时的容貌，欧吉安如此想，甚至开口问道：“您说‘在山里’是什么意思？”

痉挛过了，赫雷答：“在里面。在亚夫德。”他指向两人下方的群结山峦，“我会进去，想办法不让东西到处乱滑，嗯？我边做就边知道该怎么做，一定的。我想你也该回到自己体内了，情势愈来愈紧绷。”他再度住口，看来仿佛处于极大的痛苦中，因而蜷曲、紧缩。他挣扎着想站起。欧吉安不加思索，伸出手想帮他。

“没有用。”老巫师咧嘴笑了，“你只是风和阳光。现在我要成为泥土和石块。你最好去吧。别了，艾哈耳。嘴巴……嘴巴张开，一次就好，嗯？”

欧吉安顺从师命，返回弓忒港闷热、织锦的房间，回到自己的身体。他听不懂老人的玩笑，直到转向窗户，看到长湾末端雄武双崖，颚口正准备咬合，他才明白。“我会的。”他说，开始进行。

“你看，我得做的，”老巫师说，还在和缄默说话，即使缄默不在身边，跟他说话也令人安心，“是到山里面，最里面，但不是像探矿术士那样，不只是滑进事物之间观察、品尝。要更深。完全进入。不是进入血管，而是骨头。好。”于是，赫雷在正午光亮下，独自站在高山牧地，摊开双臂，摆出开启所有宏大咒语的祝祷手势，开始念诵。

他念出阿珥德教他的词，毫无动静。他那旧时女巫导师，有着苦涩嘴唇，手臂瘦削细长。当时扭曲念出的字词，如今他依真貌念诵。

毫无动静。他还有时间痛惜阳光及海风，怀疑咒文、怀疑自己，之后，大地才在周围隆起，干燥、温暖、深暗。

在里面。他知道自己应加紧进行。大地之骨酸疼地渴望移动，他必须成为骨骼才能引导，但急不得。他正遭遇变换后的迷惘。他在全盛时期曾变过狐狸、公牛、蜻蜓，了解变换生命是何种感觉，但这次不同，这种缓慢扩长。我在扩大，他想。

他伸向亚夫德，伸向酸疼、痛楚。他逐渐靠近，感到西方传进一阵强大的力量，仿佛缄默最后还是握住了他的手。透过这联系，他可以传送自己的力量、山的力量，加以协助。我没跟他说我不回去了，赫雷心想。这是他的赫语遗言、他最后的哀伤，因为他目前在山脉之骨。他知道火焰的动脉、硕大心脏的跳动。他知道该怎么办。他说的不是人类语言："安静，放松。好了，好了。撑稳。对，好了。我们可以放松了。"

而他放松，他静止，他撑稳。石中石、土中土，在山中的火热暗处。

岛民看到的是，他们的法师欧吉安独自站在码头边信号塔顶，街道在波浪中上下奔腾，石板路块崩裂而出，黏土砖墙碎成粉末，雄武双崖互倚呻吟。他们看到的是，欧吉安双手前伸、使劲、分离，悬崖也随之分离、直挺站立、不动如山。全城颤抖静立。遏止地震的是欧吉安。他们亲眼看见、亲口说出。

"当时师父与我同在，他师父与他同在。"众人称赞欧吉安时，他说道，"我能维持海门大开，是因为他定住大山。"众人称赞他谦逊，没聆听他的话。聆听是难得的天赋，人会自行塑造英雄。

城市再度恢复秩序，船舰尽皆返回，墙壁重新修建，欧吉安从赞美中逃离，进入弓忒港上方山陵。他找到那座怪异小山谷——人称修剪工之谷，创生语真名为亚夫德，一如欧吉安的真名是艾哈耳。他在那里整日四处行走，似乎在寻找什么。夜晚来临，他卧地，对地面说话："您应该告诉我的。我还可以说再见。"接着他哭泣，眼泪滴在草茎间干燥尘土上，形成点点稀泥，小小黏黏的泥点。

他就地而寝，与大地间不隔半张床垫或毯子。日出时分，他起身走上大路，前往锐亚白。他没进村庄，只是经过，然后继续前行，至孤立于其余屋舍之北、位于高陵起始点的屋子。房门开着。

最后一批豆子在藤蔓上长得硕大粗劣，包心菜日渐茁壮。三只母鸡绕过尘灰前院，咯咯啄食前来：一红、一褐、一白，灰色母鸡正在鸡舍孵蛋。没有小鸡，也不见公鸡的影子——赫雷都叫公鸡“国王”。国王死了，欧吉安想。也许此刻便有一只小鸡孵化，好取代它的地位。他认为他嗅到一丝狐狸气味，从屋后小果园里传来。

灰尘与落叶从敞开的门口吹入，落在光滑的木质地板上。他扫出灰尘与落叶，将赫雷的床垫及毯子放在太阳下透风。“我要在这里住一阵子。”他想，“这是间好屋子。”半晌，他又想，“我可能会养几只山羊。”

# 高泽上

# ON THE HIGH MARSH

偕梅岛位于黑弗诺西北、英拉德群屿西南，以帕恩海相隔。偕梅岛虽是地海群岛王国的大岛之一，故事却不多。英拉德岛有光辉历史，黑弗诺坐拥财富，帕恩岛恶名昭彰，而偕梅岛只有牛、绵羊、森林、小镇，还有一座笼罩全岛的死火山，名叫安丹登。

安丹登山南面，是上次火山爆发时灰烬堆积上百英尺深而形成的土地。江波河流切过那片高耸平原，朝大海流去，一路上蜿蜒聚池，布散漫游，将整片平原化为沼泽，成了一片广幅荒寂的水乡泽国，有辽阔天际、稀少树木、些许居民。土壤灰烬密杂，孕育沃饶碧翠的草地，当地居民便以此饲养牛群，为南方人口密集的海岸都市增肥牛只，让牲畜在数英里宽的平原上恣意行走，仰赖河流作天然栅栏。

安丹登如其他高山般，决定天气变化，身旁聚集云朵。高泽之上，夏日短冬日长。

某个冬日的早暗天色中，一名旅人站在狂风呼啸的小径交会口，两条路都仅是牛群在芦苇间踏出的小径，不太可靠。旅人寻找下一条路的指引。

之前走下最后一段山路时，旅人看到沼泽地零星散布着人家，不远处有座村庄。他以为他正朝村庄走，却不知不觉转错方向。高大的芦苇在小径两旁密密蹿长，即便何处有灯火亮起，他也看不见。水流在他脚边不远处轻声咯笑。他先前绕行安丹登山周严酷的黑熔岩道，已赔上了鞋。两只鞋跟磨透，双脚也因沼泽小径的冰冷湿气而酸痛。

天色迅速转暗。一阵迷雾从南边升起，遮蔽天空，只余巨硕幽暗山形上方的灼亮星辰。风窸窣穿过芦苇丛，轻柔、忧伤。

旅人站在路口，回应芦苇吹哨。

有东西在小径上移动，黑暗中有一团巨大的阴影。

"你在那里吗，亲爱的？"旅人说，他说的是太古语，创生语，"那就来吧，乌拉。"小母牛朝他走了一两步，走向它的真名，他也向前迎接。他凭触觉辨认出巨硕的头颅，抚摩它双眼间丝滑的凹陷，轻搔新角根部的前额。"很美，你很美。"他说，吸入它满是草香的气息，倚向庞大的温暖，"你愿意带领我吗，亲爱的乌拉？你愿意带领我到我要去的地方吗？"

他很幸运，遇上农场小母牛，而非四处放牧的牛只，那些牛只会领他到沼泽更深处。他的乌拉很喜欢跳栅栏，但四处闲走一会儿后，便开始眷恋牛棚，以及偶尔仍让她偷喝一两口奶的母亲。如今，它心甘情愿领旅人返家。乌拉缓慢但果决地走上一条小径，他尾随其后。路够宽时，他一只手放在母牛后臀；它蹚入及膝河川，他便拉住它的尾巴。乌拉左晃右摆，爬上低矮泥泞的河岸，甩着尾巴，挣脱拉扯，等着他在身后更笨拙地爬上岸。它继续缓慢前行。他紧靠乌拉身侧攀抓，因为河川冰冷透骨，他全身颤抖。

“哞。”向导轻声说道。他在左前方不远处，看见一点昏暗的方形灯火。

“谢谢。”他说，同时为小母牛打开栅栏。它上前迎向母亲，他则步履蹒跚，跨越黑暗的前院，来到门前。

门口一定是阿瑞，真不知道他为什么要敲门。她喊：“进来啊，你这个笨蛋！”他又敲了一次门。她放下手中修补的衣物，走到门前。“你难道喝醉了吗？”她说，接着看见来人。

她首先想到的是王、贵族、歌谣中的马哈仁安，高大、挺拔、俊美；下一刻想到的却是乞丐、迷途的人，衣着肮脏，以颤抖的手臂环抱自己。

“我迷路了。我来到村庄了吗？”他的声音既哑且粗，是乞丐的声音，但不是乞丐的口音。

“还有半英里。”阿赐回道。

“那里有旅舍吗？”

“那你得走到欧拉比镇，大概在南边十到十二英里。”她只思索片刻，“如果你需要房间过夜，我有个空房。如果你要进村子，阿三那儿可能有一间。”

“如果可以，我希望在此留宿。”他用高贵的语法、打战的牙齿说，一边紧握门把强撑。

“把鞋子脱掉，都湿透了。进来吧，”她往旁边一站，说，“到火边来。”让他坐到炉火旁阿帚的高背长椅上，“拨一下柴火。要不要来点汤？还热着。”

“好，谢谢你，夫人。”他低喃，在火边蹲着。她端来一碗肉汤，他饥渴而谨慎吞咽，仿佛久不习惯喝热汤。

“你越过山头来的？”

他点点头。

“何苦呢？”

“来这里。”他说，颤抖缓和下来。他赤裸的双脚令人不忍卒睹，瘀青、肿胀。她想叫他把脚伸到火边取暖，却不愿冒昧。无论他是谁，绝非自愿成为乞丐。

“除了小贩这类人，没有多少人会来高泽，”她说，“他们也不在冬天来。”

他喝完汤，她接过碗，在自己的位子，火炉右边油灯旁的小板凳上坐下，继续修补衣物。“先把身子暖透了，我再带你去床边。那房间没炉火。”她说道，“你是不是在山上碰到恶劣天气啦？听说下雪了。”

“有点飘雪。”他说。在油灯及火光下，她得以细细检视他。他不年轻，身材消瘦，不如她起先想的高大，脸生得很俊挺，却有什么地方不对劲，某处出了差池。他看来受过摧残，她想，残毁的人。

“你为什么到沼泽来？”她问。她有权发问，因为她收留他，但如此追问却让她不安。

“有人告诉我，这里的牛群患了牛瘟。”如今他不再因寒冷而全身僵直，嗓音也美妙起来。他说话像说书人扮演英雄与龙主时的语气，也许他是说书人或诵唱人？可是不对，他说了牛瘟。

“是有。”

"我或许可以帮助这些牲畜。"

"你是治疗师吗？"

他点点头。

"那就更加欢迎。这次牛瘟实在太可怕了，而且愈来愈严重。"

他一语未发。她看得出暖意正渗入他全身，令他舒展。

"把脚放到火边。"她骤然说道，"我有双我丈夫的旧鞋子。"她起先有点为难，但一说出口，就觉得解放舒坦。她到底还留着阿帚的鞋子做什么？给阿瑞穿太小，自己穿又太大。她送掉他的衣服，却留下他的鞋子，自己都不明白为什么。看来是给这家伙穿的。只要有点耐心，终究等得着，她心想。"我把鞋子拿来给你。你的鞋已经报废了。"

他瞥了她一眼，黑色的眼大而深邃，像马眼睛般晦暗、不可解。

"他死了，"她说，"两年了。沼泽热。你在这里可得当心那病。那水。我跟弟弟一起住，他在村里酒馆。我们有座奶酪坊，我做奶酪。我们的牛群没事。"她比出消灾手势，"我把它们都关起来。山上那边牛瘟很严重。也许天冷会遏止这场瘟疫。"

"比较可能杀死受感染的牲畜。"男子说。他听起来有点困了。

"我叫阿赐，我弟弟叫阿瑞。"

"阿沟。"片刻停顿后，他为自己命名，她想这是他取的假名，不适合他。他的事都拼凑不起来，不完整。她对他却不抱怀疑。和他在一起很自在，他无意伤害她。她觉得他谈起动物的方式有种善意。他一定很懂得照顾它们，她心想。他自己就像动物，沉默、受过伤的动物，需要保护，却无法乞求。

“来吧，”她说，“免得你在这里睡着了。”他顺从地跟随她到阿瑞的房间，这房间其实不比房子一角的橱柜大多少。她的房间在烟囱后头。阿瑞一会儿便会醉醺醺地进门，她会在烟囱角落为他铺一块床榻。让这名旅人今晚睡张好床，也许他启程时会留一两个铜子儿给她。近日来，她家的铜子儿可缺得凶。

他一如往常，在大屋房间中苏醒。他不明白屋顶为何低矮、空气为何闻起来清新却有酸味、牛只为何在外吵嚷。他必须静躺，回到这个“别处”，回到“别人”身体里——虽然这人昨晚对一只小母牛或一个女人说过自己的通名，但他想不起来。他知道他的真名，但在这里没有用，无论这是哪里。其实无论在哪里都没用。黑色道路、直坠陡坡和宽广绿原在他面前开展，绿地上河流纵横、水光粼粼。一阵冷风吹送，芦苇吹哨，小母牛领他穿过河流，艾沫儿打开大门。他一见到她，便知道她的真名，但他得用别的名字。他必不能以真名称呼她，必得记起他对她说的自称。虽然他是伊里欧斯，但他一定不是伊里欧斯。也许他终究会成为另一个人。不行，那就错了，他得是这人，这人腿酸脚疼。但这是张好床，羽毛床，很温暖，他还无须下床。他打了一会儿盹儿，自伊里欧斯飘离。

他终于起床时，纳闷儿自己几岁，望着双手与手臂，看自己是否年届七十。他看来还像四十，虽然感觉自己七十岁，动起来也像，令他略略瑟缩。衣服因连日旅程而脏污不堪，但他仍旧穿上。椅子下有一双鞋，陈旧却耐用结实，还有一双搭配的手织毛线袜。他将袜子套上饱受凌虐的双脚，一拐一拐走入厨房。艾沫儿站在大水槽前，扭挤某个包在布中的沉重物。

“谢谢你给的这些，还有鞋子，”他说，感谢她的礼物，记起她的通名，却只称，“夫人。”

“不客气。”她说，将不知名物品提入巨大的陶碗，双手在围裙上擦干。他对女人一无所知。从十岁起，他便住在没有女人的地方。好久以前，他曾惧怕她们，在另一间宽敞厨房里，那些对他大声咆哮、要他别挡路的女人。但自从开始在地海旅行后，他碰到一些女人，发现她们很好相处，像动物一样自顾自，除非被吓到，否则不太注意他。他设法不要吓到她们。他无意也无由去吓她们。她们不是男人。

“你要不要来点新鲜凝乳？拿这当早餐不错。”她打量他，但为时不久，也没正视他双眼。她像动物、像猫，端详他却不带挑衅。有只猫，又大又灰，四脚伏地趴在壁炉边，凝视炭火。伊里欧斯接下她给的碗和汤匙，坐在高背长椅上。猫跳到他身旁，呼噜作响。

“你看，”妇人说，“它对多数人都不大友善。”

“是因为凝乳。”

“也许它认得治疗师。”

此处有妇人及猫，十分平静。他来到一间好房子。

“外面很冷，”她说，“早上饮水槽里还有浮冰。你今天要继续赶路吗？”

一阵停顿。他忘记必须用话回答。“如果可以，我想留下。”他说，“我想留在这儿。”

他看到她微笑，但她也略微迟疑，好半晌。她道：“当然欢迎，先生，但我得请问，你能不能付点钱呢？”

“哦，可以。”他说，有点迷惘，起身拐回卧室去拿钱袋。他拿来一枚钱币，一小枚英拉德金币。

“只是请你付食物和柴火的花销。你知道，现在泥煤可贵了。”她继续说，接着看到他手中物。

“哦，先生。”她说，他知道自己犯了错。

“村子里没人能兑换这个。”她说，抬头看他半晌，“整个村子加起来都没办法兑换！”她说道，笑了。那应该没事了，但“换”字却在他脑海里不断回响。

“这钱没变换过。”他说，但他知道她不是这个意思，“对不起。如果我住一个月，如果我住一整个冬天，能不能把它用掉呢？我在治疗牲畜时，总该有地方住。”

“收起来。”她说，又笑了，双手慌乱挥动，“如果你能治愈牛只，牧场主人就会付你钱，你到时就能付我钱了。你可以把这视为担保，但是快收起来吧，先生！我看得头都晕了……阿瑞！”她唤道，随着一阵冷风，进来一名弯腰驼背、皮肤干缩的男子，“这位先生医治牛群时，会跟我们一起住。愿他工作顺势！他给我们保证金了。所以你就睡烟囱角落，他睡房间。先生，这是我弟弟阿瑞。”

阿瑞猛点一下头，嘟哝两句。他眼神呆滞。在伊里欧斯看来，这男人像中了毒。阿瑞又走出去，妇人靠近，语气坚定，低声说道：“他除了爱喝酒，没什么坏处。但除了爱喝酒，他也没剩下多少脑子了，酒吃坏了他大半个脑袋，也吃坏我们大半财产。所以，你懂吧，先生，如果你不介意，就把钱藏在他看不见的地方。他不会去找，但如果他看到，就会拿，他常常不知道自己在干吗，你懂吗？”

“懂。”伊里欧斯说，“我懂。你是好心的妇人。”她在讲他，讲他不知道自己做的事，她在原谅他。“好心的姐姐。”他说。这些话对他而言如此新颖，他从未说过或想过，他还以为自己是以不能说的真言说出。但她仅耸耸肩，带着一抹无可奈何的微笑。

“好几次我都能把他的笨脑袋摇掉。”她说，又继续工作。

来到这庇护所，他才知道自己多么疲累。他整天都在炉火前与灰猫一起打盹儿，阿赐则忙进忙出，请他进食了好些次——都是贫乏粗糙的食物，但他全缓慢珍惜地吃完。当天夜里，弟弟出了门，她叹口气说道：“他仗着我们有房客，又会在酒店赊下一大串账了。这倒不是你的错。”

“是。”伊里欧斯说道，“是我的错。”但她原谅了。灰猫紧靠在他大腿边做梦，梦境进入他脑海，在他与动物说话的低矮田野，那些暗郁的地方。猫在那里跳跃，有牛奶，还有深沉轻柔的兴奋。没有错误，只有伟大的纯真。不需要言辞。他们不会在这里找到他，他不在这里，不需报任何真名。除了她、做梦的猫、闪动的火焰之外，没有别人。他走在漆黑道路上，攀越死寂高山，但这儿的河流在牧地间缓缓流淌。

他疯了，而她不知道自己失了什么魂，才让他留下来，但她就是不怕他，也不怀疑他。就算他疯了又如何？他很温和，而且他出事前可能还很睿智。他也没那么疯，只有一部分、暂时的疯。他的一切都不完整，即便疯狂的部分亦然。他记不起自己告诉过她的名字，要村人称他“瓯塔客”。他可能也记不得她的名字，因他总是称呼她夫人——但这可能是出于礼貌。她也以礼称他“先生”，“阿沟”或“瓯塔客”似乎都不像适合他的名字。她听人说过，瓯塔客是一种小动物，有锐利的牙齿，不会发声，但高泽上没有这种动物。

她也想过，也许他说要来这里医治牛只疾病，也是疯病使然。他看来不像别的治疗师，带着动物用的疗方、咒文与乳膏而来，但他在休息一两天后，便询问村里有哪些牧场主人，随即出发，踩着阿帚的旧鞋，拐着依旧酸疼的双脚。看到这一幕，她心头一酸。

他傍晚返回，脚步更为疲跛，阿三自然带他大老远走到长野，那是阿三大多数肉牛的所在地。只有阿杨养马，养来让他的牛仔骑。她给房客一盆热水和干净毛巾照顾他可怜的脚，然后想到问他是否要洗个澡。他的确想。两人将水煮热，注满旧澡盆，她进房去，让他在壁炉前洗澡。她出来时，一切已清毕抹净，毛巾挂在炉火前。她从不认识这么会照料事情的男人，又有谁料到一个有钱人会做这些，他待的地方没有佣人吗？他的麻烦比猫的还少。他自己洗衣服，连床单也洗。她还没发现他在做什么，他就已在一个晴天里，把东西都洗清晾毕。“先生，你不用做这些，我会把你的衣物和我的一并洗。”她说。

“不用了。”他以那恍惚的方式说道，仿佛不甚明白她所言何指，但又续道，“你工作十分辛苦。”

“谁不辛苦？我喜欢做奶酪，这工作挺好玩。而且我很强壮。我只担心老了以后抬不起桶子和模子。”她把浑圆结实的手臂露给他看，握紧拳头笑道，“五十岁了，还不赖！”如此炫耀有点蠢，但她以强健的手臂、经历与技巧为荣。

“工作顺势。”他庄重地说道。

他对她的牛很有一套。他在家，她也需要帮助时，他便取代阿瑞。她边笑边告诉朋友阿黄，说他比阿帚的老狗还会对付这些牛。

“他跟牛说话，我发誓那些牛真的在考虑他说的，那小母牛还像小狗一样到处跟着他。”无论他在山间如何对待牛群，牧场主人都渐有好评。他们当然会牢牢抓住有益的希望。阿三的牛群死了一半，阿杨不肯透露失去多少牛。牛尸横遍野，要不是天气冷，沼泽早就尸臭熏天。水得煮沸一个小时才能饮用，只有她这口井和与村庄同名的井例外。

一天早上，阿杨的一名牛仔骑着马，牵着上鞍骡子，在前院出现。“阿杨大爷说，瓯塔客师父可以骑马，到东野有十至十二英里路。”年轻人说道。

她的房客从屋里出来。那是明亮多雾的清晨，晶亮的水汽隐藏沼泽，安丹登山在迷雾上飘浮，在北方天空映照下，成了庞大破碎的轮廓。

治疗师二话不说，直接走向骡子，其实该说是驴骡[①]，因为是阿杨的白马和阿三的大母驴所生。它皮色杂中偏白，年幼，有张漂亮的脸。他走上前，对着它细致的大耳说了些悄悄话，搓搓它的颈毛。

“他都会这样，”牛仔对阿赐说，“对它们说话。”神情颇乐，但语气轻蔑。他是阿瑞在酒馆的酒友之一，以牛仔而言，还算是正派的年轻小伙子。

“他有医好牛只吗？”她问。

“这个嘛，他是没办法立刻治愈牛瘟，但如果他在牲畜癫痫发作前赶到，好像就能治；还没感染的，他说可以不让它们染上，主人便派他在山里四处走动，让他尽力而为。但很多还是等不及就死了。”

---

① 骡（mule）为雄驴与雌马交配而生；驴骡（hinny）则为雄马与雌驴的后代。

治疗师检查肚带、放松皮带、爬上马鞍，技术并不娴熟，但马骡没有抱怨。它转过乳白色长鼻和美丽眼睛来看骑士，他微笑。阿赐从未看过他微笑。

“可以走了吗？”他对牛仔说。牛仔对阿赐一挥手，他的小牝马一喷气，立刻上路。治疗师随后跟上。马骡步伐大且流畅，白色皮毛在朝阳下闪闪发光。阿赐觉得仿佛目送一位王子启程，像故事般，马背上身形越过光亮的迷雾，穿过朦胧褐黄的冬原，在光芒中渐渐淡逝，消失无踪。

牧地工作很辛苦。“谁工作不辛苦？”艾沫儿曾问，一边露出浑圆强壮的手臂，坚实通红的双手。牧场主人阿杨冀望他待在草原上，把当地大牛群的每一头活牛都摸完。阿杨派两名牛仔随行，他们以布匹及半顶帐篷约略扎了个营。沼泽上没东西可烧，只有细小的断枝与枯死的芦苇，营火仅勉强能煮水，更别说供人取暖。牛仔骑马在外，试图围聚牲畜，好让他一次处理一整群，不必在干燥多霜的牧草地上奔波，追踪四散觅食的牛只。牛仔无法让牛群长时间聚集，便对它们发怒，也对他无法加快动作而生气。他觉得奇怪，牛仔竟然对动物没耐心，待之如物品，宛如绑筏工在河里处理木材，只凭蛮力对付。

牛仔对他也没耐心，总是催他加快速度，交差了事。他们对自己、对人生，也没有耐心。交谈的内容，不外乎拿到薪水后，要到欧拉比镇做什么，他听说不少欧拉比镇的妓女，如小菊、小金，还有“火热小丛”，他们这么称呼。他必须与年轻人同坐，因为三人都需要自火堆取暖，但牛仔不想让他在那儿，他也不想和他们共处。他明白，他们对他这个术士有种莫名的害怕与一份嫉妒，但最严重的是轻蔑。他年老、是外人，不属于他们。畏惧与嫉妒他都知道，且退避三舍；轻蔑，他也记得。他很高兴自己不属于他们，也高兴他们不想对他说话。他害怕对他们犯下恶行。

他在冰冷清晨起身，另两人还在被窝里蜷缩沉睡。他知道附近牛群何在，便自行出发。如今他已十分熟悉这种牛瘟，双手察觉病症时会感到一阵灼热，若病情严重，他还会反胃晕眩。他走近一只躺下的阉牛，已感昏眩恶心。他不再靠近，只说些祝愿安然往生的话，便继续前行。

虽然牛群野性难驯，从人类手中仅得阉割与杀戮，它们却任他穿行其中。他乐于感受它们的信任，有种自豪。他不该自满，但他的确自豪。如果他想碰触其中一头大牲畜，只要站在它身旁，稍微以它们不懂的语言说话即可。"乌拉。"他说，念出它们的真名，"伊鲁。伊鲁亚。"它们站立，巨硕而无谓，有时一只牛会久久凝视他，有时一只牛会迈着悠闲、松缓、尊贵的步伐来到他面前，对他摊开的掌心喷气。所有前来寻他的牛，他都可以治愈。他将手放在牛身上，放在硬毛、热躯及颈上，将治愈的力量传到手中，一遍遍复诵力之词。一会儿，巨兽便摇摇身躯、略微甩头，或踏步离开。他则垂下双手呆立片刻，耗竭而空白。接着另一只上前，巨大、好奇、羞怯、皮毛泥泞，带着体中流窜的病症，在他手中像一阵刺痛、麻痹、热流，一阵晕眩。"伊鲁。"他会说，再走向牲畜，双手放在它身上，直到感觉一股清凉宛如山泉流泻而下。

牛仔正在讨论食用死于牛瘟的阉牛肉是否安全。带来的存粮原本就不多，如今更所剩无几，他们不想上马奔走二三十英里补充粮食，想切下当天早上死在附近的阉牛舌。

他已强迫他们煮沸所有用水，现下他说：“你们要是吃那块肉，一年内就会开始头晕，最后就会像它们一样，盲眼癫痫而死。”

他们咒骂讥笑，却相信他。他不知道自己所言是否属实——说时似乎是真的。也许他想刁难他们，也许想赶走他们。

“你们回去吧。”他说道，“留我一人在这儿。这里的食物够一个人再待个三四天。马骡会带我回去。”

他们听完，二话不说，立刻上马离去，留下所有东西：棉被、帐篷、铁锅。“我们该怎么把这些都带回村里？”他询问马骡，它望着两匹离去的小马，说了马骡的话。

“啊呜！”它说，它会想念那些小马。

“我们必须完成这里的工作。”他说，它和善地看他。动物都很有耐心，但马类的耐心最好，因为它们不求回报。狗很忠诚，但大多出于服从。狗是阶级动物，将世界分为贵族与平民，而马都是贵族，它们同意合作。他记得自己曾走在粗壮厚毛的挽马脚边，无所畏惧，头上是它们温暖的气息，舒适安详。很久以前。他走到漂亮的马骡边，对它说话，唤它亲爱的，安慰它不让它寂寞。

他又花了六天才诊完东方沼泽的大牛群。最后两天，他前往探视漫游至山脚下的零散牛群，其中许多尚未受感染，因此他得以保护它们。马骡驮他回程时未上马鞍，让路程更轻松。但食粮已告罄，他骑回村子时，头晕目眩，手脚发软。他将马骡留在阿杨的马厩，又花了很久才到家。艾沫儿迎接他，责骂他一顿，试图让他进食，但他解释自己还不能吃东西。“我待在疾病的田野，身陷疾病时，觉得反胃。一会儿我就能吃东西了。”他解释。

“你疯了。”她非常生气，这是甜蜜的怒气。为什么不能有更多怒气是甜蜜的？

“至少洗个澡！”她说。

他知道自己闻起来是什么味道，于是谢谢她。

“你这一趟，阿杨要付你多少钱？”烧热水时，她质问。她依然十分愤慨，因此说话比平常还直。

“我不知道。”他道。

她停下来瞪着他。

“你没定价码？”

“定价码？”他暴喝，接着想起他不是原来的自己，谦卑地说道，“没有，我没定。”

“这么天真，”阿赐气呼呼地说，“他会剥你的皮。”她将一壶滚烫热水浇入澡盆，“他有象牙币，”她说，“叫他一定要付象牙币。在外面挨饿受冻十天，为了医治他的牲畜！阿三只有铜钱，但阿杨付得起象牙币，先生。如果我干涉了你，很抱歉。”她提着两只水桶冲出门外，朝泵走去，近来她决计不用河水。她睿智又和蔼。他为什么和那些不和蔼的人住了那么久？

“这得看我的牲畜是不是都医好了。”阿杨隔天说道，“这样吧，要是它们撑过这个冬天，我们就知道你的治疗管用，牲畜都很健康。不是我不相信你，只是讲公平嘛，对吧？如果治疗不管用，牲畜还是死了，那你也不会拿我现在想付你的钱，可不是？消灾！但我也不会要你等这么久都没领到钱。所以，这是预付款，这样一来，我们现下扯平了，是吧？”

几个铜钱甚至没好好装在袋子里。伊里欧斯必须伸出手，牧场主人将六枚铜板一个个放在他掌心。“好啦！那就扯平了！”阿杨说，语气慷慨，“或许过两天，你能去长池牧场看看我那些满周岁的小牛。”

“不行，”伊里欧斯说，“等我离开时，阿三的牛群就挨不下去了。那里需要我。”

“瓯塔客师父，那里不需要你。你还在东边山脉时，来了个治疗术士，他以前来过，是南岸人，阿三雇用他了。你为我工作，我会好好付你薪水。如果牲畜情况良好，说不定给得比铜币还好！”

伊里欧斯没说好，没说不好，也没道谢，一语不发离去。牧场主人看着他的背影，一啐：“消灾。”

麻烦自伊里欧斯的脑海升起，自从来到高泽，他还没碰上麻烦事。他努力抗拒。有个力之子前来医治牛只，另一个力之子。只是术士，阿杨说。不是巫师，不是法师，只是治疗师，牛只治疗师。我无须怕他。我无须怕他的力量。我不需要他的力量。我得见他，要确认，要确定。如果他做我在这里做的事，便没有害处，我们可以合作。如果我做他在这里做的事。如果他只用术，没有恶意，像我一样。

他沿着纯井镇杂乱的街道走到阿三家，大概位于半路上，酒馆对面。阿三是三十开外的男子，饱受风霜，正在门口与人说话，是个陌生人。两人一看到伊里欧斯，就显得心神不宁。阿三走进屋内，陌生人亦尾随而入。

伊里欧斯走上台阶。他没进去，只从敞开的门口向内说：“阿三大爷，你在两条河间养的牛只，我今天可以去看诊。”他不知道自己为什么这么说，他原本不打算说这事。

“啊。”阿三说道，来到门口，迟疑地哼了哼，“不用了，瓯塔客师父。这位是参白师父，上山来治疗牛瘟的。他以前帮我医好牲畜、烂蹄症之类的。您看，您光是阿杨的牛群就忙不过来了……”

术士现身于阿三身后，真名是阿耶司。他力量微小，受无知、误用及谎言玷污腐化，但心中妒火熊熊。“我十年来都在这儿行医。”他说道，上下打量伊里欧斯，“有个人不知从北边哪里过来，抢了我的生意。有些人会因此吵起来。术士争吵不是好事。也就是说，如果你是术士，是力之子，我也是。这里的乡亲都很清楚。”

伊里欧斯试图说明他不想吵架。他试图说明有两人份的工作，试图说明自己不会夺走此人的工作。但这些话都被此人嫉妒的酸液腐蚀，听不进去，话未出口便让嫉妒腐蚀了。

阿耶司看着伊里欧斯结结巴巴，眼神更加傲慢无礼。他开口想对阿三说什么，但伊里欧斯说话了。

“你……你得走。回去。”他说“回去”时，左手像刀一般在空中划下，阿耶司向后跌落椅上，瞪视。

他只是小术士，一个骗子，有几个差劲的咒语，或者状似如此。但如果他欺瞒、隐藏力量，是强大的敌手，该怎么办？心存嫉妒的对手。一定要阻止他，一定要束缚他、为他命名、召唤他。伊里欧斯开始说出束缚咒词，那惊惧男子瑟缩躲开，畏缩在地，束手无策，发出微弱尖锐的哀鸣。错了，错了，我在做错事，我才是邪恶，伊里欧斯心想。他止住口中咒文，加以抗拒，最后喊出另一个字。接着阿耶司蹲踞在地，呕吐抖缩。阿三瞪大了眼，想说：“消灾！消灾！”无伤无害，但火焰在伊里欧斯的双手燃烧，他试着用双手捂住眼睛，火焰在他眼中燃烧；他试图说话，口舌在燃烧。

很长一段时间，没人敢碰他。伊里欧斯一阵痉挛，倒在阿三门口，如今像死人般动也不动。南方来的治疗师说他没死，而且像毒蛇一样危险。阿三告诉大家，瓯塔客在参白身上下了诅咒，说了些可怕的话，让他愈缩愈小，像火里木柴般哀号，又倏然变回原样，但吐得满地都是。这也难怪，整个过程中，光芒都围绕另一人，瓯塔客像波动的火焰及跳跃的影子，声音也不像人类。骇人的事件。

参白叫大家赶走那家伙，却没留下来看着他们行动。他在酒馆灌了一品脱啤酒后，立即上路返回南方，还告诉村人，一村不容二巫，等那人或不管那什么东西离开后，他也许会再回来。

没人敢碰他。他们远远盯着那团躯体瘫在阿三门口，阿三妻子在街上来回放声泣诉。“晦气！晦气！”她哭喊，“哦，我的宝宝一定会死胎，一定！”

阿瑞在酒馆听了参白的故事，还听了阿三及种种四处流传的版本后，回家找姐姐。在最生动的版本中，瓯塔客身形暴长十英尺，以闪电将参白打成焦炭，参白才口吐白沫，全身发青，瘫倒在地。

阿赐连忙赶到村里。她直走到门口，弯腰俯视那团东西，伸手碰触。人人都倒抽一口气，喃喃说：“消灾！消灾！”只有阿黄的小女儿看错手势，尖声说道：“工作顺势！”

那团东西动了动，缓缓坐起。他们看到是那治疗师，和原来一样，没火没影，却病恹恹。“来吧。”阿赐说，扶他起身，陪他缓缓走上街。

村民摇摇头。阿赐是勇敢的妇人，但也勇敢过头了。要不，就像他们在酒桌旁说的，勇气用错方法、用错地点，你懂吧。天生不会法术的人就不该穷搅和，也别跟术士扯在一起。你看着吧。术士似乎和平常人一样，但他们不像平常人；治疗师似乎没有害处。治好烂蹄症、畅通堵塞乳房，这些都还好，但招惹了一个，你看看，又是火又是影，又是诅咒又是痉挛倒地。诡异。那人一向诡异。他究竟打哪儿来的？你倒说说看。

她把他拖上他的床，脱下他脚上的鞋，让他睡觉。阿瑞晚归，醉得比平常厉害，他一跌，额头被壁炉柴架割伤。他流血愤怒，命令阿赐“把那喔师赶出黄子”，现在就把他赶出去。说完，他在灰烬里呕吐，睡倒在壁炉边。她把阿瑞拖上床垫，脱下脚上的鞋，让他睡觉。她去看另一人。他看来微微发烧，她把手放在他额头上。他张开眼，面无表情，直视入她双眸：“艾沫儿。”又闭上眼睛。

她自他身边倒退几步，吓坏了。

黑暗中，她躺在床上，想道：他认识赐予我真名的巫师，还是我说了真名？也许我在睡梦中说出来了。难道有谁告诉他？没人知道我的真名。从来没人知道，只有那巫师还有母亲知道。而他们都死了，都死了……我在睡梦中说的……

她心知肚明。

她手里提着小油灯伫立，油灯光芒在她指间泛红，使她脸庞泛金。他说出她的真名。她赐予他睡眠。

他睡到很晚才醒，仿佛大病初愈，衰弱无力。她无法怕他。她发现他完全不记得村里发生的一切、那另一个巫师，连她在床罩上发现的六枚散币也不记得，想必当时一直紧握在掌心。

“那一定是阿杨给你的。”她说，“那个吝啬鬼！”

“我说我会去……去河流间牧地看他的牲口，是吧？”他问，心中焦虑，再度露出恐慌的神情，从长椅上起身。

“坐下。”她说。他坐下，却局促不安。

“你自己都病了，怎么治疗牲口？”她问。

“还能怎么办？”他答。

但他随即静下来，轻抚灰猫。

阿瑞进来。他一看到治疗师在长椅上打盹儿，便对她说：“你出来。”她与弟弟踏出屋外。

“现在我这里不会再收留他。”阿瑞说，对她摆出一家之主的架子，额前一道明显的黑色伤口，眼睛像牡蛎，双手颤个不停。

“那你上哪去？”她问。

“该走的是他。”

“这是我的房子，阿帚的房子。他留下来。要走要留随你。”

“他要走要留也随我。我要他走。你不能什么都说了就算，大家都说他该走。他不正常。”

“哦，是啊，既然他医好一半牛群、拿到六个铜币，他就该走了，是吧！他在这儿能留多久由我决定，我话就说到此。”

“她们不买我们的牛奶和奶酪了。”阿瑞哀叫。

“谁说的？”

“阿三的太太。所有女人。”

“那我就把奶酪扛去欧拉比镇，在那里卖。”她说道，“老弟，你顾顾自己的体面，去把伤口清洗清洗、换件衬衫，你臭得像酒馆一样。”说完，她回屋内，“天哪。”她顿时痛哭出声。

“怎么了，艾洙儿？”治疗师说，清瘦脸庞与奇特双眼转向她。

“没有用，我就知道没有用。跟醉汉说什么都没用。”她说，用围裙揩揩眼泪，“毁了你的，是酒吗？”

“不是。”他说道，丝毫未受冒犯。或许听不懂。

“当然不是。请你原谅。”她说。

“也许他喝酒是想成为别人，”他说，“想改变、想变化……”

“他是为喝酒而喝酒。”她说，“有些人就是这样。我会待在奶酪坊。我会锁上房门。附近……附近有陌生人。你好好休息。外头很恶劣。”她想确定他会留在室内，避开危险，让别人无法骚扰。稍后她会去村里，跟一些通情达理的人谈谈，看能否遏止这些无稽之谈。

她进村时，阿杨妻子阿黄等几人都同意，术士为工作争吵没什么新鲜，也没什么好激动。但阿三夫妇和酒馆那帮人却不愿就此平息，因为这后半个冬天，除了牛只濒死，就只剩这件事有得磕牙。“况且，”阿黄说，“我那口子可乐得付铜钱呢，他以为他可能得付象牙币。”

“所以，他碰过的牛都站得好好的？”

“目前来看，都好好的，而且没有新发病的。”

“他是正统的术士，阿黄。”阿赐说，语气非常恳切，“我就知道。”

“亲爱的，麻烦就出在这里，”阿黄说，“你也明白！这地方不适合他那种人。他是谁都跟我们无关，但他为什么来这里，你就得问问了。”

“来治疗牲口。”阿赐说。

参白离开不到三天，镇上又出现陌生人：一名男子骑着好马北上，在酒馆请求下榻。村人叫他去阿三家，但阿三妻子一听门前又有陌生人，便放声尖叫，哭号着如果阿三再放一个巫人进屋，她的宝宝就得先死两次才能出生。街边上下几栋房舍都听得到她的尖叫声，引来众人——也不过是十或十一个人——在阿三屋子及酒馆间围观。

“哎，这可不行，”陌生人和善道，“我可不能让孩子早产。酒馆楼上会不会有空房间？”

“叫他去奶酪坊。”阿杨的一名牛仔说，“阿赐来者不拒。”这话引出些许窃笑和嘘声。

“往反方向去。”酒馆主人说道。

“多谢。”旅人说，将马牵往众人指引的方向。

“让外人物以类聚。”酒店主人说道。这句话当晚在酒店中复诵几十次，让所有人敬佩不绝，自发生牛瘟后，这句话说得最好。

阿赐在奶酪坊里，刚挤完奶，她摆出平底锅，过滤牛奶。“夫人。”门口有个声音说道。她以为是治疗师，便说：“等一下，我把这里弄完。”她转身看到陌生人，差点松手掉了铁锅，“你吓到我了！”她说，“需要帮忙吗？”

“我想借住一宿。”

“不行，很抱歉，我已经有个房客，还有我弟弟跟我。也许村里阿三……”

“村人叫我来这里。他们说，‘让外人物以类聚。’”陌生人三十来岁，五官平实、神情和善、衣着朴素，不过他身后的短脚马倒是好马，“夫人，你让我睡牛棚就可以了。我的马才需要好床，它累坏了。我睡棚里，明早就启程。天冷的晚上，跟乳牛睡正好。我很乐意付你钱，夫人，希望你接受两枚铜币，我的名字是阿鹰。”

“我是阿赐。”她说，有点手足无措，但她喜欢这家伙，“那好吧，阿鹰大爷。你把马拴好，照料一下。泵在那里，还有很多稻草。你好了就进屋里来，我给你喝点牛奶汤。一枚硬币就很够了，谢谢。”她不想像对治疗师一般，称他为先生。这人没有那种尊贵气质。她第一眼见到他时，没看到国王，另一个就让她看到了。

她结束奶酪坊的工作，回到屋里，新来的家伙阿鹰正蹲在壁炉前，熟练地搭起炉火。治疗师在房中熟睡，她向内望，关上房门。

“他不太舒服。”她低声说，“一连好几天在冰冷天气里，到沼泽东边很远的地方去治疗牛群，把自己累坏了。”

她在厨房里忙东忙西时，阿鹰不时以最自然的方式帮她一把，让她开始揣想，是否外地男人都比高泽男人善于家务。和他交谈很轻松，她把治疗师的事告诉他，因为她自己没什么好说的。

“他们会利用术士，再对他的好处说长道短，这不公平。”

“但他还是吓到他们了，对不对？”

“我想是吧。另一个治疗师跑到这儿，是以前就来过的家伙。我觉得他没什么作用，两年前，他也没治好我那头乳房堵塞的母牛。我敢发誓，他的乳膏根本只是猪油。所以呢，他对瓯塔客说，你在抢我的生意，也许瓯塔客也对他说了同样的话，两人就发脾气，也许施了点黑咒语。我想瓯塔客有施咒，但他根本没伤到那人，自己反倒晕了过去。他现在一点都记不起来，另外那人倒是毫发无伤，走了。而且他们说，瓯塔客碰过的每只牲口到现在都还站得好好的，身强体壮。他在风雨中度过十天，碰触那些牲畜，治疗它们，结果你知道那牧场主人付他多少钱？六枚铜币！他生点气也没什么奇怪吧？但我不是说……”她突然不作声，然后继续，“我不是说他没有怪样子。我想就像女巫跟术士一样吧。也许他们因为要跟这种力量和邪术打交道，所以一定要奇怪，但他真诚，又善良。”

“夫人，”阿鹰说，“我能说个故事给你听吗？”

“哦，你是说书的啊？怎么不早说嘛！所以你是干这行的？我刚还在想，已经冬天了，你还四处旅行。但是看你那匹马，我就想你一定是商人。你能说个故事给我听吗？这会是我一生的乐事，故事愈长愈好！不过你先喝汤，让我坐下来好好听……”

“夫人，我不算真正的说书人，”他带着和善的微笑说道，“但我是有故事要说给你听。”他喝完汤，她准备好缝补活儿，他开始说故事。

“在内极海，在智者之岛柔克，有九位师父，传授所有魔法。”他开始说。

她幸福地闭眼倾听。

他列述各个师父：手师父、药草师父、召唤师父、形意师父、风钥师父、诵唱师父，还有名字师父与变换师父。“变换师父与召唤师父的技艺危机四伏，”他说，“变换，也叫变身，夫人，你可能听说过。连普通术士都可能通晓如何塑造幻象变换，将一个东西暂时变成另一个东西，或是覆上不属于自己的外貌。你看过吗？”

“听过。”她悄悄道。

“有时，女巫术士会说，他们召唤死者，透过他们说话。也许是父母哀悼的孩子。在女巫茅屋里，在黑暗中，他们听到孩子哭、笑……”

她点点头。

“这些都只是幻象，形似之术，但的确有真正的变换，真正的召唤术。这些可能是巫师真正的诱惑！以猎鹰双翼遨翔、以鹰眼俯瞰大地，夫人，那是了不起的经验；而召唤术，其实就是命名术，是伟大的力量。夫人，你也知道，知晓真名就是拥有力量。召唤师父的技艺便深植于此。能召唤出久远亡者的外貌及灵魂，是了不起的事。在索利亚的果园目睹叶芙阮的美貌，一如世界尚且年轻时，莫瑞德之所见……”

他的语音变得十分轻柔，十分深沉。

“好，言归正传。四十多年前，有个孩子在阿尔克岛诞生，阿尔克位于偕梅岛东南方，是内极海上一处富饶岛屿。这孩子生在阿尔克领主家中，是一名低阶管家的儿子——不是穷人之后，但也不是多么了不得的子嗣。父母早年双亡，他没受到多少关照，后来因为他的所作所为，他们才不得不注意他。他们说，他是个诡异的小鬼。他拥有力量；他可以用一个字点燃或熄灭一团火焰；他可以让锅盘在空中飞舞；他将老鼠变成鸽子，让它在阿尔克领主的大厨房四处飞翔。如果他受到妨碍或惊吓，就为非作歹。他在一名虐待他的厨娘身上倒了一壶滚烫的开水。”

“可怜哪！”阿赐悄声道，从他开始说故事起，她就未动过一针一线。

“他只是个孩子，宅子里的巫师也不是什么智者，因为他们很少用智慧及仁慈对待他。也许他们怕他。他们绑住他的手，堵住他的嘴，避免他诵咒。他们把他关在地窖的一间石室里，关到他们以为他已经驯服为止。然后，他们将他驱逐到大农场马厩里居住，因他善于照料牲畜，跟马在一起也比较平静。但他与马厩小厮吵了起来，把那可怜的小子变成一团马屎。巫师把马厩小厮变回原形后，又把那孩子绑起来，堵住他的嘴，将他丢上前往柔克的船。他们想，或许那里的师父可以制服他。”

“可怜的孩子。”她呢喃。

“的确，因为水手也怕他，整趟航程都将他照样绑着。柔克宏轩馆的守门师父看到他，便为他松手解舌。他们说，那孩子在宏轩馆的第一件事，便是将食堂的长桌上下翻倒、弄酸啤酒，一名试图阻止他的学生也暂时变成了猪……但那孩子终究敌不过师父。

“他们没有惩罚他，只是用咒文束缚他狂野的力量，直到可以使他讲理、开始学习。这花了很长一段时间，他体内有股好斗精神，令他对自己没有的力量、自己不理解的事物，都当成威胁、挑战、一种必须战斗到足以击溃的对象。很多孩子都如此，我就是。但我很幸运，及早学到教训。

“最后，那孩子终究学会驯服怒气，控制自身力量。那是非常庞大的力量，无论他修习何种技艺，都轻而易举，轻易得使他鄙视幻术、天候术，甚至治愈术，因为这些对他不含恐惧、不具挑战。他虽精通这些技艺，但不觉有所成就，因此，大法师倪摩尔赐予他真名后，那孩子便专注修习伟大而危险的召唤技艺。他随该技艺的师父修习了很长一段时间。

“他一直住在柔克，因为所有魔法知识都汇集并保存在那里。

他也丝毫不渴望旅行、接触各色人等、见见世面，他说他可以把全世界召唤到面前。这也是事实，但那技艺的危险便潜伏于此。

“好了，召唤师父或任何巫师，都有一项禁忌，便是不得召唤生灵。我们可以呼唤他们，这可行。我们可以传送声音或显像、表象，但无论肉体或灵魂，我们都不得召唤他们到跟前。我们只能召唤亡者、只能召唤魅影。你能了解为什么必须如此：召唤生者，意指能完全控制生者，无论躯体还是心灵。一个人无论多么强壮、睿智、伟大，都不能正当拥有或利用另一人。

“但随着男孩长大成人，好斗精神也影响他。这在柔克是一股强劲的精神，永远要比别人强，永远要领先……技艺变成一种竞赛、一种游戏，最后变成一种手段，以期达到比目的更无价值的目的……他的天赋高于那儿所有人，但如果有人在任一领域比他更为出色，他就难以忍受。这会吓着他，会激怒他。

“他并未担任法术师父，因为新任召唤师父才刚获选，正值壮年，身强体健，不太可能退休或过世。他在学者与众师父中享有崇高地位，但他不是九尊之一。他没获选。也许对他来说，留在那里并非好事，随时处于巫师及法师间、处于学习巫术的男孩之间——这些人都渴望拥有力量、更多力量，努力超越。总之，随着年岁增长，他愈渐离群索居，待在自己塔房中，远离众人，致力修习，教导少数学生，沉默寡言。召唤师父会派给他天赋异禀的学生，但那儿许多男孩对他几乎一无所知。独居中，他开始修行一些不该修行、也不得正果的技艺。

“召唤师父惯于对魂魄及魅影呼之即来，挥之即去。也许这人开始想，谁能阻止我对活人做同样的事？如果我不可用这股力量，怎么会拥有这股力量？于是，他开始召唤活人，他在柔克畏惧的人、他视为敌手的人、力量让他嫉妒的人。他们来到他跟前，他夺走他们的力量，以为已用，让他们哑然沉默。这些人说不出发生什么事、他们的力量怎么了。他们不知其然。

“终于，他趁其不备，召唤自己的师父，柔克的召唤师父。

“但召唤师父以肉体和魂魄抗拒，他呼唤了我，我便前去。我们两人一同抵抗可能会摧毁我们的意志。”

夜已来临。阿赐的油灯闪烁熄灭，只剩红色火光照映在阿鹰脸上。那不是她起先以为的脸，那张脸憔悴、坚韧，一边满布疤痕。隼鹰般的男子，她心想。她端坐不动，聆听。

“夫人，这不是说书人的故事。这故事你再不会听到别人叙述。

“我那时刚担起大法师的职务，也比我们抵抗的人年轻。也许是不够怕他。静默中，我们两人在塔中小室竭尽全力，也只能勉强撑持。没有旁人知道发生什么事。我们战斗，战斗良久。然后战斗结束，他垮断，如树枝折断，他垮了。但他逃逸无踪。召唤师父永久耗散部分精力，战胜那盲目意志，而我当时没有体力阻挡他逃逸，也没想到派人追赶。我体内不留半点力量能跟踪他。因此他从柔克逃走。逃得干干净净。

“伴随这种缠斗而来的，是魂魄伤残——你可能会这么形容吧——及心神严重呆滞，但召唤师父和我克服了。之后我们开始觉得，让力量这么强大的人，一名法师，在地海游荡、神志不清，或许还满怀耻辱、怒气、报复，并非好事。

“我们找不到他的踪迹。他离开柔克时，一定将自己变成鸟或鱼，来到某座岛屿。而且，巫师可以隐藏自己，躲开寻查咒。我们以特有的方法四处打听，但毫无音讯，也无人回应。所以我们出发寻找，召唤师父往东边岛屿，我往西边，因为一想到这人，心里便浮现一座大山、破碎的火山锥，下面有一长片绿土延伸向南。我回想起年轻时在柔克上过的地理课，想起偕梅岛的地貌和名为安丹登的高山。于是我来到高泽。我想我来对了地方。”

一阵静默。火焰窃窃呢喃。

“我应该跟他说吗？”阿赐以平稳声音问道。

“不用，”男子像隼鹰般说道，“我来。伊里欧斯。”

她望向卧室的门。门开了，他站在那儿，憔悴疲累，深凹的眼满是睡意、迷惘与痛苦。

“格得。”他说，俯低头，好半晌后，才抬头问，“你会从我身上夺走真名吗？”

“我为什么要夺你的真名？”

“它只代表伤害。憎恨、骄傲、贪婪。”

“伊里欧斯，我会从你身上取走这些词，但不会拿走你的真字。”

“我当时不了解，”伊里欧斯说，“他人的事。他们是他人。我们都是他人。我们必须是他人。我错了。”

名为格得的人走向他，握住他半伸、乞求的双手。

“你误入歧途，你已回头是岸。但是你累了，伊里欧斯，你独自前行，路途艰辛。跟我回家吧。”

伊里欧斯垂下头，仿佛疲累不堪。一切紧张与激情均自体内消逝，但他抬起头，没看向格得，而是望向默默坐在壁炉一角的阿赐。

“我在这里还有工作。”他说。

格得也望着她。

“他有。”她说，“他得医治牛群。”

“它们让我看到我该做什么，”伊里欧斯说道，“还有我是谁。它们知道我的真名，但是它们从来不说。”

片刻，格得温柔地拉近年长男子，以双臂环绕。他轻轻说了什么，然后放开。伊里欧斯深吸一口气。

“你看，我在那里没有用，格得。”他说，“我在这里就有用。如果他们肯让我工作。”他再次望向阿赐，格得亦然。阿赐回望两人。

“艾沫儿，你怎么说？”宛如猎鹰的人问道。

“我会说，”她对治疗师说，声音微弱高亢如簧音，“如果阿杨的牛群整个冬天都站得稳稳的，虽然那些牧人可能不会喜爱你，但是他们会恳求你留下来。”

“没人喜爱术士。”大法师说，“好吧，伊里欧斯！难道我在严冬前来寻你，却必须独自返回吗？”

“告诉他们……告诉他们我错了，”伊里欧斯说，“告诉他们我做错了。告诉索理安……”他迟疑了，心下发慌。

“我会告诉他，人一生中的改变可能超越我们所知的技艺，以及我们所有的智慧。”大法师说道。他再度望向艾沫儿，“夫人，他能留在这里吗？这是他的愿望，但是否也为你所愿？”

“论用处和做伴，他都比我弟弟强十倍。”她说，“而且他善良、真诚。我告诉过您了，先生。”

“那好吧。伊里欧斯，我亲爱的伴侣、老师、对手、朋友，永别了。艾沫儿，勇敢的妇人，我向你致上崇敬与谢意。愿你内心及炉火知晓宁静。”他比个手势，在壁炉石地上的空气中留下短暂的闪烁微光，“现在我要去牛棚了。”他说，并随即实行。

门扉闭上。除了炉火呢喃，一切静寂。

“到火边来。”她说。伊里欧斯上前坐在高背长椅上。

“那就是大法师吗？真的吗？”

他点点头。

“全世界的大法师。”她说，“睡在我的牛棚里。他应该睡在我床上……”

“他不会接受。”伊里欧斯说道。

她知道他说得对。

“你的真名很美，伊里欧斯。”一会儿后，她说，“我从来不知道我丈夫的真名。他也不知道我的。我再也不说你的真名了。但是我喜欢知道你的真名，因为你也知道我的。”

“你的真名很美，艾沫儿。”他说，“你要我说，我就会说。”

# 蜻蜓

# DRAGONFLY

## 伊芮亚

她父亲的祖先在广大富饶的威岛上有片广大富饶的领地。在王治年代里，这家族并无头衔，也未享有宫廷赐予的特权；马哈仁安死后的黑暗时期，他们以坚毅手腕掌控自己的土地与人民，将盈余回馈领地，维持某种程度的公义，抵御土霸侵扰。在柔克智者影响下，秩序与和平重临群岛王国，该家族及其农场村庄兴盛了一段时期。这里的草原、高地牧场、橡木密生的山林，繁盛、美丽，使当地成了俗谚，人们会说“和伊芮亚牛一样胖”或“和伊芮亚人一样走运”。当地领主与佃农将土地名字冠在自己名字之前，自称伊芮亚人。然而，尽管农夫与牧人一季季、一年年、一代代传承，如橡树般持续不断盛兴，但拥有这片土地的家族却随着岁月与机运，渐渐改变凋零。

两兄弟为争取遗产而分家，一名继承人贪婪，另一名愚蠢，因而败坏产业。一人之女嫁给商人，试图自城市经营领地。另一人的孙辈再度争吵，分割已然破裂的领土。这名叫“蜻蜓”的女孩出生时，伊芮亚领土虽仍是地海中最美丽的山林、田野、草原之一，却已成家族宿怨与诉讼的战场。农场中杂草丛生、农庄屋不见瓦、牛奶棚废弃不用，牧羊人跟随羊群，翻到山的另一头，寻求更丰美的牧地。曾位于领地中心的老宅，在山头橡木林间逐渐崩坏颓圮。

老宅主人是自称伊芮亚之主的四人之一，另三人称他为旧伊芮亚之主。他将青春及仅剩遗产都倾注在法庭与虚里丝的威岛领主接待厅，试图证明他有权继承整片领土，一如过去百年。他带着失败与苦涩回家，毕生消磨在最后一片葡萄园的硬涩红酒中，带着一群饱受虐待、瘦骨嶙峋的狗，巡逻领土边界，以防宵小侵入。

他在虚里丝结过婚，娶了一名在伊芮亚默默无闻的女子，据说她来自西方某处岛屿。她从未踏上伊芮亚，因为她在城里死于难产。

他带着三岁女儿返家，将女儿交给管家，随即将她遗忘。酒醉时，他偶尔会想起她。如果他找得到她，便强迫她站在椅旁，或坐在他腿上，聆听他及伊芮亚家族遭受的一切冤屈。他诅咒、哭泣、喝酒，也逼她喝酒，逼她发誓彰显家族、效忠伊芮亚。她吞下满口酒，却痛恨那些诅咒、誓言、泪水，及随之而来一把眼泪一把鼻涕的慈爱。她一有机会便逃开，奔向犬、马及牛群。她对它们发誓忠于自己的母亲，忠于一个除了她以外，无人知晓、尊崇或效忠的女子。

她十三岁时，宅里仅存的老葡萄园丁与管家告诉老爷，女儿的命名日将届。他们询问是否该请西池村的术士，或是本地村巫即可。伊芮亚之主顿时尖声怒骂：“村巫？老巫婆要赐予伊芮亚之女真名？偷走我爷爷的西池村的那个暴发户手下？那个卑劣邪门的叛徒？那王八要胆敢踏上我的领土，我就放狗扯出他的心肝！你们就跟他这么说！”诸如此类。老阿菊回到厨房，老阿兔回到葡萄园，十三岁的蜻蜓奔出家门，下山跑向村庄，学父亲咒骂那群因他的暴喊而激动不已、紧跟她身后咆哮狂吠的狗。

“退后！你这只黑心的贱狗！”她大喊，“回家，你这只摇尾乞怜的叛徒！”狗儿旋即安静，尾巴低垂，乖乖回到屋内。

蜻蜓找到女巫，她正从绵羊臀上一处感染的割裂伤口取出蛆虫。女巫的通名是玫瑰，与威岛及赫族群岛王国许多妇女同名。人若拥有含蕴力量的秘密真名，如钻石含蕴光芒般，通常希望自己的通名愈平凡愈好，和他人一样。

玫瑰喃喃念诵一串制式咒文，出力最多的却是她的双手与那把锋利的短刀。母羊耐心忍受钻挖的刀锋，混沌的琥珀色狭长双眼凝视、静默，只偶尔顿着小小的左前足，叹口气。

蜻蜓趋近窥视玫瑰工作。玫瑰刺出一条蛆虫，丢在地上，吐口口水，再继续深挖。女孩侧身靠向母羊，母羊也侧身靠近，互相抚慰。玫瑰取出、丢落、啐向最后一条蛆虫，说道：“把那桶子给我。”她用盐水洗净伤口。母羊深深叹息，突然走出院子，迈步回家。它受够了医疗。“小鹿！”玫瑰喊。一个脏兮兮的小孩从灌木丛中出现，他方才在树丛里睡觉，这时他追随母羊步伐，美其名曰照顾母羊，但它比他年长、壮硕、饱足，可能也更为睿智。

“他们说你应该给我真名，”蜻蜓说，“父亲发了一顿脾气，结果就算了。”

女巫一言不发，明白女孩说得没错。一旦伊芮亚之主出言允许或反对一件事，绝不更改决定，且自豪于自己不妥协的态度，因为在他眼里，只有软弱的人才会出尔反尔。

玫瑰用盐清洗双手及刀刃，蜻蜓问："为什么我不能赐予自己真名？"

"办不到。"

"为什么不行？为什么一定要是女巫或术士？你们到底做什么？"

"这个嘛……"玫瑰说，将盐水洒在自家小前院的干土地上。她的房子和多数女巫住处一样，离村庄有段距离。"这个嘛……"她起身约略环顾，仿佛寻找答案，或母羊，或毛巾，"你必须先对力量有点了解，你懂吧。"她终于开口说，一眼看着蜻蜓，另一眼微斜向一侧。有时蜻蜓以为玫瑰左眼斜视，有时又仿佛是右眼，但总有一只眼直视，另一只眼看着视线外某种事物，近转角处或别处。

"哪种力量？"

"那一种。"玫瑰答。她如同母羊离开般，突然走进屋内。蜻蜓跟在她身后，但只到门前。没人会不请自入女巫屋中。

"你说我有。"女孩朝恶臭幽暗的单房小屋说。

"我说你拥有力量，伟大的力量。"女巫自黑暗中说道，"这你也知道。你会去做什么，我不知道，你也不知道。那要去找。但没有任何力量能为自己命名。"

"为什么？还有什么比自己的真名更贴近自己的？"

漫长的沉默。

女巫拿着皂石纺锤和一团油腻羊毛走出屋外，在门边长凳上坐下，旋转纺锤，纺出一码灰褐色毛线，才答道："我的真名是我，没错。但名字又是什么？是别人称呼我的方法。如果没有别人，只有我，那我要名字何用？”

“可是……”蜻蜓旋即住口，恍悟玫瑰的论证。她随后问：“所以，真名必须是赐予的？”

玫瑰点头。

“玫瑰，把我的真名给我。”女孩说。

“你爹说不行。”

“我说可以。”

“他才是这里的主人。”

“他可以让我又穷又笨、一无是处，但他不能让我没有真名！”

女巫像母羊般叹息，不安而勉强。

“今晚，”蜻蜓说，“在我们溪边，伊芮亚山下。他不知道的事害不了他。”她的声音半哄劝，半蛮横。

“你应该有真正的命名日，盛大宴会，跳舞庆祝，像别的少年人一样。”女巫说，“真名应该在破晓时分赐予。而且应该有音乐、盛宴等等。不是在半夜鬼鬼祟祟，没人知道……”

“我会知道。玫瑰，你怎么知道该说什么名字？是水告诉你吗？”

女巫摇了一下铁灰色的头：“我不能告诉你。”她的“不能”不是“不愿”。蜻蜓等待。“我说过，那是力量，就这么来了。”玫瑰停止纺织，抬起一眼望向西方一朵云，另一眼看着北方天空，“你们在水里，一起，你和那孩子。你拿走孩子的名字。大家可能继续用那名字当通名，但这不是她的名字，向来不是。所以她现在不是孩子，也没有名字，然后，你等。站在那水里。你像是打开自己的心灵，像打开房门一样，让风吹进。它就这样降临。你的舌头吐露名字，你的气息创造名字，你将名字、气息赐给那孩子，无法经由思索，你只能任由它来。名字必须经由你和水，传达给属于这个名字的她。这就是力量，力量运作的方法，都是这样。这不是你做的事。你要知道方法，让它自行完成。诀窍在此。”

“法师可以做得更多。”片刻后，女孩说道。

“没人能做得更多。”玫瑰说。

蜻蜓转颈，仰头向后，直到颈椎咔咔作响，然后焦躁地伸展长手长腿。“你愿意吗？”她问。

一会儿，玫瑰点了点头。

两人在暗夜中，于伊芮亚山下小巷会合，此时离日落已久，距黎明还远。玫瑰弄出一点磷火，发出微弱光芒，好让两人在泉边沼泥遍布的路上行走，不至落入芦苇间灰岩坑。在些许星辰与山丘黑色陵弧之下，冰冷暗夜中，两人脱衣，涉入浅水，双足深陷丝绒般的泥壤。女巫碰触女孩的手，说：“孩子，我拿走你的名字。你不是孩子。你没有名字。”

万籁俱寂。

女巫悄声说：“女人，命名于你。你是伊芮安[1]。”

两人静止须臾，夜风吹过两人裸露的肩头，接着她们颤抖着离开水中，尽力擦干身子，赤脚狼狈地挣扎走出锐利的芦苇丛与纠结的根枝，找回通往小巷的路。一到小巷，蜻蜓便以嘶哑、愤怒的低语问：“你怎么能帮我取这个名字？”

---

① 伊芮安（Irian），即“伊芮亚人”之意。

女巫一语不发。

“不对，这不是我的真名！我以为我的真名会让我成为我，但这更糟糕！你弄错了，你只是女巫。你错了。这是他的名字，他要就拿去。他这么引以为傲，这么以他的笨领土、笨爷爷为傲。我不要，我不接受。这不是我。我还是不知道我是谁。我不是伊芮安！”说出真名后，她骤然安静。

女巫依然一语不发。两人在暗中并肩行走。终于，玫瑰以安抚、害怕的声音说：“它就这么来了……”

“你要是告诉别人，我就杀了你。”蜻蜓说。

一听此言，女巫停下脚步。她喉间像猫般嘶吼：“告诉别人？”

蜻蜓也停步。须臾，她说：“对不起。可是我觉得好像……我觉得你好像背叛了我。”

“我说出你的真名。跟我原先想的不同。我感到不安，仿佛事情还没完成。但这是你的真名，如果它背叛你，那就是这个真名的事实。”玫瑰略为迟疑，接着以较为平静却更冰冷的语调说，“伊芮安，如果你要力量来背叛我，我会给你。我的真名是艾陶荻丝。”

风又起。两人都在颤抖，牙齿咔咔作响。她们在暗巷中面对面站着，几乎看不见对方何在。蜻蜓伸出一只探索的手，碰触到女巫的。两人的手臂围绕对方，激烈长拥。而后急忙赶路，女巫走向村庄附近她的小屋，伊芮亚女继承人上山走向她的颓圮屋宅。那些未加刁难便让她离去的狗，以一阵狂吠猛叫迎接她归来，吵醒方圆半英里内所有人，只有老爷烂醉如泥，倒在冰冷的炉火旁。

## 象牙

西池村的伊芮亚之主为桦爷，虽无老宅，却拥有旧领土中最富饶的中央区。他父亲对葡萄园及果园的兴趣高于与亲戚间的争执，也留给他一份欣欣向荣的产业。桦爷雇用人手管理农庄、酒庄、制桶坊、车马房等，自己坐享其成。他娶了威富斯领主弟弟那位羞怯的女儿，想到闺女拥有贵族血统，便满意无比。

当时贵族间流行雇用在智者之岛受过训练、拥有巫杖与灰斗篷的正统巫师，因此西池村的伊芮亚之主便从柔克找来一名巫师。他很惊讶，只要出得起价码，弄个巫师竟如此轻易。

这名叫象牙的年轻人，其实尚未取得巫杖与斗篷，他解释道，他即将在返回柔克时成为巫师，师父命他游历四方、增广见识，因为学院课程无法给予他成为巫师所需的经验。桦爷一听，略显怀疑，但象牙保证他在柔克所受的训练，足以使他具备威岛上西池村伊芮亚所需之各类魔法。为了证明这一点，他变出一群驯鹿穿过餐宴大厅，之后一群天鹅曼妙地从南墙飞越而入，从北墙穿越而出，最后在桌子中间突然出现一个银盆，盆中弹跃喷泉。领主及家人小心翼翼学着巫师用杯子盛满泉水轻尝，发现竟是甜美的金色酒浆。“安卓群屿的酒。”年轻人带着一抹谦逊和顺的笑容说道。此时他已赢得领主妻女的欢心，桦爷则认为这年轻人物值其价，不过内心仍偏好自己葡萄园出产的干法尼红酒，只要喝得够多，便足以让人醉倒，这黄液只是蜂蜜水罢了。

如果年轻术士寻求经验，那他在西池村的收获真算乏善可陈。每当桦爷有来自肯伯口港或邻界领土的宾客时，驯鹿、天鹅、金色酒泉便会出场，温暖春夜时也增添了一些非常漂亮的烟火。但若是果园及葡萄园管理人来到老爷面前，探询巫师是否可以在今年的洋梨树上施个增产咒，或为南山的法尼葡萄藤诵咒，唱走黑斑病，桦爷便说：“柔克巫师不会自贬身价处理这些事，去叫村里术士来干活儿！”幺女感染慢性咳嗽时，桦爷夫人便未打扰那睿智的年轻人，只谦卑地找了旧伊芮亚的玫瑰，请她从后门进来，拌个糊剂，唱个咒文，让女儿恢复健康。

象牙从未注意到女孩患病，也没注意洋梨树或葡萄藤。他离群索居。饱学博艺之士自当如此。他不讳言，从柔克来到此处，不是为了在乡间小路泥尘间蹒跚行走，所以雇主便赠送了他一匹漂亮黑牝马，让他在乡林田野间骑乘度日。

旅行时，他有时会经过山头上一栋位于巨硕橡木间的老房子。一次，他离开小村路往山坡上骑，却有一群龇牙咧嘴的瘦犬对他狂奔咆哮而来。牝马怕狗，可能猛然跳起乱跑，从此之后，他对那房子退避三舍。但他性好美景，喜欢眺望那栋老宅，在初夏午后的光影间醺然入梦。

他向桦爷问起那地方。“那是伊芮亚，”桦爷说，“我是说，旧伊芮亚。那房子理应归我，但为它的宿怨争吵几百年后，我爷爷放弃了那栋房子，平息纷争。要不是那里的主人已醉得说不出话，他还会继续来跟我争吵。好几年没见到那老头儿了。我想他有个女儿。”

“她名叫蜻蜓，负责照管一切，我想我去年见过她一次。她很高，美得像盛开的花树一般。”幺女玫瑰说道，忙着将一生的敏锐观察填入仅有的十四年岁月。她陡然住口，一阵咳嗽。母亲对巫师投以哀凄、渴望的目光。这次他总会听到这声咳嗽了吧？他向小玫瑰微笑，母亲的心因而舒畅。如果玫瑰的咳嗽意谓严重病症，他一定不会这般对她微笑，不是吗？

“那群老家的人跟我们毫无瓜葛。”桦爷不悦地说。机灵的象牙没再追问，但想见见那名宛如盛开花树的女孩。他一再骑过旧伊芮亚边界，意欲停在山脚下的村庄询问，却无停留之处，亦乏人可问。一名眼白外凸的女巫看了他一眼，匆匆躲回小屋。如果他骑到老屋前，就得面对一群疯狗，可能还有一个醉老头儿。但值得一试，他想。西池村无趣的生活让他闲得发慌，而且他一向不怯于冒险犯难。他往山上骑，直到所有犬只都在他四周吼叫，在牝马腿间狂咬。它俯低身子，以蹄奋力回踢，而他只能靠安定咒和双臂全力，才不让它立即窜逃。狗儿转而以他的腿为目标，腾跃猛咬。他正准备让牝马逃跑时，有人来到狗群中，大声斥骂，甩着皮带将它们击退。他终于让口吐白沫、喘息连连的牝马止步后，看到那美如盛开花树的女孩。她非常高挑，汗流浃背，有大手、大脚、大嘴、大鼻、大眼，还有一头狂野脏发。她对呜呜哀鸣的犬只大骂："退下！回屋里去，你们这些废物，狗娘养的！"

象牙的手紧按自己的右腿。狗牙撕裂了他的小腿肚，血流汩汩渗出。

"马受伤了吗？"女子问，"那些狼心狗肺的东西！"她轻抚母马右前腿，双手沾满马儿身上染有血丝的汗水，"好了，好了。勇敢的女孩儿，勇敢的心肝。"牝马垂下头，全身因放心而颤抖。"你干吗一直让它站在狗群里？"女子愤怒质问。她跪在马腿边，抬头望着象牙，他从马背俯视，却感觉自己低矮、渺小。

她不等他回应。"我牵它走上山。"她说着起身，伸手欲接过缰绳。象牙知道自己该下马了，他下马，一边问道："很严重吗？"然后低身看看马腿，只看到赤红、血染的细沫。

"来吧，心爱的。"女子说，对象不是他。牝马放心跟随。他们沿着崎岖小路，绕过山边来到一间古老的砖砌马厩，该处毫无马踪，只有筑巢的燕子栖住，在屋顶上穿越飞梭，吱喳议论。

"让它保持安静。"年轻女子说，将他留在这荒凉地方，手握缰绳。一会儿，她拖着一只沉重水桶回来，用海绵清洗母马的伤腿。"把马鞍拿下来。"她说，语气不耐烦，言外暗指："你这个笨蛋！"象牙服从她的指示，对这个粗鲁女巨人半是烦躁，半是好奇。他丝毫不觉得她像一棵盛开的花树，但她的确美丽，一种健壮、激烈的美。牝马毫无迟疑地顺服。她说"把脚移过去"，牝马便移动脚。女子将它全身上下擦干，将软被铺在马背上，确认它就站在阳光下。"它会没事的。"她说，"有道割伤，但如果你每天用温盐水清洗伤口四五次，伤口就会完全愈合。对不起。”她最后一句说得虽不情愿，却很真诚，仿佛她仍不解他怎么会让牝马站在那里遭受攻击，她首度正眼瞧他，双眼是澄澈的褐橘色，宛若深色黄晶或琥珀。奇异的双眼，与他完全平视。

“我也很抱歉。”他说道，试图轻松回话。

“它是西池村伊芮亚的牝马。你就是那巫师喽？”

他躬身：“黑弗诺大港的象牙拜见。我能否……”

她打岔：“我以为你从柔克来。”

“我是。”他说，恢复了原本的镇定。

她双眼直盯视他，像绵羊眼般深晦难懂，他心想。然后她脱口而出：“你在那里住过？在那里研习过？你认识大法师吗？”

“是的。”他微笑说道。然后皱眉弯腰，手按脚踝片刻。

“你也受伤了吗？”

“没什么大碍。”他说。事实上相比他心中的恼怒，伤口的血倒是早已止住。

女子的目光回到他脸上。

“那里……那里……柔克，是什么样子？”

象牙略略歪跛，就近走向上马用的垫脚石，坐下。他伸长腿，小心检视撕裂处，又抬头看看女子。“要告诉你柔克是什么样子，得花不少时间。但我非常乐意。”

“那人是巫师。至少快是了。”女巫玫瑰说道，“柔克的巫师！你不能问他问题！”她已不只是愤慨，更是恐惧。

“他不介意。”蜻蜓向她保证，“只是他很少正面回答。”

“他当然不会！”

“为什么当然不会？”

“因为他是巫师！因为你是女人，没有技艺，没有知识，没有学问！”

“你原本可以教我！你就是不肯！”

玫瑰将她所有教过，或是能够教导的，以手指一挥带过，弃如敝屣。

“好吧，所以我得跟他学。”蜻蜓说。

“巫师不教女人。你冲昏了头。”

“你还不是跟布鲁交换魔咒！”

“布鲁是村野术士，这人是智者，他在柔克宏轩馆学习高等技艺！”

“他告诉我那是什么样子，”蜻蜓说，“你先要穿过镇上，绥尔镇。有扇门开在面街处，但是门关着，看起来像普通的门。”

女巫倾听，无法抗拒秘密披露的诱惑与热切欲望的感染。

“敲门后会有个男人应门，看来平凡无奇。他会测试。你必须说一个词，一句通关密语，他才会放你进门。如果你不知道，就绝对进不去，但如果他让你进门，你便会看到，从内看，那扇门长得完全不一样，由角雕成，上面刻了一棵树，门框由一颗龙牙雕成，是在厄瑞亚拜之前、莫瑞德之前，在地海出现人类之前很久很久，便存在的龙。最初天地间只有龙，他们在世界中心黑弗诺的欧恩山上发现这颗牙齿。树叶雕刻得非常轻薄，连光芒都可穿透，但那道门非常坚固，一旦守门人把门闭上，就没有咒语打得开。然后，守门人会带你走过一间间大厅，直到你迷了路，一片茫然，接着会突然来到天空下，那是涌泉庭，宏轩馆里最深最深的地方。如果大法师在，那就是他所在之处……”

“继续说啊。”女巫喃喃道。

“他目前只告诉我这些。”蜻蜓说，又回到温和多云的春日早晨，无比熟稔的村庄小路，玫瑰家前院。她自己的七头产乳牡羊，在伊芮亚山上嚼着碧草与橡树花。“他在谈到那些师父时，非常谨慎。”

玫瑰点头。

“但他告诉我一些学生的事。”

“我想，这没什么害处吧。”

“我不知道。”蜻蜓说，“能听到宏轩馆的事真美妙，但我以为那里的人应该……我不知道。当然，他们去的时候，多半只是孩子，但我以为他们会……”她目光移向山上的羊群，表情困惑，“有些人真是又坏又笨，”她低声说，“他们有钱，所以进了学院。而他们在那里修习是为了更有钱，或有力量。”

“这是当然，”玫瑰说，“这是他们去那里的目的！”

“可是力量——你告诉我的那种——跟要别人照你的意思行动或付你钱不一样……”

“不一样吗？”

“不一样！”

“一个词可以治愈，也就能伤害；一只手能杀害，也就能医治。只朝单方向走的是蹩脚推车。”女巫说。

“但是在柔克，他们学着正当使用力量，不是为了伤害别人，也不是为了私欲。”

“我倒觉得，每件事就某方面来说，都是为了私欲，人总得活下去。但我知道什么？我靠我能做的活儿维生，但我不搅和那些伟大技艺、危险技能，例如召唤亡者。”玫瑰比出手势，驱退言谈中提及的危险。

“每件事都危险。”蜻蜓说，眼神穿越羊群、山陵、树木、直望入静止深处，一片无色辽阔的空无，宛如日出前的澄澈天空。

玫瑰看着她，明白自己不知道伊芮安是谁、将来会是谁。一个高大、强壮、别扭、无知、纯真、愤怒的女子，没错。但打从伊芮安还是孩子起，玫瑰便看到她更为丰富的内在，超越她自己的存在。伊芮安如此将目光自世界移开时，似乎进入了超越她自己的地点，或时间，或存在，完全超越玫瑰所知领域。此时玫瑰怕她，也为她担忧。

“你小心。”女巫严酷地说道，“每件事都危险，的确没错，跟巫师搅和尤其危险。”

蜻蜓出于爱、尊敬、信任，决不忽视玫瑰的警告，但她无法把象牙当作危险人物。她不了解他，但惧怕他的念头在她脑子里老是留不久。她认为他很聪明，也颇英俊，但除了他能告诉她的知识外，她不常想到这人。象牙清楚她想知道什么，因此一点一滴告诉她，虽不是她真正想了解的事，但她想知道更多。他很有耐心，而她感激这点，知道他的脑筋比她灵敏许多。有时他因为她的无知而微笑，却从未因此讥讽或责怪。他像那女巫般，会以问题回答问题，但玫瑰问题的答案总是她已知的事，而他问题的答案，却是她从未想象过的，令她吃惊、不喜，甚至痛苦的事物，会改变她的信念。

一天一天过去，两人逐渐习惯在伊芮亚老马厩会面谈话，她问他问题，他多加告知，却不太情愿，总是遮遮藏藏。她认为他在护卫师父，试图守护柔克的光明形象，直到有一天，他终于屈服于她的坚持，毫无顾忌地说道：“那里有好人，伟大睿智的大法师自然是，但他走了。那些师父……有的离群索居，追随晦涩知识，寻求更多形意、更多真名，却将知识用在子虚乌有之处。其他人则将野心隐藏在智慧灰袍下。柔克不再是地海的力量所在，如今黑弗诺宫廷才是。柔克凭靠辉煌的过去存活，靠一千个魔咒抵御现世，但在那魔咒墙里，还有什么？争执的野心，恐惧新事物、恐惧挑战老年人力量的年轻人。而中心只余空无。空荡荡的中庭。大法师永远不会回来了。”

“你怎么知道？”她悄声道。

他神情严峻：“龙把他载走了。”

“你看到了？你看到那一幕了？”她紧握双手，想象飞行的景象，甚至没听到他回答。

好半晌，她才回到阳光、马厩、问题及谜团上。“但即便他走了，”她说道，“总有些师父是真正睿智的吧？”

他抬头说话，语带迟疑，还有一丝忧郁微笑：“你知道吗？那些师父的神秘及智慧尽数摊在阳光下，就所剩无几了。都是这行的戏法，神奇幻象，但大家不想知道这点。他们想要这些幻象、这份神秘。谁能怪罪他们？生命中美丽或值得的事物已经太少了。”

仿佛为了阐明他说的话，他从破碎的地面拾起一小块砖头，抛入空中。他说话时，它拍着纤细蓝翅，在两人头顶飞舞。是只蝴蝶。他手指一伸，蝴蝶降落；手指一甩，蝴蝶坠落于地，成了一块破砖。

“我的人生里没多少是值得的。”她说，低头凝视着路面，“我只会管理农场，想办法站出来说实话，但如果我认为连柔克岛上都尽是伎俩与谎言，我会憎恨那些戏弄我、戏弄大家的人。不可能是谎言。不可能全都是。大法师的确进入白发番的迷宫，带回和平之环。他的确与少王进入死域，打败蜘蛛法师，回到人间。这件事，王亲自对我们保证过。即使是这里，也有乐手前来唱诵这首歌谣，有说书人前来诉说这故事。”

象牙点头：“但大法师在死亡之地法力尽失。也许一切魔法都在那时给削减了。”

“玫瑰的法咒还是运作如常。”她顽固地说道。

象牙微笑着。他一语未发，但她看到村巫所作所为在他眼中如何微渺，因为他见识过伟大的行谊与力量。她叹口气，打从心底说道：“我若不是女人该多好！”

他再度微笑。“你是美丽的女人。”他说，但口气平实，而非最初的奉承语气，因为她曾表露过自己厌恶奉承，“你为什么想当男人？”

“好去柔克！去见识、学习！为什么？为什么只有男人能去？”

“几百年前，首任大法师便如此谕示。”象牙说，“但是……我自己也不解。”

“你也不解？”

“经常如此，因为在宏轩馆及所有校区，日复一日，都只看到男孩与男人；因为知道所有镇民都法术缠身，连踏上柔克圆丘周围的田野都不可能。每隔好几年，或许有位尊贵的女士，能够暂时踏入外庭……为何如此？难道女人都没有能力理解吗？还是师父怕她们，怕因此堕落……不对，是怕承认女人可能会改变他们牢抓不放的规矩，让他们无法维持规矩的纯净……”

“女人可以活得跟男人一样贞洁。”蜻蜓鲁直地说道。她知道自己鲁直粗野，而他婉转微妙，但她只能做这样的自己。

“这是当然。”他说，笑容更为灿烂，“但女巫不一定贞洁，对不对？也许那些师父怕的就是这点。也许禁欲不如柔克律条教导的那般必要。也许这并非维持力量纯净的方法，而是独占力量的方法。排除女子，排除所有不愿成为阉人以获得那种力量的人……谁知道？女法师！那会改变一切，改变所有规范！”

她可以看见，他的思绪已在她之前飞舞，拾弄许多念头，像将砖头转变成蝴蝶般。她无法与之共舞，不能与之共戏，但她以不可思议的心情看他。

“你可以去柔克。”他说，双眸因兴奋、淘气、冒险而明亮。面对她那乞求、不可置信的沉默，他坚称：“你办得到。你虽是女人，但有很多方法可以改变外貌。你有男人的心意、勇气、意志。你可以进入宏轩馆。我知道你可以。”

“那我要在那儿做什么？”

“跟其余学生一样。独自住在石室，学习让自己睿智！这可能跟你朝思暮想的不同，但那也是你要学的。”

“我办不到。他们会发现。我连进都进不去。你说，有守门师父。我不知道该对他说什么词。”

“对了，有通关密语。但是我可以教你。”

“你可以吗？他们准吗？”

“我不管准不准。”他说道，皱眉，她从未见过，“大法师自己也说过，‘规矩是让人打破的。’不公平缔造这些规矩，勇气则能加以打破。如果你有这份勇气，我也有！”

她看着他，说不出话。她站起身，随即走出马厩，穿越山丘，半路踏上环山丘爬升的小径。她最爱的一只狗，巨大、丑陋、大头的猎犬，跟随在后。沼泽密布的泉水上方有道斜坡，她终于在那儿停下。十年前，玫瑰便是在这道泉水中为她命名。狗儿坐在她身后，抬头看着她的脸。她脑中一片混乱，只是不断重复：我可以去柔克，发掘我是谁。

她朝西望去，视线越过芦苇丛、垂柳、更远的山丘。整片西方天色都空旷澄净。她静立，灵魂仿佛飘升到那片天空，飞离，飞离她的身躯。

有个小声响沿小径而来，是牝马轻柔的哇哇蹄音。蜻蜓一回神，对象牙高声唤叫，跑下山到他面前。“我要去。”

他并未刻意计划这类冒险，但此事荒诞不经，他却愈发喜欢这个主意。一想到要在西池度过漫长灰沉的冬天，他就心如沉石。此处一无所有，只有蜻蜓这女孩逐渐填满思绪。迄今，他已全然拜倒于她强大纯真的力量，但他行事投其所好，好在最后能让她投他所好，他想，这场竞赛值得一博，且若她真随他一道远走，他也算赢了。至于整件事的趣味，让她假扮男人潜入柔克学院，虽然没多少把握，但思及师父与那群马屁精的道貌岸然与浮夸，这种冒渎的主意已令他得意扬扬。若碰巧成功，他真能让一名女子穿过那扇门，即使只是片刻，都会是多甜美的复仇啊！

钱是个问题。当然，那女孩会认为，既然他是伟大巫师，一弹指就可让两人坐上魔法船，乘着法术风飘然渡海，但他告诉她必须订船位时，她仅说：“跑路费我有。”

他珍视她那些乡俚俗语。有时她会吓着他，令他愤恨。有她的梦境从来不是她屈服于他，而是他让自己屈服于某种激烈、毁灭性的甜美，陷入灭绝的拥抱，梦中的她超越理解的极限，他则微不足道。他震惊羞愧地从梦中清醒。日光下，他看到她巨大、肮脏的双手，听她像乡巴佬、呆瓜般说话，取回了优越感，只希望有人能听到他复述她的俗俚，如果是他以前在大港的朋友，绝对捧腹叫绝。“跑路费我有。”他喃喃重复，骑回西池，笑道，“可不是嘛！”他说出声。黑牝马甩耳朵。

他告诉桦爷，他收到柔克手师父的传像，要他立即出发，所为何事自然说不得，但人一到那儿，应该要不了太多时间，半个月去，半个月回，最晚会在休月前回来。他必须请求桦爷让他预领薪水，给付船资与住宿，毕竟柔克巫师不能利用别人的善意补给所需，而该像平凡人一般支付旅费。桦爷同意这点，所以必须给象牙一个钱包，那是象牙多年来口袋中第一笔真钱：十枚象牙币，一面刻着虚里丝之河獭，另一面刻着和平符文，向黎白南王致敬。

“各位同名的小老弟？你们好啊。”他与货币独处时说道，“你们跟跑路钱会处得来的。”

他对蜻蜓透露的计划不多，因为他没盘算多少，而想依赖机运与小聪明，以往他只要有机会施展小聪明，鲜少失望。女孩几乎只字不问。“我去的一路上都要当男人吗？”是首问。

“对，”他说，“但只是伪装。等上了柔克岛，我才会在你身上施加易容咒。”

“我以为会是变换咒。”她说道。

“那就不明智了。”他说，惟妙惟肖地模仿变换师父扼要的严肃神情，“如有需要，我自然会操用，但你会发现，巫师吝用宏深咒法，自有深意。”

“一体至衡。”她说，以最单纯的意涵接受他说的一切，一如往常。

“或许这种技艺的力量已不若过往。”他说，不明白自己为何试图削弱她对巫术的信念，也许只要削弱她的力量、她的完整，都于他有增益。起初，他仅试图引诱她上床，这是他喜爱的游戏，但游戏已变成他未曾预料也无力终止的竞赛。如今，他的决心不在赢得她，而是击败她。他必须向她和自己证明，他过往的梦想毫无意义。

早先，他不耐烦于对她外在的巨大冷漠献殷勤，准备了术士用的诱惑咒——他虽知有效，却鄙夷此道。她修补牛笼头时（一如她会做的事），他对她施咒，却未引发如黑弗诺与绥尔镇女孩那般迫切的热情。蜻蜓逐渐沉默阴郁，不再连连问起柔克，也不再回应他的言语。他试探性地接近，握起她的手，她一拳击向他的头，打得他头晕目眩。他看着她站起身，一语不发，踏步走出马厩，宠爱的丑狗轻快跟随在后，还回头对他咧嘴而笑。

她走向老宅。他耳边嗡嗡声停止后，贼兮兮尾随，希望咒语生效，而这只是她特别的粗野方式，终究会引领他至床边。接近宅子时，他听到器皿破碎声。酒醉的父亲摇摇晃晃走出屋子，状似恐惧迷惘，身后传来蜻蜓高声严厉的斥骂：“出去，你这个醉醺醺、烂趴趴的叛徒！你这个下流无耻的色鬼！”

“她把我的杯子拿走了。”伊芮亚之主像小狗般对陌生人嘀咕，其余狗围绕他，喧闹不休，“她把它打破了。”

象牙离去，两天内没再来。第三天，他试探地骑经旧伊芮亚，她从山上大步前来迎接。“象牙，对不起，”她说，烟霏橘色的双眸看着他，“我那天不知怎么了，我很生气，但不是对你。我向你道歉。”

他胸怀大度，原谅她，也不再对她试施情爱咒法。

他如今思索，不久，他将无须诵咒，便会取得控制她的力量。他终于发现该如何得到这种力量，是她自愿交到他手中。她的力量与意志惊人，但幸运的是，她笨，而他不笨。

桦爷要派遣一名车夫载运酒商订购的六桶十年法尼酒到肯伯口港。他很乐意派遣手下巫师同行担任保镖，因为这种酒酿十分珍贵，即使少王已尽快导正世风，但道上仍有贼匪。所以，象牙乘着由四匹大马拖曳的大马车，颠簸缓行，两腿摇摇晃晃。在野驴山下，一个外貌粗野的身形从路边出现，要求车夫载他一程。“我不认识你。”车夫说，甩起鞭子要吓阻陌生人，但象牙从马车那端绕过来，说道：“好人，让那小子搭车吧。有我在你身边，他做不了什么坏事。”

“那就请您看着他吧，大爷。”车夫说。

“会的。”象牙说，对蜻蜓一眨眼。她在满身泥土、佃农旧罩衣、绑腿和脏兮兮软帽的巧装下，没有回应。即便两人并肩而坐，双腿垂晃在马车尾端，六大桶酒浆在他们和昏昏欲睡的车夫之间颠簸摇晃，她依然扮演她的角色。慵懒的夏日山丘田野缓缓、缓缓而过，象牙试图逗她，她只是摇头。也许如今启程，她便畏惧这疯狂的计谋了。无从得知。她静得出奇、严肃。这女人一旦屈服于我，可能会让我觉得十分乏味，象牙心想。这念头几乎搅得他难以自持，但他望向她时，欲望在她巨硕、实际的存在前消弭无形。

这条路穿越一度完整的伊芮亚领土，却无半间旅店。太阳贴近西方平原时，他们在一间农庄停歇，那里提供马厩给马匹，提供车房给马车，马厩顶楼还有供车夫使用的稻草堆。厩楼既暗且闷，稻草霉臭。虽然蜻蜓躺在三英尺不到之处，象牙却无半点欲念。她一整天彻底扮演男人，令他也半信半疑。或许她真骗得过那老头！他想。这念头令他咧嘴笑着入睡。

翌日，他们颠簸穿过一两场夏日雷暴，于黄昏时分来到肯伯口港，一座城墙围绕的繁荣港都。两人放车夫去处理主人的事务，自行在港口边找旅舍下榻。蜻蜓静静看着城市风貌，可能是敬畏，或非难，或只是无动于衷。“这小镇不错，”象牙说，“但世上唯一的都市是黑弗诺。”

她不为所动，只说:“船只不常与柔克交易，对不对？你看，要不要花很多时间才找得到船来载我们？”

“只要我拿巫杖就不用。”他说道。

她停止四处张望，若有所思地跨步行走片刻。她移动时，美丽、大胆又优雅，头高高抬起。

“你是说他们会买巫师的账吗？但你不是巫师。”

“那只是形式。资深术士处理柔克事务时，可以带巫杖。我现在就算是。”

“带我去算柔克事务吗？”

“带学生给他们，算。还是天赋优异的学生！”

她不再追问。她从不争论，这是她的美德之一。

当晚，在码头旅店用膳时，她语带难得的羞怯问道：“我有优异天赋吗？”

“根据我的判断，你有。”

她默想——跟她对话经常十分缓慢——然后说：“玫瑰说我有力量，但她不知道是哪种力量，而我……我知道我有，但我不知道是什么。”

“你就要去柔克发掘了。”他说，向她举杯致意。片刻后，她举起杯子，对他微笑，笑得如此温柔灿烂，令他不由自主说道：“愿你所寻皆得！”

“如果找得到，也都是因为你。”她说。那一刻，他爱上她真挚的心灵，愿意放弃所有想法，将她视为一项大胆冒险、伟大玩笑中的伴侣。

旅店十分拥挤，他们必须与另两名旅客共享一房。象牙这晚思虑纯洁，还因此稍稍取笑自己。

隔天，他从旅舍菜园摘下一枝草药，变成极好的巫杖，头尾包铜，与身同高。“这是什么木？”蜻蜓看到时，着迷地问道。他笑答“迷迭香”时，她也笑了。

两人沿码头前进，询问是否有船南行，愿意载一名巫师及其学徒到智者之岛。果不多久，就找到一艘重型商船，前往瓦梭，船长愿意免费载送巫师，学徒半价。即使半价也要花费一半跑路钱，但他们可享有一间舱房，因为“海獭”号是有甲板的双桅大船。

与船长说话时，一辆马车驶到码头，开始卸载六大桶眼熟的酒桶。“那是我们的酒。”象牙说。船长说道：“要送往霍特镇。”蜻蜓轻声说道：“伊芮亚出产。”

她回头瞥向陆地。这是他唯一一次看到她回顾。

启程前不久，这艘船的天候师上了船，他并非柔克巫师，而是饱受风霜的男子，穿着褴褛的航海斗篷。象牙在会见他时挥舞巫杖，动作略带卖弄。术士对他上下打量，说道："这艘船只容一人操纵天候。若不是我，我就下船。"

"风袋大师，我只是个乘客，我很乐意将风事托付给你。"

术士看着一旁如树般挺直站立、一言未发的蜻蜓。

"好。"他说。这是他对象牙说的最后一字。

然而，旅途中，天候师与蜻蜓谈过几次话，让象牙有点不安。她的无知不疑可能会令她遭致危险，并牵连他。她跟那风袋师到底谈些什么？他问，她答道："谈我们的未来。"

他瞠目而视。

"我们所有人，包括威岛、飞克威岛，还有黑弗诺、瓦梭，以及柔克。群屿上所有人。他说，去年秋天黎白南王要加冕时，派人去弓忒，想请前任大法师为他加冕，但大法师不肯，又没有新的大法师，所以王自己将王冠戴上。有人说那样不对，他并非王位正统，但也有人说王自己就是新的大法师。但他不是巫师，只是王，因此又有人说黑暗年代将再度降临，那时没有正义统治，巫术用于邪恶。"

一阵沉默后，象牙问："那个老天候师说了这些？"

"我想是民间流言。"蜻蜓以认真的单纯说道。

天候师至少长于技艺。"海獭"往南急航，中途遇上夏季狂风与汹涌海浪，但从未碰上暴风雨或诡谲风向。他们在偶岛北岸、伊里安、雷岛、柯梅瑞与偶港上货卸货，接着西行，将乘客载往柔克。象牙面向西方，惴惴不安，他太明白柔克的防护有多完备。如果柔克风逆向吹拂，他明白无论自己或天候师都将一筹莫展，若真如此，蜻蜓一定会问，为什么？为什么风会逆向而吹？

他很高兴看到那术士也心怀忐忑，他站在舵手身边，直盯桅顶，只要风向略微偏西，便准备立刻收帆，但风稳稳自北吹来。那阵风夹着雷声急吹，象牙下至舱房，但蜻蜓留在甲板上。她怕水，她告诉过他。她不会游泳。她说过："溺死一定很可怕……无法呼吸空气……"这念头令她打了个哆嗦。这是她唯一显露过对某样事物的惧怕。但她不喜欢低矮局促的舱房，因此白天都待在甲板上，温暖的夜晚也睡在那儿。象牙未试图劝她入船舱，如今他知道诱劝毫无用处，要拥有她就必须征服她，只要能来到柔克，他就会成功。

他再度爬上甲板。天气逐渐放晴，随着太阳渐落，西方云堆拨散，高耸深黑的山陵后显露金色天际。

象牙带着一种渴望的恨意望着那座山丘。

"小伙子，那是柔克圆丘。"天候师对一旁站在栏杆边的蜻蜓说道，"我们现在要驶入绥尔湾。那里只有他们要的风向。"

船深入海湾、下锚时，天色已黑，象牙对船长说道："我天亮时上岸。"

在两人狭小的船舱中，蜻蜓坐着等他，神情严肃如昔，但眼中散发兴奋光芒。"我们天亮时上岸。"他对她重复，她点头，毫无异议。

她说："我看起来还好吗？"

他坐在自己狭窄铺位上，看着她坐在她狭窄的铺位里。两人不能面对面，因为膝盖无处可放。在偶港时，她依照他的建议，为自己买件体面衬衫与长裤，好看起来更像学院新生。她的脸因风伤脱皮，脂粉未施，头发编成棍棒状，和象牙的发式一样。她也把手洗个干净，那双手平放在她大腿上，长而强劲的双手，像男人的手。

“你看起来不像男人。”他说，她脸沉了下来，“我看来不像。你在我眼中永远不像男人。不过别担心。他们看你会像的。”

她点点头，一脸忧心。

“蜻蜓，第一桩考试是很大的试炼。”他说道。他每晚独自躺在船舱时，都在盘算这段对话，“通过后方能进入宏轩馆，方能通过那扇门。”

“我想过这件事。”她说，语气急切诚恳，“我难道不能直接告诉他们我是谁吗？有你在那里为我担保，说我即使是女子，也有某些天赋，我答应会发誓，设下守贞咒，如果他们希望，我也可以离群独居……”

他不停摇头。“不行，不行，不行，不行。无望。无用。死路一条！”

“即使你……”

“即使我为你抗辩。他们不会听的。柔克律条禁止教导女性任何高深技艺、任一创生真语。从古至今，一向如此。他们不会听的，所以要让他们亲眼看到！我们会让他们看到，你跟我。我们会教训他们。你必须勇敢，蜻蜓，你不能软弱，不能想，‘如果我恳求他们，他们一定无法拒绝我。’他们可以拒绝你，也一定会拒绝你。如果你暴露自己的身份，他们就会惩罚你。还有我。”他最后一字以沉重语气加强，且内心暗道：“消灾。”

她凝视他，眼神难解，终于问道：“我该怎么办？”

“你相信我吗，蜻蜓？”

“相信。”

“你是否完全、全然信任我，明白我为你冒的险比你冒的险更严重？”

“是。”

“那你必须告诉我，你会对守门师父说的词。”

她瞠目而视：“但我以为你要告诉我……密语。”

“他向你要求的密语，就是你的真名。”

他让这句话沉淀片刻，然后柔声续道：“为了在你身上施加易容咒，让咒语完整深刻到柔克师父只会看到男身的你，我也必须知道你的真名。”他再度停顿。他说，似乎觉得自己句句实言，因此话音温柔，令人动容。“我很久以前就能得知你的真名，但我不用那些技艺。我要你信任我，能够亲口说出。”

她正低头看双手，紧抱膝头。在船舱灯笼投射的暗淡红光下，睫毛在她双颊投射出纤细秀长的影子。她抬起头，直视他，“我的真名是伊芮安。”她说。

他微笑。她没有微笑。

他一语不发。其实他无话可说。如果他早知会如此轻易，数天前、数周前就能获得她的真名，获得随心所欲操控她的力量，只要假装进行这疯狂计策——不用放弃薪俸与岌岌可危的声望，不用经历这段航程，不用老远跑来柔克以达目的！如今他觉得整个计划愚蠢无比。他绝无法将她伪装到能够骗过守门师父。他想如师父羞辱他般羞辱他们的计划，尽是镜花水月。他执迷于欺瞒这女孩，才会掉入为她铺设的陷阱。他苦涩地了悟，他总是相信自己的谎言，缠入自己辛苦织就的罘网。他一度在柔克丢人现眼，如今又回到此处，走回头路。一阵强大凄凉的愤怒汹涌而上。没有用，什么都没有用。

“怎么了？”她问。她深沉沙哑的温柔嗓音瓦解他的男性自尊，他将脸埋在手里，抗拒耻辱的泪水。

她将手放在他膝头，这是她首次碰触他。他忍受着这份温暖及重量，已浪费太多光阴。

他想伤害她，把她从可怖无知的善良中撞击出来，但他终于开口时，说的却是：“我原本只想和你做爱。”

“你想吗？”

“你以为我是他们那些阉人吗？我会用咒法将自己阉割成圣人吗？你以为我为什么没有巫杖？你以为我为什么不在学院？你相信我说的一切吗？”

“相信。”她说，“对不起。”她的手依然放在他膝上。她说，“你要的话，我们可以做爱。”

他直起身，静静地端坐。

“你到底是什么？”他终于对她说道。

“我不知道。这就是我想来柔克的理由。来发掘。”

他摆脱她，站起来，弓着身，两人在低矮的船舱中，无法站直。他的拳头一紧一放，尽可能远离她，背对她。

“你什么都发掘不到。那都是谎言、骗局。老头子玩弄文字游戏。我不愿意玩他们的游戏，所以我离开。你知道我做了什么吗？”他转身，摆出龇牙咧嘴的胜利嘴脸，“我找个女孩，镇上的女孩，到我房间，我的石室。我的小禁欲石室。那里有扇窗面对一条暗巷。没有咒语——四周环绕的魔法让人不能用咒语。但她想来，也来了，我从窗户垂下一道绳梯，她爬了上来。那些老头子进来时，我们正在办事！我可让他们好看了！如果我能把你弄进去，我可以再让他们好看，我可以给他们一次教训！”

“我会试试。”她说道。

他瞠目而视。

“我跟你的理由不同，”她说道，“但我还是想试。我们都大老远来了。你也知道我的真名。”

这是事实。他知道她的真名：伊芮安。它像一块炭火，像脑海中燃烧的余烬。他的思维盛不下，他的智识用不动，口舌说不出。

她抬头看他，锐利刚毅的脸庞，在朦胧灯笼光下显得柔和。“象牙，如果你带我来这里，只是为了做爱，我们可以做。如果你还想要。”

起先他为之语塞，只是摇头，一晌后，他才能笑道：“我想，那种可能……我们已经讨论完毕……”

她看着他，不带一丝遗憾、责怪或羞愧。

“伊芮安，”他说，此时她的名字脱口而出，在他干燥的口中，如泉水般甜美沁凉，“伊芮安，要进宏轩馆，你就必须这么做……”

## 阿兹弗

他把她留在街道转角。那条狭窄、无趣、看似狡狯的街道，夹在平凡无奇的墙之间，倾斜向上，通往更高一道墙中的木门。他在她身上施加魔法，因此她看起来像男子，虽然她自己感觉不像。她与象牙互拥，毕竟两人曾是朋友、同伴，他也为她做了这一切。“勇气！”他说，放开她。她走上街道，站在门前，回头一望时，他已离去。

她敲门。

一会儿后，她听到门闩咔咔作响。门打开，一名中年男子站在门口。“我能为你效劳吗？”他说，没微笑，但声音和善。

“先生，你能让我进宏轩馆？”

“你晓得进来的路吗？”他的杏眼十分专注，却仿佛从数英里或数年外看着她。

“这就是进去的路，先生。”

“你知道在我让你进来之前，你必须告诉我谁的真名吗？”

“我的，先生。我的真名是伊芮安。”

“是吗？”他问。

这句话让她停顿。她默默站着。“这是威岛上，我村里女巫玫瑰在伊芮亚山下泉水中，赐予我的真名。”她终于说道，顶天立地，据实以告。

守门师父仿佛看了她很久。“那这就是你的真名，”他说，“但或许不是你完全的真名。我想你还有一个。”

“先生，我不知道。”

又过良久，她说：“先生，也许我能在这里学到。”

守门师父微微低头。极浅的微笑在他双颊上凹出新月般双弧。他站到一旁。“进来吧，女儿。”他说。

她踏入宏轩馆门槛。

象牙的易容咒如蛛网般散落。她恢复自己的容貌。

她跟随守门师父走过一条石廊。直到尽头才想到要转身，看光芒穿透那千百片树叶，那树叶就雕刻在骨白门框的高耸大门上。

一名披着灰斗篷的年轻男子在走廊上急行，靠近二人时突然停步。他盯着伊芮安，简短招呼后，继续前行。她回头看他，他也正往回望。

一团迷蒙的绿色火球与眼睛同高，急速飘过走廊，显然在追逐那年轻人。守门师父对它挥手，它避开他，伊芮安手忙脚乱，急转弯身，但球体掠过时，发丝间还是感到冰凉一麻。守门师父转头看看，笑容更明显。虽然他一字未说，但她觉得他注意她、关心她。她起身跟随。

他停在一道橡木门前，没敲门，反而举起轻巧的灰色巫杖，用顶端在门上画出一个小记号或符文。门随着后方一声响亮开启：“请进！”

“伊芮安，请在这里稍候。”守门师父说道，走进房间，身后的门也没有关。她可以看到书柜、书本、堆着更多书及墨水瓶与写满字的纸的书桌，两三个男孩坐在桌前，还有一名灰发的矮壮男子，正与守门师父谈话。她看到那男子表情转变，看到他眼光短而短暂、讶异地凝视她，看到他低声、热切地质问守门师父。

两人一同走向她。“这位是柔克的变换师父，这位是威岛的伊芮安。”守门师父说道。

变换师父坦然地盯视她。他不比她高。他盯着守门师父，又转向她。

“原谅我必须在你面前谈论你，小姐，但我必须如此。守门师父，你知道我从未质疑你的判断，但律条说得很明白。我必须请问，是什么让你动摇，才违背律条让她进来？”

“她要求进门。”

“可是……”变换师父停语。

“上次女性要求入学院是什么时候？”

“她们知道律条不许。”

“伊芮安，你知道这件事吗？”守门师父问她。她答道：“知道，先生。”

“所以你为什么还来？”变换师父问道，他表情严厉，却不隐瞒好奇。

“象牙师父说，我可以装成男人过关。但我觉得我应该说出我是谁。先生，我会跟别人一样禁欲的。”

两道长弧在守门师父脸上显露，围着他缓缓展现的微笑。变换师父表情依然严厉，但他眼一眨，思索片刻后说：“我相信……的确……诚实绝对是上策。你刚说是哪位师父？”

“象牙。”守门师父说，“黑弗诺大港的一个小伙子，我三年前让他进门，去年让他出去，你可能还记得。”

“象牙！跟手师父修习的家伙！他在这里吗？”变换师父愤怒质问伊芮安。她站直，什么都没说。

“不在学院里。”守门师父微笑说道。

“他愚弄你，小姐，他想让我们出丑，就让你也出丑。”

“我利用他带我来这里，让他告诉我要跟守门师父说什么。”伊芮安说，“我不是来这里让谁出丑，而是来学习我需要知道的事物。”

“我常在想，我为何让那孩子进门，”守门师父说，“现在我开始了解了。”

听到此话，变换师父望向他，沉思后冷静道：“守门师父，你想到什么？”

“我想，威岛的伊芮安来到此处，不只是寻求她需要知道的事物，也是我们需要知道的事物。”守门师父语气同样冷静，微笑已不复存，“我想这可能是我们九人该讨论的事。”

变换师父聆听，显露出全然的惊异，但没问守门师父，仅道：“但不是学生该讨论的。”

守门师父点头表示同意。

“她可以在镇上下榻。”变换师父略松了一口气说道。

“然后我们在她背后议论纷纷？”

“你不会想把她带入咨议室吧？”变换师父一脸不可置信。

“大法师就把亚刃那男孩带去了。”

“可是……亚刃是黎白南王……”

“那伊芮安又是谁？”

变换师父沉默而立，带着敬意，静声说道：“吾友，你想要做什么、学什么？她是什么，让你这样为她要求？”

“我们是何许人，”守门师父说，“不知她是什么，便拒绝她？”

“一名女子。”召唤师父说道。

伊芮安在守门师父的房间里等了几个小时。那房间低矮、明亮、空旷，一扇小窗旁有个靠窗座位，窗户面对宏轩馆的菜园——美观、细心照料的菜圃，成排蔬菜、植物、草药苗床，更远处还有莓子藤架与果树。她看到一名魁梧黝黑的男子与两个男孩出来，为其中一块菜圃除草。看着他们细心工作，让她放松心情。她亻巨愿自己能帮忙。身处陌生环境中等待的感觉格外难挨。守门师父曾进来一次，带一杯水、一盘冷肉、面包与青葱给她。她应他的要求进食，但咀嚼与吞咽都是苦差事。园丁离去，窗外可看的只有成长中的高丽菜与跳跃的燕子、偶尔在高空中出现的老鹰，还有菜园彼方，在高大树顶间轻摇的风。

守门师父回来，说：“来吧，伊芮安，见见柔克师父。”她的心脏开始以马车奔驰之速狂跳。她跟随他走过迷宫般走廊，来到深色墙壁的房间，内有一排尖顶高窗。一群男子站在那里。她进入时，每人都转头望她。

“各位大人，威岛的伊芮安带到。”守门师父说。众皆沉默。他示意她进入室内。“你见过变换师父。”他对她说。他引介其他人，但她记不住他们的名字与专职，只记得药草师父是她误以为园丁的人，而其中最年轻的人身材高大，严峻美丽的脸似乎以黑石雕塑而成，那是召唤师父。守门师父语毕，召唤师父首先发话：“一名女子。”

守门师父点了一下头，温和如昔。

“这就是你召集九人的目的？仅此无他？”

“仅此无他。”守门师父说道。

“群龙在内极海上飞腾现身；柔克没有大法师；群屿没有真正加冕的国王。有正事要办。”召唤师父说道，声音冷硬如石，“我们何时才要办正事？”

守门师父并未开口，室内一片沉默不安。终于，一名眼神明亮的瘦小男子，穿着红色束腰外衣，上披灰色巫师斗篷，说道：“守门师父，你是将这名女子以学生之名带入宏轩馆吗？”

“如果是，也全赖各位的赞同或反对。”他说道。

“你是吗？”穿着红色束腰外衣的男子微微笑道。

“手师父，”守门师父说，“她请求以学生之名进来，我看不出有理由拒绝。”

“理由比比皆是。”召唤师父说道。

一名嗓音浑厚嘹亮的男子发言：“加以主宰的不是我们的判断力，而是我们矢言遵守的柔克律条。”

“我不相信守门师父会轻易犯律。”一人说道。虽然他身形高大，白发、瘦削、脸部凹凸不平，但他说话前，伊芮安未曾注意到他。他与旁人不同，说话时就看着她。

“我是坷瑞卡墨瑞坷，”他对她说道，“此处的名字师父。因此我可随意使用真名，包括我自己的。伊芮安，谁赐予你真名伊芮安？”

“大人，是我村里的女巫玫瑰。”她答，声音虽然尖锐粗糙，但挺直而立。

“她误赐了真名吗？”守门师父询问名字师父。

坷瑞卡墨瑞坷摇摇头：“没有。但是……”

一直面对无火壁炉、背对众人站立的召唤师父转身：“女巫互赐的真名在此与我们无关。守门师父，如果你对这名女子有兴趣，你应该在这些墙外，在你发誓守护的门外进行。她在此永无立足之地。她只能在我们之间带来混乱、纷争，引发我们更深层的弱点。我言尽于此，也不愿在她面前多说。面对刻意的错误，沉默是唯一答案。”

“沉默是不够的，大人。”之前未发话的一人说道。在伊芮安眼中，他长得十分奇特，苍白泛红的皮肤、浅色长发，冰色细眼。他的言谈也十分奇特、僵硬，似乎有点扭曲。“沉默是万物的答案，也是空泛的答案。”

召唤师父抬起高贵黝黑的脸庞，眼光越过房间看着那苍白男子，但未开口。他不带只字片语，再度转身，离开房间。他缓缓经过伊芮安时，她向后瑟缩。仿佛一座敞开的坟墓，冬天的坟墓，又冷、又湿、又暗。她的气息卡在咽喉。她轻轻喘息吸取空气。她恢复时，看到变换师父与苍白男子正专注看她。

声如洪钟的男子也望向她，以平实善良的严格口吻对她说：“就我所见，带你来的男子心有恶念，但你没有。然而，伊芮安，你身在此处，会危害我们及你自己。物无适所必招毁；乐音无论唱得多美妙，都会摧毁它不所属的乐曲。女子教导女子。女巫向别的女巫或术士习艺，而不向巫师学习。我们此处教导的语言不适于女子之口。那位少年反抗这些律条，称之为不公、武断，然而这是真律条，不是基于想望，而是基于现实。公及不公、愚人及智者，都必须遵从，否则必浪费生命，不得善终。”

变换师父与一旁站立的锐脸细瘦老人点头同意。手师父说道：“伊芮安，我很抱歉。象牙以前是我的学生。若我教导不周，那驱离他更是错误。我以为他无足轻重，毫无害处，但他对你撒谎，欺瞒你。你切莫感到羞愧。错在他、在我。”

“我不羞愧。”伊芮安说道。她看着所有人，觉得应该感谢他们以礼相待，但她说不出话来。她僵硬地对众人点头，转身，大步踏出房间。

她来到一处岔口，不知该往何处，守门师父赶上了她。“这边。”他说道，不觉走在她身旁，一会儿后，“这边。”不消须臾，便来到一扇门前。这扇门并非以兽角及象牙雕成，而是未雕刻的橡木，乌黑巨硕，上有年久磨损的铁闩。“这是园门，”守门师父说，卸下门闩，“过去人称弥卓之门。我守护两道门。”他开门。明亮天光照眩伊芮安双眼，她一会儿才看清，发现一条小径自门边延伸，直穿花园以及更远处田野。田野彼方是高耸树木，柔克圆丘在右方隆起。站在门外小径上，仿佛正等待两人的，是那名细眼淡发男子。

“形意师父。”守门师父说，毫无惊讶之色。

“你送这位小姐去？”形意师父以奇特语言说道。

“无名之处。”守门师父说，“我放她出去，一如放她进来，全凭她心意。”

“你愿意跟我来吗？”形意师父对伊芮安说。

她看看他，再看看守门师父，未说一字。

“我不住在这馆里，不住在任何馆里。”形意师父说道，“我住在那里。大林……啊……”他说，突然转身。高大的白发男子，名字师父坷瑞卡墨瑞坷，正站在小径上。形意师父说了“啊”之后，他才出现在该处。伊芮安迷惘茫然，轮流望向两人。

“这只是我的传像、派差。”老人对她说道，“我也不住在这里，在好几英里外。”他指向北方，“你在此与形意师父完成修习后，可以到我那里。我想多了解你的真名。”他对另两名法师点头，瞬时不见。一只大黄蜂在他方才所在处隆隆嗡鸣。

伊芮安垂首看着地面。良久，她清清喉咙，仍未抬头，说道：“我在此会为害，是真的吗？”

“我不知道。”守门师父说道。

“林中无害。”形意师父说，“来吧。有旧屋子，茅屋。又旧、又脏。你不介意吧，嗯？住一会儿。你就知道。”语毕，他往穿过萝卜及矮菜豆的小径走去。她看看守门师父，他微微一笑。她跟随浅发男子而去。

两人走了约半英里路。圆顶的圆丘在他们右方，在西方阳光下隆起。身后，学院在较低的山丘上铺陈，望之灰暗，屋瓦片片。树荫在面前高耸而立。她认出橡木、柳树、栗树与梣树，还有高大的冬青树。林荫间沉密、日光交错的暗处，流出一条小溪，两旁碧草如茵，还有许多土褐色的践踏遗迹，是牛羊前来饮水跨越后留下的。两人走过牧地，五六十只绵羊在鲜绿短草坪上大快朵颐。穿过篱笆后，两人站在小溪边。“那屋子。”法师说，指向一片长满苔藓的低矮屋顶，半隐于树丛的午后斜影，“今晚留下，好吗？”

他请她留下，而非叫她留下。她只能点头。

“我去拿食物。”他说，大踏步加快脚步，片刻便消失在树底光影中，只是不若名字师父迅速。伊芮安看着他的身影，确定他已离开，才穿过长草杂叶，来到小屋前。

小屋看来非常老旧，重建多次，但也已久未修建。从它宁静、寂寞的氛围看来，此地亦久乏人居。然而，有种愉悦气息，仿佛过往住客都得到安眠。至于颓圮的墙壁、老鼠、灰尘、蜘蛛网，及稀少家具，对伊芮安都相当有家的味道。她找到一把光秃扫帚，扫出老鼠屎，将毯子摊开在木板床上，在柜门歪斜的橱柜找到龟裂的水壶，盛满水，水源是离门边十步远的那条澄澈宁静的溪流。她在一阵恍惚中完成工作，随后坐在草地上，背倚承载阳光温暖的屋墙，沉沉入睡。

她苏醒时，形意师父坐在附近，一只篮子放在两人间的草地上。

“饿吗？吃。”他说。

“我待会儿吃，先生，谢谢。”伊芮安说道。

“我现在饿了。”法师说。他从篮中拿出一颗水煮蛋，敲裂，剥壳，吃下。

“大家称这里为河獭之屋。很古老，跟宏轩馆一样古老。这里什么都古老。我们也古老……这些师父。”

“你不太老。”伊芮安说道。她认为他介于三十与四十岁间，不过很难断言。她一直觉得他的头发是白的，因为那不是黑色。

“可是我从远处来。距离可以是年岁。我是卡耳格人，从卡瑞构来。你知道吗？”

“白发番！”伊芮安说，坦然盯视。阿菊所有的歌谣，唱着航自东方的白发番，掠尽大地，将无辜婴孩穿刺在长枪上，以及厄瑞亚拜如何失去和平之环，还有新歌与王的故事，讲述雀鹰大法师如何前往白发番的土地，带回该环……

“白发？”形意师父说道。

“冰霜。白色。”她说，避开视线，感到难堪。

“啊。”不久他又说，“召唤师父不老。”那双冰色细眼斜瞥她一眼。

她一语未发。

“我想你怕他。”

她点头。

她不语，时光已然流逝。他说：“这些树的阴影没有害。只有真。”

“他经过我时，”她低声说，“我看到一座坟墓。”

“啊。”形意师父说道。

他在膝盖边的地上搓起一小堆蛋壳碎片，以白色碎片排成一道弯弧，封闭成一个环。“对。”他说，研究蛋壳，然后挖起一小抔土，将蛋壳整齐细腻埋好。他挥掉手上尘土，眼神再次瞥向伊芮安，而后转开。

“你曾是女巫吗，伊芮安？”

“不是。”

“但你有一些知识。”

“没有，我没有，玫瑰不肯教我。她说她不敢。因为我有力量，但她不知道是什么力量。”

“你的玫瑰是睿智的花。”法师说道，不带笑意。

“但我知道我有事要办、要成为什么事物。所以我想来这里，来发掘。在智者之岛。”

如今她渐渐习惯他奇特的脸庞，也能读取其中意涵。她觉得他看来哀伤。他说话的方式严厉、快速、平淡、祥和。“岛上的人不一定睿智，嗯？”他说，“也许守门师父是吧。”如今，他看着她，并非一瞥，而是直视，他的双眼捕捉、擒住她的眼眸，“但那里，林中，树下，有古老的智慧，永远不老。我不能教你，但我能带你进入大林。”一会儿后，他站起身，“好吗？”

“好。”她略微迟疑地说。

“那屋子还好吗？”

“好……”

“明天。”他说，踏步离开。

于是，半个多月的炎炎夏日，伊芮安都睡在河獭之屋，那是间平静的屋子。她吃着形意师父以篮子带给她的食物——蛋、奶酪、蔬菜、水果、熏羊肉——每天下午随他走入高耸树林。林间路径似乎总与记忆略有出入，经常带他们走向看似超出树林范围的地方。两人在沉默中走到大林，休息时亦少言谈。法师是安静的人。他虽然带有一丝悍气，却从未在她面前显露，他的存在有如大林中的树木、稀有鸟类、四肢生物一样恬然。如他所言，他未曾尝试教导她。她问及大林时，他告诉她，大林与柔克圆丘一样，自兮果乙创造世界诸岛以来，便已存在。所有魔法都含蕴于这些树根，这些树根与过去及未来可能的森林交错缠绕。“有时大林在此，”他说道，“有时在他处。但大林永存。”

她从未见过他住的地方。她想象他在这温暖夏夜可择地而寝。她问众人食物从何而来，他说，学院无法自给自足的部分，邻近农家会提供，因为他们认为众师父在牲畜、农田、果园上施加的保护，早足以相抵。她觉得有理。威岛上，“无粥巫师”一词代表前所未有、从未听闻的事物。但她不是巫师，又希望能挣得自己的粥食，于是尽己所能修补河獭之屋。她向农夫借工具，在绥尔镇买了钉子与灰泥，用剩下的那一半跑路钱。

形意师父从未在一大早来访，因此她早晨十分空闲。她已惯于独处，却仍想念玫瑰、阿菊和阿兔，想念鸡群、母牛、母羊，和那群嘈杂愚蠢的狗，与她在家中所有工作——设法维系旧伊芮亚，让餐桌上有食物。因此，她每天早晨闲适地工作，直到看见法师从树林间走出，日光色的头发在阳光下闪耀。

一旦进入大林，她便不再产生收入、报偿，甚至学习的念头。身在该地足矣，一应俱全。

她问到是否有学生从宏轩馆来此，他说：“有时候。”又有一次他说：“我言不足道。听叶。”他可称之为教导的话语仅止于此。正当她行走，倾听风吹过的沙沙叶声，或风在树顶的暴袭时，她看着影子闪烁嬉戏，想着深埋土壤暗处的树根。她在那儿全然满足。然而，她纵无不满或急切，总觉自己在等待。每当她走出树林荫庇，看到辽阔的天际，这份沉默的期待最为深沉、最为清晰。

一回，两人走了很远，四周高耸入云的深色常青木，她已均不识。她听到一声召唤……是号角吹鸣，还是呼喊？遥远，隐约难闻。她凝立不动，朝西倾听。法师继续前行，发现她已然停步才转身。

“我听到……”她说，说不出她听到什么。

他聆听。两人终于再度上路，走过借那遥远呼唤而变得展阔、深潜的寂静。

她从未独自进入大林，多日后，他才将她独自留在林间。但一日，炎热午后，两人走进一片橡木圈绕的草地，他说：“我会回来这里，嗯？”接着快速无声地离去，几乎立刻消失在林中光影斑斑、稀影浮动的深处。

她无意探险。此地的平和需要安静、观察、倾听，她明白这些小径多么难以捉摸，而大林则如形意师父所述，“里比外大”。她在一片阳光点点的树荫底坐下，看着叶影在地上嬉动。地上厚积橡实，虽然她从未在林中看过野猪，也在此处见过它们觅食的足迹。有一瞬间，她闻到狐狸的气味。思绪如暖光中轻移的微风，安静恬适游移。

她在此地，心中经常空无思绪，满是森林，但这天，回忆清晰袭来。她想到象牙，想着她再也见不到他，不知他是否找到船载他回黑弗诺。他告诉她，他决不回西池，唯一适合他的地方是大港、王城，威岛就算像索利亚般沉入深海，都与他无关。但她以挚爱的心情想着威岛的道路田野。她想着旧伊芮亚村、伊芮亚山下沼泽填塞的小河，还有山上老宅。她想着冬夜里阿菊在厨房唱歌谣，用木屐击出节拍，还有老阿兔在葡萄园手持锋利小刀，告诉她如何将藤蔓修剪“到它的精气”；以及玫瑰，她的艾陶荻丝，悄声诵念咒文舒缓孩童断臂的疼痛。我已认识一些智者，她想。她的思绪瑟缩避开父亲，但叶片及树影的律动牵引出这段回忆。她看到他醉醺醺、大呼小叫；她感觉他刺探、怯颤的手在她身上；她看到他哭泣、呕吐、羞愧，哀伤自她体内升起、消散，宛如将手臂长长伸展后消退的疼痛。对她而言，他比素未谋面的母亲更无足轻重。

她伸展四肢，感觉身体在温暖中的适意，思绪飘回到象牙。她生命中没有渴望的对象。年轻巫师如此纤细、自负地初次策马前来时，她但愿自己想要他，但她不想也不能，于是她以为他受咒法保护。玫瑰对她解释过，巫师的咒法如何运作，“才不会进入你和他们心中，你看，因为这会拿走他们的力量，他们说的”。但象牙，可怜的象牙，他一向毫无保护。如果有人受到守贞咒的影响，那一定是她，因为他虽然迷人又英俊，但她除了喜欢之外，从未能对他产生热情，她唯一欲念只是学习他能教导她的事物。

她坐在大林深沉的寂静中探讨自己。鸟无啼啭，微风不起，树叶静垂。我中了咒法吗？我无性别、不完整、不是女性吗？她自问，看着自己赤裸强健的双臂，和衬衫领口下胸部柔软隆起的阴影。

她抬起头，看到白发番从一排深暗巨大的橡木中走出，穿过草地向她走来。

他在她面前驻足。她感觉自己脸红，脸庞及咽喉燃烧、晕眩，耳边嗡嗡作响。她寻求字句，什么话都好，好让他的注意力自她身上转移，但她一无所获。他在她附近坐下。她往下看，仿佛研究手边一片去年落叶的残梗。

我要什么？她自问，答案不以言语出现，而是穿透她身体与灵魂：火焰，更烈于此的火焰；飞翔，燃烧的飞翔……

她回过神，进入树下宁静空气。白发番坐在她身边，脸庞低垂，她想，他看起来多么瘦小轻盈，多么安静忧伤。无可恐惧。无害。

他转头看她。

“伊芮安，”他说，“你听到叶声了吗？”

微风再度拂动，她可以听到橡树间的细小悄语。“一点点。”她说道。

“你听到字句了吗？”

“没有。”

她没有问，他也没有多说。他起身，她随他走上那条小径，早晚总会引领他们走出树林，来到绥尔河与河獭之屋旁的空地。两人抵达时，已是午后近晚。他走到溪边，在溪流流出树林而尚未与支流汇集的河段，跪下饮水。她依样照做。接着，他坐在河岸凉爽的长草间，开口说话。

“我的卡耳格族人崇拜神祇。双子神、兄弟。那里的王也是神。但神之前或神之后，总是河流。山洞、石头、丘陵。树木。大地。大地暗处。”

“太古之力。”伊芮安说道。

他点头：“那里，女子知晓太古之力。这里也是，女巫。这知识不好……嗯？”

每当他说完听似陈述的句子后，在句尾加上那小小的询问语气“嗯”或“哪”时，都叫她意外。她一语不发。

“黑暗不好，”形意师说，“嗯？”

伊芮安深吸一口气。两人坐在河边，她直视他双眼：“唯黑暗，成光明。”

“啊。”他说，别过头，不让她看到表情。

“我该走了。”她说，“我可以在大林行走，却不能住在那里。这不是我的……立足地。而且诵唱师父说，我在这里就有危害。”

“我们皆因存在而危害。”形意师父说道。

他如同平常，就地取材排出一个小图案：他在面前河岸的一小片沙地上，放下一枝叶梗、一片草叶、几颗小石子。他加以研究，重新排列。“现在我必须谈到害。”他说。

停顿良久后，他继续说道：“你知道一条龙将我们的雀鹰大人和少王从死亡之岸带回。然后，龙将雀鹰带回家，因为他力量已失，不再是法师。柔克师父立刻齐聚一堂，推选新任大法师，就在此地，大林中，一如往昔。但不如往昔了。

“龙未到之前，召唤师父也从死域返回，他可达死域，技艺能引领他。他在那儿，在越过石墙的那片国土，见到大人与少王。他说他们不会回来了。他说雀鹰大人要他回到我们身边，回到生界，告诉我们这消息。因此我们为大人哀悼。

“但那龙凯拉辛来了，载着活生生的雀鹰大人。

“我们站在柔克圆丘，看到大法师对黎白南王屈膝，召唤师父也在场。然后，龙将我们的朋友载走时，召唤师父颓倒。

“他宛如死人躺着，冰冷，心脏不跳，但他在呼吸。药草师父用尽所有技艺，也无法唤醒他。‘他死了，’他说，‘气息永存，但他死了。’我们为他哀悼。然后，因为我们一阵惊慌，我的万物形意都诉说改变与危险，因此我们齐聚推选新任柔克护持——大法师——来引导我们。会议中，我们让少王取代召唤师父的位置。对我们来说，他处于我们之间似乎正确。只有变换师父起先反对，而后同意。

“但我们聚集，我们坐下，我们选不出来。我们这也说，那也说，但没有人提到名字。然后我……”他停顿片刻，“我族人称为‘艾度伐奴’的‘他息’，在我身上降临。语句降临，我便说出口。我说，‘哈玛·弓登！’……坷瑞卡墨瑞坷告诉他们，这句话在赫语便是‘弓忒女子’。但我回神后，却无法告诉他们这是什么意思。因此我们解散，却未选出大法师。

“王随即离开，风钥师父与他同行。在王举行加冕前，他们前往弓忒寻找雀鹰大人，想知道那是什么意思，‘弓忒女子’。嗯？但他们没见着他，只见到我的同胞，环之恬娜。她说，她不是他们要找的女子。他们谁都没找到，一无所获。黎白南判断此为尚未实现的预言。他在黑弗诺，将王冠置于自己头上。

“药草师父，还有我，都断定召唤师父已死。我们以为他吸吐的气息是他技艺中的咒语残留下来的，是某种我们不了解的咒语，就像蛇知道如何在死后多时依然维持心跳的咒语。虽然埋葬仍在呼吸的尸体很可怕，但他身体冰冷，血液停止流动，魂魄也已出窍。那更可怕。所以我们准备将他下葬。然后，正当他躺在坟墓旁，他眼睛张开，移动，说话。他说，‘我将自己再度召唤回生，以完成必成之事。’”

形意师嗓音渐粗，突然以手掌抚散石子组成的小图案。

“所以，风钥师父自加冕典礼返回时，我们又是九人。但是有分歧。因为召唤师父说我们必须再次聚会，选出大法师。王在我们之间没有立足地，他说。还有‘弓忒女子’，无论她是谁，在柔克男子间也没有立足地。嗯？风钥师父、诵唱师父、变换师父、手师父都说他说得对。而因为黎白南王是自死域返回的人，应验了预言，所以他们说，大法师也将是自死域返回的人。”

“可是……”伊芮安说，又住口不语。

片刻后，形意师父说：“召唤，那种技艺，你知道，很可怕。一向危险。这里。”他抬头望向树木碧金色的暗处，“这里没有召唤。没有越过墙带回的东西。没有墙。”

他的脸是战士的脸，但望入树林时，表情却软化，流露出渴望。

“所以，”他说，“他把你作为我们聚会的理由。但我不会去宏轩馆。我不愿受人召唤。”

“他不会来这里吗？”

“我想他不会在大林间行走，也不会在柔克圆丘。圆丘上，万物且如原形。”

她不明白他的意思，却没有问，一心想着：“你说，他把我作为你们聚会的理由。”

“是啊。需要九位法师来遣散一名女子。”他鲜少微笑，微笑时却快速猛悍，“我们要聚会以维护柔克律条，也借以推选大法师。”

“如果我走了……”她看到他摇头，“我可以去找名字师父……”

“你在这里比较安全。”

为害的念头困扰她，但危险的念头未曾进入她思绪，她无法理解。“我不会有事。”她说，“所以名字师父，还有你……还有守门师父……”

“……不希望索理安成为大法师。药草师父也是，虽然他多挖掘、少发言。”

他看到伊芮安神情惊讶地望着他。“召唤师父索理安说出自己的真名。”他说，“他死过，嗯？”

她知道黎白南王公开使用真名，他也是从死域返回。但召唤师父继续如此，却让她愈想愈震惊不安。

“那……学生呢？”

“也有分歧。”

她想着学院，那是她曾极其短暂造访之地。从这里，大林垂檐下，她将学院视为以石墙圈住一种生物，阻碍其他族类进入的建筑，像兽栏、牢笼一样。怎么有人能在那种地方维持平衡？

形意师父在沙地上将四颗小石推成一道小弧，说：“我但愿雀鹰没离去。我但愿我能看懂阴影撰写的字句。但我能听见叶子说的，也只是改变，改变……除了叶子，一切都将改变。”他再度以渴望的神情望入树顶。太阳西下，他站起身，温和地向她道晚安，然后离去，进入树林。

她在绥尔河畔稍坐片刻。他刚告诉她的种种，以及她在大林中的想法与感觉，都让她困扰，在那里有任何想法或感觉能困扰她，这点也令她困扰。她走向屋子，摆出熏肉、面包与夏日莴苣作晚餐，食不知味。她不得安宁地漫步回到河岸，来到水边。晚昏仍十分宁静温暖，只有最大的星辰照穿奶白色的积云。她脱下凉鞋，双脚放入水中，水温虽然沁凉，但仍有日光余温流过。她脱下仅有的男装长裤及衬衫外衣，裸身浸入水中，周身感觉水流推曳骚动。她从未在伊芮亚河流中游泳，而且痛恨海，汹涌的灰与冷，但这急速的水流今晚让她愉悦。她随波漂流，双手掠过水底丝滑石块和她自己丝滑的胴体，双腿穿梭水草间。一切烦扰不宁均由阵阵水流冲走，她快乐地在溪流抚触间漂浮，抬头望着雪白柔和的星光。

一阵寒意流窜过她，水流转冷。她强迫自己镇定，四肢也依然柔软放松，她抬头一看，发现在她上面岸边有个黑色人影。

她在水中裸身直立而起。

“走开！”她大喊，“走开，你这叛徒！下流的淫棍！否则我把你的肝都挖出来！”她跳上河岸，拉住坚韧的丛草以为支撑，连滚带爬而起。毫无人影。她站着发火，愤怒地发抖。她跳离河岸，找回衣服，一面大声咒骂，一面快速着装，“你这个巫师懦夫！你这个狗娘养的孽种！”

“伊芮安？”

“他在这里！”她大喊，“那个下流胚子，那个索理安！”她大步迎向形意师父，他也来到屋边星光下，“我在溪里洗澡，他就站在那里看我！”

“是派差……只是他的传象，伤不了你的，伊芮安。”

“有眼睛的派差，看得到的表象！愿他……”她戛然而止，突然不知如何接续。她觉得反胃。她颤抖，吞下口中涌起的冰冷唾液。

形意师父上前握住她的手。他的双手温暖，而她感到入骨寒澈，于是她上前紧靠，求取他的体温。他们如此站立片刻，她别开脸，但两人双手交握，身体紧贴。她终于退开一步，站直身体，将湿透直发往后拨。“谢谢，我刚才很冷。”

“我知道。”

“我从来不冷。”她说，“是他。”

“我说了，伊芮安，他不能来这里，他不能在这里伤害你。”

“他在哪里都不能伤害我。”她说，火焰再次奔流于血管，“如果他敢试，我就毁了他。”

“啊。”形意师父说。

她在星光中看着他，说：“告诉我你的名字……不是你的真名……只是一个我想到你时，可以称呼你的名字。”

他默默站立一会儿，说道：“在卡瑞构岛，我还是蛮人时，叫阿兹弗。在赫语，代表‘旌旗’。”

“阿兹弗。”她说，“谢谢你。”

她清醒地躺在小屋中，觉得空气闷滞，屋顶往下压迫，而后突然深沉睡去。东方露出鱼肚白时，她也同样突然苏醒。她走到门口观看最爱的日出前天空。低头一看，形意师父阿兹弗裹在灰斗篷里，在她台阶前的地上熟睡。她一声不发地退回屋内。半晌，她见他走回树林，步伐略显僵硬，边走边搔着头，半梦半醒。

她开始工作，刮下屋子内墙，准备涂上灰泥。正当第一道阳光穿过窗户，敞开的门上响起敲门声。外面是她原先误认为园丁的药草师父，他看来像黄牛般坚实冷静，身旁是骨瘦如柴、神情严厉的老名字师父。

她走到门前，喃喃道出类似欢迎的字句。这些柔克师父令她畏惧，他们的出现也意味着与形意师父在寂静夏日森林中同行的平静时日已然结束。昨夜便已结束。她知道，却不想知道。

“形意师父请我们来。”药草师父说，看来很不自在。他注意到窗下一簇杂草，说：“那是绒草。一定是某位黑弗诺人把它种在这里的，我不知道岛上居然有。”他专注检视，将几颗种子荚放入腰袋。

伊芮安秘密且同样专注地研究名字师父，想看看自己能否辨别他是所谓的派差，还是血肉之躯。他看来毫不虚空，但她觉得他不在场，他踏入斜阳，却未投射影子时，她确定了。

“先生，从您住的地方过来很远吗？”她问道。

他点头，“把我自己留在半路上了。”他说。他抬起头，形意师父正走来，已完全清醒。

他打招呼，问道：“守门师父会来吗？”

“说他觉得最好还是守门。”药草师父说，仔细关上多口袋的腰袋，环顾旁人，“但不知道他能否镇住这蚁丘。”

“怎么了？”坷瑞卡墨瑞坷问，“我最近一直在研读龙，没注意蚂蚁。但在我塔中研习的男孩全都离开了。”

“受召唤。”药草师父淡然说道。

“所以呢？”名字师父说道，更为淡然。

“我只能告诉你，在我看来是什么样子。”药草师父迟疑不安地说。

“说吧。”老法师说道。

药草师父依然迟疑。“这位小姐不属于我们的咨议。”他终于说道。

“她属于我。”阿兹弗说道。

“她此刻来到此地，”名字师父说，“而在此刻，到此地，皆无人意外前来。我们每人知道的，都是我们看来的模样。治疗师大人，名字背后还有名字。”

深色眼睛的法师一听，颔首说道：“那好。”显然宽心接受他人裁决。“索理安最近经常与其他师父和青年人相会。秘密会谈、小圈子。流言、耳语。较年幼的学生很害怕，有几人问我或守门师父，他们可否离去……离开柔克。我们愿意让他们走，但港里没有船，自从带小姐你来，隔天又航向瓦梭的船之后，就没有船只进入绥尔湾。风钥师父命柔克风阻逆一切。即便王亲自前来，也无法在柔克登岸。”

“要等风向改变，嗯？”形意师父说。

“索理安说，黎白南不是真王，因为没有大法师为他加冕。”

“胡说！不符史实！”老名字师父说，“首任大法师晚于末代君王好几百年。柔克是代王摄政。”

“啊。”形意师父说，“屋主回家时，管家很难交还钥匙。嗯？”

“和平之环已然愈合，”药草师父说道，声音耐心、忧虑，“预言也已应验，莫瑞德之子已经加冕，但我们却没得到和平。哪里出了差池？为何我们寻不着平衡？”

“索理安是何意图？”名字师父问。

“将黎白南带至此处。”药草师父说，“年轻人谈论‘正统君王’。在这里，二度加冕。借大法师索理安之手。”

“消灾！”伊芮安脱口而出，比出符号，以防一语成谶。没人微笑，药草师父接续比出同样手势。

“他如何掌控所有人？”名字师父说，“药草师父，雀鹰与索理安接受伊里欧斯的挑战时，你也在此。我想，伊里欧斯的天赋与索理安一样优异。伊里欧斯运用了天赋利用众人，加以全面控制。现在索理安也是这么进行吗？”

“我不知道。”药草师父说，“我只能告诉你们，我跟他在一起，在宏轩馆时，我都觉得人事已尽、万事如常、万物不长。无论我用何种疗方，疾病都将以死收场。”他像受伤的牛只，环顾所有人，“而我认为这是事实。唯有静止不动，才是恢复一体至衡的正道。我们已无法回头。大法师和黎白南以肉身进入死域，然后返回，这样不对。他们打破不能破格的律条。索理安返回，是为了重整律条。”

“什么？将他们送回死域？”名字师父问。形意师父道：“谁能言律条为何？”

“有道墙。”药草师父说。

“墙不如我的树根深。”形意师父道。

“但你说得对，药草师父，我们失去平衡，”坷瑞卡墨瑞坷说道，声音坚硬严峻，“我们何时何地开始过了头？我们遗忘、背弃、忽略了什么？”

伊芮安轮流看着每个人。

“平衡出错时，静止不动不好。必定每况愈下。”形意师父说，“要等到……”他摊开双手，快速比出反转手势，下往上，而上往下。

“有什么比从死域召回自身更为错误？”名字师父问。

“索理安是我们之中的翘楚……勇敢的心胸、高贵的理智。”药草师父几乎含着怒气说道，“雀鹰爱他。我们也都是。”

“良心逮住了他。”名字师父说，“良心告诉他，他才能导正一切。为了导正一切，他拒绝死亡，因而拒绝生命。”

“那谁来抵抗他呢？”形意师父说，“我只能躲在我的树林里。”

“我躲在我的塔里。”名字师父说，“而你，药草师父，还有守门师父，就在陷阱里，在宏轩馆里，我们建来抵御邪恶的围墙。以此看来，围墙也可能封入邪恶。”

“我们四对一。”形意师父说。

“他们五对我们四。”药草师父说。

“难道事已至此？”名字师父说，“我们竟站在兮果乙栽种的森林边缘，讨论如何互相摧毁？”

“对。”形意师父说，“太久不变会自我毁灭。森林是永恒的，因为它死了又死，因而生存。我不会让那只死手碰我，或碰触带给我们希望的王。诺言已许下，由我所许。我说了……‘弓忒女子’。我不会让这句话遭遗忘。”

“那我们该去弓忒吗？”药草师父说，受阿兹弗的激情感染，“雀鹰在那儿。”

“环之恬娜在那儿。”阿兹弗说。

“或许我们的希望在那儿。”名字师父说。

他们默立，不确定，试图珍惜希望。

伊芮安也默默站着，但她的希望陷落，被一阵羞愧与全然的渺小取代。这些是勇敢睿智的人，试图拯救挚爱的事物，但他们不知如何达成。她对他们的智慧无可贡献，对他们的决定无可置喙。她远离他们，他们并未发现。她继续前行，朝绥尔河走去，流出森林的绥尔河在此流泻一小堆石块。早晨阳光下，水光明亮，发出快乐的声响。她想哭，却从不善于哭泣。她站着观看水流，羞愧慢慢转为怒气。

她走回三名男子身边，说道：“阿兹弗。”

他转向她，一时惊吓，又稍微向前。

“你为什么要为我打破律条？我永远不能变成你的样子，这对我来说公平吗？”

阿兹弗蹙眉：“守门师父准许你进来，因为你要求。我把你带来大林，因为你到此之前，树叶便对我讲述你的真名。‘伊芮安，’树叶说着，‘伊芮安。’你为何而来我不知道，但不是意外。召唤师父也知道这点。”

“也许我是来毁掉他的。”

他看着她，一语不发。

“也许我是来毁掉柔克的。”

他浅色眼眸炽然生光：“试试看！”

她站着面对他时，一阵漫长的战栗穿透全身。她感觉自己比他巨大，比自己巨大，无比巨大。她伸出一根指头便能摧毁他。他站在那里，带着渺小、勇敢、短促的人道、有限天年，毫无抵御之力。她吸了一口长气，退离他一步。

强力的感觉由她体内缓缓流出。她略略转头俯视，讶于见到自己的褐色手臂和卷起的袖子，清凉碧绿的草叶在穿着凉鞋的脚边环绕。她回头望着形意师父，他似乎仍是脆弱的生物。她怜悯又尊崇他。她想警告他身处的危险，但无语。她转身走回小瀑布边的河岸，在那里瘫陷跌坐，将脸藏入双臂，隔离他，隔离这世界。

法师的话语声如溪流奔泻。溪流说着自己的话，他们也说着自己的话，但都不是正确的语句。

## 伊芮安

阿兹弗归返时，脸上有某种神情，药草师父不禁问："怎么了？"

"我不知道。或许我们不该离开柔克。"

"我们可能也离不开，"药草师父说，"如果风钥师父将风锁向我们……"

"我要回到我现在所在处，"坷瑞卡墨瑞坷突然说道，"我不喜欢把自己像旧鞋般留在外面。我今晚会在这里与你们会合。"他消失不见。

"阿兹弗，我想到你的树下去走走。"药草师父带着漫长叹息说道。

"去吧，迪亚拉。我留在这儿。"药草师父离去。伊芮安制作的简陋长椅靠在屋前墙上，阿兹弗在长椅上坐下。他望着上游蹲在岸边、一动不动的她。原野上的绵羊群在他们与宏轩馆间轻声咩叫，早晨的太阳转热。

父亲将他命名为“旌旗”。他来到西方，将所知尽抛脑后。他从心成林木得知自己真名，成为柔克的形意师父。这一整年，阴影与树木枝根的万物形意，森林中一切无声语言，均在讲述毁灭、破戒、改变的一切。他知道，现在轮到他们了。随她同来。

她受他掌管、受他照顾，他看到她时便知晓。虽然如她所言，她前来摧毁柔克，但他必须服侍她。他心甘情愿。她与他在林中行走，高大、笨拙、无惧。她以小心的大手推开多刺藤蔓；她的眼睛如阴影下的绥尔河水，琥珀褐色，一切尽收眼底；她聆听，沉静。他想保护她，却知道自己办不到。他在她寒冷时给她一点温暖，他没有别的能给。她必去之处，她就会去；她不明白危险。她没有智慧，只有纯真；没有盔甲，只有怒气。伊芮安，你是谁？他对她说，看着她像锁在无声中的动物般蹲踞在那儿。

药草师父从林间返回，与他共坐片刻，未开口。中午，他回到宏轩馆，同意在早上偕同守门师父返回。他们会请求所有师父与他们在大林相会。“但他不会来。”迪亚拉说，阿兹弗点头。

一整天，他都待在河獭之屋附近，继续观察伊芮安，要她与他共进一点食物。她来到屋子，但他们吃完后，她又回到岸边，纹风不动地坐着。他身心也感到一股无力、一种呆滞，他抗拒却无法摆脱。他想到召唤师父的眼睛，然后，他感到冰冷，浑身冰冷，即使坐在夏日盛暑下也枉然。死人宰制我们，他想。念头盘旋不去。

他心怀感激，看到坷瑞卡墨瑞坷缓缓从北方沿绥尔河岸而来。老人赤脚涉溪，一手拎着鞋子，一手提着巫杖，在石头上滑跤时，咆哮了两声。他在不远的河岸边坐下，将脚擦干，穿回鞋子。“我回塔里时，要坐车。雇个车夫，买头骡子。我老了，阿兹弗。”

“进屋里来吧。”形意师父说，为名字师父摆好水与食物。

“那女孩儿呢？”

“睡着了。”阿兹弗朝她躺的地方点头，她蜷缩在小瀑布上方的草地上。

白日的热力逐渐减弱，大林阴影迤逦过草地，但河獭之屋依然立于阳光下。坷瑞卡墨瑞坷坐在长椅上，背靠屋墙，阿兹弗坐在台阶上。

“我们来到终点了。”老人打破沉默道。

阿兹弗默默点头。

“阿兹弗，是什么把你带来这里？”名字师父问道，“我常想问你。一段长长路途。而且，你们卡耳格大陆没有巫师。”

“对。但我们有形成巫术的东西。水、石头、树木、语言……”

“但不是创生语。”

“不是。也没有龙。”

“从来没有吗？”

“只有在极东，胡珥胡沙漠里的老故事中才有。早于神祇，早于人类，人在成为人之前，是龙。”

“那就有趣了。”老学者说，坐直身子，“我跟你说过，我最近一直在研读龙。你知道，传言它们飞越内极海，最东远至弓忒。毫无疑问，凯拉辛把格得带回家，又让水手加油添醋，让故事更动听。但是这里一个男孩对我发誓，他们全村今年春天都看到龙在飞，在欧恩山以西。所以我才阅读古书，了解它们何时不再越过蟠多向东而来。在一卷古老的帕恩卷轴中，我看到你的故事，或类似内容。说人龙本一族，但他们争吵。有的往西，有的往东，成了两个种族，忘了曾是一族。”

“我们往极东去。”阿兹弗说，“但你知道在我的母语中，军队将领是什么吗？”

“艾德岚，”名字师父立刻答道，然后大笑，“鳞虫之长、龙……”

半晌，他说：“我会追逐字源，追到末日边缘……但阿兹弗，我想我们已在末日边缘。我们击不倒他。”

“他占优势。”阿兹弗非常平淡地说道。

“的确。我承认没有希望，我承认毫无可能……但如果我们真的击败他……如果他回到死域，把我们活活留在这里……那我们该怎么办？接下来又是什么？”

良久，阿兹弗说：“我不知道。”

“你的树叶疏影什么都没告诉你吗？”

“改变，改变。”形意师父说，“变化。”

他突然抬头。原本群聚栏圈附近的羊群纷头乱窜，有人从宏轩馆前的小径走来。

“一群年轻人。”药草师父来到两人面前，上气不接下气地说，“索理安的军队。往这里来，来把女孩带走，把她驱逐出去。”他站着吸了一口气，“我离开时，守门师父在和他们说话。我想……”

“他来了。”阿兹弗说。守门师父到场，光滑、黄褐色的脸庞宁静如昔。

“我告诉他们，”他说道，“如果他们今天走出弥卓之门，就再也无法穿越、返回他们熟悉的馆。有人当时就赞成折回，但风钥师父与诵唱师父驱策他们前进。他们很快就会到了。”

他们在大林以东的田野听到男人的声音。

阿兹弗快步走到河边伊芮安躺卧处，其余人尾随。她惊醒，站起身，一脸呆滞茫然。约莫三十人经过小屋，趋近他们时，他们站在她周围，宛如护卫。来人多为年纪较长的学生，人群中还有五六支巫师巫杖，由风钥师父领军。他消瘦锐利的老脸看来紧绷疲累，但他以头衔相称，礼貌问候四位法师。

他们也问候他，接着阿兹弗首先发言：“风钥师父，请进入大林，我们会在那里等待其他人。”

“首先，我们必须解决分裂我们之事。”风钥师父说道。

“这是坚若磐石的事。”名字师父说。

“你们身边的女子违背柔克律条。”风钥师父说，“她必须离开。有艘船在码头等着接她，我也能告诉各位，风会稳稳吹往威岛。”

“大人，这点我毫不怀疑，”阿兹弗说道，“但我怀疑她是否会去。”

“形意大人，你会违背我们的律条与社群，这长久以来用以维系秩序、抵抗毁灭的力量吗？难道天下人之中，打破万物形意的会是你？”

“万物形意不是玻璃，不会破。”阿兹弗说，“它是气息，是火焰。”

他费了好大的劲才能说话。

“它不知晓死亡。”他说，但以母语，而他们听不懂。他更贴近伊芮安，感觉她身体的温暖。她在那动物般的沉默中站立呆视，仿佛任何人的话她都不懂。

“索理安大人从死域返回，拯救我们全体。”风钥师父猛悍清晰地说，“他会成为大法师。在他统治下，柔克会恢复往日荣光。王会从他手上接受正统冠冕，在他指引下统治，如同莫瑞德之治。没有女巫会玷污神圣土地，没有龙会威胁内极海。秩序、安全、和平即将来临。”

伊芮安身边四位法师皆未答话。沉默中，风钥师父身边的人喃喃低语，其中一个声音说道：“把女巫交给我们。”

“不。”阿兹弗说，却无法多说。他握着柳木巫杖，但巫杖在他手中只是木头。

四人中，只有守门师父移动说话。他向前一步，一个接一个审视群聚的年轻人：“你们信任我，将真名交给我。你们现在愿意信任我吗？”

“大人，”其中一名脸庞细致、黝黑，手握橡木巫杖的人说，“我们的确信任您，因此才请您让女巫离开，让和平重临。”

伊芮安在守门师父回话前上前一步。

“我不是女巫。”她说。她的声音在男人低沉嗓音之后显得高亢、刺耳，“我没有技艺，没有智识，我来学习。”

“我们在这里不教导女人。”风钥师父说，“你知道这点。”

“我什么都不知道。”伊芮安说。她又向前一步，直接面对法师，“告诉我我是谁。”

“女人，认清你的地位。”法师冰冷而急切地说道。

“我的地位。”她缓慢说道，拖曳每个字，“我的地位在山上。那里一切都是原本的样子。告诉那死人，我会在那里等他。”

风钥师父站立无言。一群人耳语、愤怒，其中一些人前移。阿兹弗站到她与他们之间，她的话将他从身心束缚的麻痹中解放。“告诉索理安，我们会在柔克圆丘上等他。他来时，我们会在那里。现在你跟我来。”他对伊芮安说。

名字师父、守门师父、药草师父跟随两人进入大林。他们有条小径可走。但等某些年轻人开始跟随在后时，小径已然消失。

“回来。”风钥师父对那些年轻人说。

他们转回，心不迟疑。低垂的落日在田野与宏轩馆屋顶上依然明亮，但林中尽是阴影。

“女巫术。”他们说道，“亵渎、玷污。”

“我们最好离开。”风钥师父说，他的脸强硬严肃，锐利的眼神看起来很烦忧。他动身返回学院，其余众人四散在后，在挫折与怒气中争执辩论。

他们刚进大林不远，仍在河边时，伊芮安便停步，转向一边，蹲踞在巨硕丰厚的树根旁，那是斜倚水面上的柳树。四位法师站在小径上。

“她以他息说话。”阿兹弗说道。

名字师父点头。

“所以我们得跟随她喽？”药草师父问。

这次守门师父点点头，淡淡一笑，说：“看来如此。”

“很好。”药草师父说，面带耐心、忧虑，走到一旁不远处，跪下注视某种森林地上的小植物或蕈类。

时间一如往常，在大林中流逝，似乎毫无流逝，却已消失，白昼在几次长气息间，在树叶的一颤间，在远处的一声鸟啼及更远处的鸟啭应答间，静静消失。伊芮安缓缓站起。她没说话，只是低头看着小径，沿路前行。四名男子跟随在后。

一行人走出来，进入宁静宽广的日暮空气。他们涉过绥尔河，穿越田野，走到柔克圆丘，天际仍有亮光，柔克圆丘映照天空，在他们面前耸立成高大暗弧。

“他们来了。”守门师父说。有人穿越菜园，爬上宏轩馆小径。五名法师，许多学生。引导他们的是召唤师父索理安，他身形高挺，穿着灰斗篷，手握骨白长木巫杖，一点暗淡巫光在顶端飘浮。

两条小径相遇合一，蜿蜒通往圆丘顶，索理安在交会处停步等待。伊芮安踏步向前面对他。

“威岛的伊芮安，”召唤师父以浑厚清澈的嗓音说道，“为求和平与秩序，念及大化平衡，我要求你此刻离开本岛。我们无法给予你所求，为此我们请求你原谅，但如果你执意留在此地，你便丧失宽仁，就必须尝到破戒的后果。”

她上前挺身，几乎与他一般高、一般挺。她静默片刻，然后以高亢刺耳的声音说：“索理安，到山上来。”

她留下他站在路口，站在平地，她大跨几步就走上一小段山路。她转身，回头低望他：“你为何不上山？”

天空在他们身旁逐渐转暗。西方只剩一条昏沉红线，东方天际是海上阴影。

召唤师父抬头看伊芮安。他缓缓举起双手及白色巫杖，开始念诵咒文，以全柔克巫师及法师都学习过的语言，也是他们技艺的语言——创生语，说道：“伊芮安，以你的真名，我召唤你，束缚你服从我！”

她稍加迟疑，刹那间似乎即将屈从，即将归向他，然后大喊：“我不只是伊芮安！”

召唤师父一听，朝她跑去，双手前伸，扑向她，仿佛要逮住她。两人如今都站在山上。她不可思议地凌驾于他，火焰在两人之间爆出，暮色中一簇烈红赤炎、一闪金红鳞片、巨大翅膀，然后消失无踪，只剩站在山径上的女子，和在她面前俯低的男子，缓缓朝地面躬倒，躺下。

最先移动的是药草师父，治疗师。他走上小径，跪在索理安身旁。“大人，”他唤道，“吾友。”

瘫缩的灰斗篷下，他的双手只触到一团衣物、干枯骨骸、断裂巫杖。

“这样比较好，索理安。”他说，但哭泣。

老名字师父向前，对山丘上的女子问：“你是谁？”

“我不知道我另一个真名。”她说。她和他说一样的语言，即是她对召唤师父说的语言——创生语，龙语。

她转身离去，开始走上山丘。

“伊芮安，”形意师父阿兹弗说，“你会回来找我们吗？”

她停步，让他走向她。“如果你呼唤我，我会。”她说。

她伸出手碰他的手。他急忙倒吸一口气。

“你要去哪里？”他问。

“找那些会赐予我真名的人。在火中，不在水中。我的族人。”

“在西方。”他说。

她说：“比西方更西。”

她转身背向他和其他人，在逐渐笼罩的黑暗中走上山丘。她渐行渐远，他们看到她，所有人都看到她，壮硕的金鳞身躯、多棘卷曲的尾巴、利爪、映着火光的气息。她在圆丘顶端稍停，旋转颀长的头颈，慢慢看遍柔克岛。她凝视大林最久，那儿如今只是黑暗中的一团迷蒙。然后，龙随着仿佛铜片晃动的咯咯声，展开宽广羽翅，跃入空中，环绕柔克圆丘一周，飞离。

一卷火、一缕烟，在黑暗夜空中飘下。

形意师父阿兹弗站着，左手握着经她碰触而燃烧的右手。他低头看着默默站在山脚下的人群，盯着龙的背影。“那么，朋友们，”他说道，“现在呢？”

只有守门师父回答。他说：“我想我们应该回馆，开门。”

# 地海风土志

# A Description of Earthsea

## 住民

赫族大陆

群岛王国的赫族以农业、畜牧业、渔业、商业及非工业社会中常见的手艺、技艺维生。人口十分稳定，适合人居的有限土地从未过度拥挤；不知饥荒为何，少有贫民。

小岛及村庄一般由大致民主的咨议团或议会治理，领导或交涉代表为遴选出的岛民代表。在陲区，政治组织通常只有岛民议会或村镇议会。内环王国中，统治阶级早已奠立，多数大岛及城市（至少名义上）皆由世代相传的贵族男女统治，整个群岛王国数百年来皆由王治理。然而，实质统治城镇都市的，多半是议会、商贾与贸易公会。大型公会网络遍及内环王国各地，不受黑弗诺王之外的领主或组织管辖。

采邑制度、领地制度、奴隶制度曾偶尔在某些区域出现，但在黑弗诺王统治下并不存在。

魔法为普遍认可的实质力量，由少数个人行使，而非全体。魔法塑造并影响了赫族制度，因此，群岛王国生活表面似乎近似其他非工业社会，其实天差地别。其中一项指标，或许是有组织的宗教付之阙如。各地普遍存有迷信，却无神祇、教派或各种正式崇拜。仪式只存于某些太古之力圣地的传统奉献，或每年普天同庆的大型节日，如日回及长舞节；念诵、歌唱传统歌谣与叙事诗，或表演魔法咒语时，也有仪式。

群岛王国及陲区人民同属赫族语言及文化，却带有地域差异。西南陲区的浮筏民族保留大型年度庆典，却鲜少展现其他群岛文化，他们没有商业，没有农业，也不知有他族。

多数群岛民族都有褐色或红褐色皮肤、黑直发、深色眼睛，体形多半矮小、纤细、小骨架，但颇为健美丰盈。东陲及南陲民族则较为高大、骨架较重，肤色也较深。许多南方人有深褐色皮肤。多数群岛男子皆少有胡须，或根本不长。

欧司可、罗格密及博茨人的肤色较群岛王国其余民族浅，经常有褐发甚至金发，浅色眼瞳，男人多半有须。他们的语言及部分信仰较接近卡耳格族而非赫族。这些遥远的北方人可能是卡耳格后裔。卡耳格人在东方四大陆定居后，约于两千年前又航返西方。

### 卡耳格大陆

群岛王国东北方四大岛上，居民肤色自浅褐到白，发色自深到浅都有，除了深色瞳眸外，也有蓝色、灰色。

除了欧司可岛外，卡耳格及群岛王国的肤色种类鲜少混杂，因北陲十分荒僻、人烟稀少，两三千年来，卡耳格民族对群岛王国人民普遍敌视，刻意避免接触。

卡耳格四大岛屿气候多干燥，但经灌溉耕耘，便颇为丰饶。卡耳格社会似乎封闭，鲜少受影响，只有南方及西方的强势邻居带来负面影响。

在卡耳格人身上，魔法似乎少以与生俱来的形式出现，或许是因为受到社会及主政者忽视或主动压制。魔法除了是邪恶力量，应当畏惧躲避外，在社会中亦不受认可。因此，相较于群岛王国，卡耳格人不能、不愿使用魔法，使他们在各方面处于劣势，这或许也是他们除强行劫掠、入侵邻近南陲及弓忒岛之外，无意参与商业或其他交流活动的原因。

## 龙

歌谣及故事显示，龙的出现早于所有生物。古赫语中，“龙”的隐喻或委婉语有“头胎”“至寿者”“长儿”（代表家里长子的字，在欧司可语为“阿卡德”，在卡耳格语为“嘎达”，两者均由“哈斯”衍生。“哈斯”就是太古语中的“龙”）。

弓忒与陲区散见的文献及故事、卡耳格大陆的圣史片段、帕恩岛术典晦涩神秘的故事片段，皆长期为柔克学者所忽视。这些文字叙述，在最早的年代，龙与人同种，后分裂为二，彼此生活习惯或欲望均不相容，也许是长期地理分隔，造成渐行渐远的分歧与种族差异。帕恩智识及卡耳格族传说坚称这是刻意分离，由分裂协议——或称“夫尔纳登”“夫都南”——造成。

这些传说在卡耳格大陆最东边的胡珥胡保存最为完整，该地的龙已退化成没有高等智慧的动物，但胡珥胡人坚信人类与龙族的血缘关系；伴随这些古老传说则有近代流传的故事：变为人形的龙、变为龙形的人，及亦龙亦人的生物。

无论分裂如何发生，自有历史记载，人类便住在群岛王国中心及其以东的卡耳格大陆，龙则留在最西端岛屿，及更遥远的彼方。人类常不解龙族为何选择空无大海为领土——龙是“风与火的生物”，栽入海中便会溺毙，但它们无须在水面或陆地降落。它们依凭翅膀而生，在空中、日光、星光中飞翔。龙唯一需要的地面，是崎岖多岩处，以便下蛋、养育小龙。西陲最远程那些狭小贫瘠的岛屿，符合这项需求。

《伊亚创世歌》并未明显提及龙族与人类同源，或日后如何分离，但这可能是因为这篇诗歌的正本据传以创生语写成，年代早在分裂之前。诗中有关人龙同源的最佳证据是其中古赫语词“阿拉斯”，此词通常解读为“人民”或“人类”，但语源（出自《阿特与萨阿之真符文》）是“文字生物”“说话者”，可能正意为龙族或包含龙族。歌谣中另一个偶尔使用的词为“阿勒拉斯”，意指“真字生物”“说真字者”“说真言者”，可能意指人类巫师、龙族，或两者皆是。晦涩的帕恩智识认为，此词同时意指巫师与龙。

龙生而通晓真语，或如格得所说，“龙及龙语为一体两面”。即便人类最初也拥有这份天生的智识或身份，如今俱已丧失，一如早已丧失龙性。

## 语言

太古语，又称创生语，是兮果乙在时间之始，用以创造地海诸岛的语言，咸认毫无界限，因它赐予万物真名。

如上述，龙生而知晓这语言，人类则不然。不过也有例外。有强大魔法天赋，或透过人类与龙族古老血缘关系的少数人类，也天生知晓某些太古语词汇，但多数人都必须通过学习来知晓太古语。操持魔法的赫族人透过师父习得，术士及女巫学得少数，巫师学到许多，有些人则几乎可以像龙一般流利使用。

咒文皆至少使用一个太古语词，不过，村野女巫或术士未必确知其意。宏深咒文完全以太古语组成，只有念诵时才得以理解。

群岛王国的赫语、欧司可语、卡耳格语，都是太古语的远房后裔，但这些语言皆无法编组魔法咒文。

群岛王国人民说赫语，方言与岛屿同多，但未差异到彼此完全无法了解。

欧司可及西北二岛使用的欧司可语，比之赫语，更近似卡耳格语。这三种语言中，卡耳格语的词汇、句构与太古语的差别最大。大多数说卡耳格语的人，正如同多数说赫语的人，不了解两者语出同源。群岛王国的学者意识到此事，但多数卡耳格人加以否认，他们分不清赫语与咒语中使用的太古语，将群岛王国语言尽皆视为邪恶魔法，感到恐惧、鄙视。

## 文字

据说文字由符文师父发明，他们是群岛王国首批伟大巫师，或许为了保留太古语而发明文字。龙没有文字。

地海有两种截然不同的文字：真符文与符文文字。

群岛王国的真符文包含创生语字词。真符文不仅是象征，更是创因：可让事物出现，令某桩状况发生，或实现某事件。写出此符文便是行动，行动的力量则依客观环境而定。大多数真符文只出现在古籍与术典中，只有受过专门符文训练的巫师才会使用。不过，其中有多种经常使用，连未经学习的一般人也非常熟悉，例如写在门框上保护房子免遭祝融之灾的符文。

真符文发明很久之后，发展出一套与之相关却不带魔法的符文文字，用于撰写赫语。这种文字影响现实的能力与任何文字并无二致，换句话说，影响力虽然间接，却也可观。

据说，兮果乙最初在风中以火写出真符文，因此真符文与创生语在同一时期出现，但此说可能有误，因为龙不使用真符文，即便识得，也不会承认。

每个真符文都有其含义、言外之意，或特定范围的意义。赫语多少可予以定义，但这么说比较好：这些符文不完全是文字，而是咒语或行动。然而，真符文必须存在于太古语句中，由巫师说出或写成，不能以陈述句呈现，须带有行动意图；施咒时还须辅以声音手势。满足这些条件后，文字或符文的力量才会完全释放。

需书写记录时，咒文皆以真符文写成，偶尔也混入赫语符文。以真符文书写，就如同以太古语说话一般，是所述言语一定真实可信的保证——是人就须遵守。人无法以太古语说谎，龙却可以——至少龙是这么说的。如果龙说的这句话是谎言，岂非又证明了它们所言为真？

真符文在口语中的名称，可能是太古语中指涉的字词，或是译成赫语时的言外之意之一。常用的符文名字，一般说赫语的人都随意使用，例如庇耳（用以抵御火灾、风灾、疯狂）、西弗（一路顺风）、西姆（工作顺势）等；操弄魔法的人即使说这些人尽皆知的常用名字，也非常谨慎，因为这些名字其实都是太古语词汇，可能在不期中或意料外，影响事件本身。

所谓“赫语符文六百”，其实不是用来撰写普通语言的赫语符文，而是真符文，附有“拴锁”，普通语言中无法启动。这些符文在太古语中的真名必须默记。求知欲强的魔法学徒会进一步修习“进阶符文”“伊亚符文”及其他种种符文。如果说太古语无边无际，则符文亦然。

日常赫语为了政务、商务、个人传信、记录历史、故事、歌谣等，以赫语符文工整写成。大多数群岛王国人民在数年就学时间中，便学数百到数千个字词。无论口语或书写，赫语在施法上都毫无用处。

## 文学与历史渊源

一千五百多年前赫语符文成形，使叙事写作得以进行。此后，以歌唱或口语流传的《伊亚创世歌》、《冬颂》、行谊、叙事诗、歌曲等，皆经人抄写，以文字保存。口耳相传的方式依旧存在。许多古文抄写本可避免内容差异过大或完全失传，但歌谣、历史为孩童教育的一部分，由口耳教学，借由人声，一代传一代。

古赫语与现代语在词汇及读音上有所差异，但硬记死背、定期背诵、聆听古典作品，也保存了古语言的意义（或许有助于遏止日常言谈中语言流失），赫语符文如同汉字，可包含多种不同读音及意义转变。

行谊、叙事诗、歌曲、流行歌谣仍以口语表演的方式创作，创作者多为专业歌手。受欢迎的新作不久便写在大幅纸上，或收入丛集。

无论表演或默诵，此类诗篇及歌曲的价值尽在内容，而非良莠不齐的文学质量。主要诗作手法有松散的格律、头韵、制式定句、反复构砌等，内容包括神话、史诗、历史叙事、地理描述、自然观察、农业活动、海洋知识，及手工艺、劝世故事与寓言、哲学、幻想、性灵诗篇与情歌等。行谊及叙事诗通常经人吟诵，歌谣则由人演唱，伴以打击乐。专业念诵者与歌手可能以竖琴、六弦提琴、鼓及其他乐器伴奏。歌曲通常较少叙事内容，而多因曲调受到喜爱及保存。

史书、记载及魔法巫术，仅以书写形式留存，晚期常混合赫语符文及真符文。术典（由一名或一门系巫师创写注释的咒文合辑）通常只有一份。

要牢记的是：这些术典的文字，不可念出声。

欧司可人使用赫语符文撰写语言，因为他们主要与赫语区贸易往来。

卡耳格人对任何书写形式都深深抗拒，认为书写为巫魅邪恶。他们以不同颜色、不同重量的毛线编织，从事复杂的账务与记录；卡耳格人也是数学专家，使用十二进制。在众神王掌权后，卡耳格人才开始使用符号文字，且非常罕见。官员及商人经过些许简化、增添，将赫语符文改编为卡耳格文，以应商业及外交之用。但卡耳格族祭司从不学习书写，许多卡耳格人仍每写一个赫语符文，便轻画一道，以剪除潜藏的巫术。

# 历史

说明：许多岛屿有当地的纪年方式。群岛王国上，最广为使用的计日系统源于《黑弗诺叙事诗》，以莫瑞德继位年定为史上第一年。依照这套系统，此处的“现时”，实为群岛王国一〇五八年。

## 起源

我们已知的古代地海，皆可从诗篇与歌谣中寻获，这些诗篇与歌谣远在抄写之前，便已口耳流传数百年。

《伊亚创世歌》是最古老、最神圣的诗篇，至少以赫语流传了两千年，原始版本可能在这数千年前便已存在。诗中三十一个诗节诉说兮果乙如何在时间之初抬起地海诸岛、以创生语命名、创造万物。该诗篇最初便以创生语念诵。

然而，根据歌曲内容，海洋比岛屿更古老。

先于明灿之伊亚
先于兮果乙造屿
拂晓之风抚于海

而在柔克圆丘、心成林、峨团陵墓、铁若能、帕欧之唇及许多地方出现的大地太古之力，可能与世界同时出现。

兮果乙可能是大地太古之力，或曾是大地太古之力之一，也可能是大地本身的一个名称。有人认为，所有龙，或特定的龙、特定的人，即是兮果乙化身。唯一确定的是，“兮果乙”一词是从古赫语动词“兮即”衍生的古老敬称，“兮即”意谓“创造、塑造、刻意出现”。同一字根衍生名词“伊兮即”，意指“创造力、气息、诗篇”。

《伊亚创世歌》是群岛王国教育的基础。年满六七岁的孩童都听过该诗篇，且多数已开始背诵。凡无法默记，与他人吟诵、歌唱此诗的成人，或无法教导孩童此诗者，均被视为极端无知。这首诗在冬春两季教授，每年在长舞节庆祝夏至时全曲唱诵。

《地海巫师》曾引用其中一段：

唯寂静，出言语；
唯黑暗，成光明；
唯死亡，得再生；
鹰扬虚空，灿兮明兮。

《地海孤儿》引用第一诗节开端：

自无而有，
自始而终，
孰能知悉？

凡人得门而入，

但分其道也。

永归万物中，

至寿者，守门者，兮果乙……

及第一诗节末句：

是以，光明伊亚升于浪沫。

# 群岛王国史

## 英拉德众王

现存最古老的两篇史诗（或历史文本）为《英拉德行谊》与《少王行谊》，后者又称《莫瑞德行谊》。

《英拉德行谊》大多似乎纯属虚构，讲述莫瑞德之前的王，及莫瑞德登基后第一年。这几位统治者的首都在英拉德岛的贝里拉。

英拉德岛早期的王及女王——拉尔阿沙、多亨、恩纳珊、提曼、塔戈塔等人——逐渐扩大统治权，最后自行宣称为地海统治者。领土最南只达伊里安岛，不包括东边的飞克威岛、西边的帕恩及偕梅岛、北边的欧司可岛，但他们确曾派遣探险者前往内极海与陲区。地海最古老的地图，约一千两百年前于贝里拉绘成，目前藏于黑弗诺宫典籍库。

这几位王及女王略通太古语及魔法，其中有些人的确是巫师，有些则由巫师提供咨询或协助。但《英拉德行谊》中的魔法是飘忽不定的力量，依靠不得。莫瑞德是首位被称为法师的人以及王。

莫瑞德

冬至日回宴中唱颂的《少王行谊》，诉说莫瑞德的故事。人称莫瑞德为法师王、白法师、少王。他出自英拉德岛宗室的旁系血亲，继承表亲的王位，祖先是巫师，担任王室顾问。

诗篇以群岛王国最为人熟知及珍爱的爱情故事开始，即莫瑞德与叶芙阮的故事。年轻的王在统治第三年，南下到群岛王国中最大的黑弗诺岛，平息当地城邦间纷争。他乘“无桨长艇”回航时，来到索利亚岛，“于春之果园”见到叶芙阮——人称“索利亚岛女”或“索利亚女士”。他未继续前往英拉德岛，而留在叶芙阮身旁。为许下婚盟，莫瑞德赠予她一只银手环或臂环，那是他的家传珍宝，刻有独特强大的真符文。

莫瑞德与叶芙阮成婚，诗篇将他们统治的年岁描述为短暂的黄金时期，及日后道德与统治的基石与标准。

两人成婚前，一名法师或巫师也追求叶芙阮，其名从未明言，只以“莫瑞德之敌”或“杖主”称之。此人不愿释怀，决心夺回叶芙阮。两人婚后和平的短短数年，杖主法力逐渐壮大。五年后，他以诗中词语前来宣称：

> 叶芙阮若非我所有，我将毁言兮果乙之字，
> 我将毁灭岛屿，由白浪淹没万世。

他的法力能在海上唤起巨浪，也能阻止或提早引入潮汐；声音能迷惑全体人民，凡听他言语者，都陷入他掌控。因此，他命令莫瑞德的人民反叛。英拉德村民大喊被王背叛，便摧毁自己的城市与农田，水手凿沉自己的船，士兵服从敌人咒法，在血腥毁灭的战争中相互残杀。

莫瑞德试图将臣民自咒语中解放，与敌人对战时，叶芙阮带着一岁稚儿回到故乡索利亚——她的力量会在当地达到巅峰。但敌人尾随而至，意图将她变成阶下囚与奴隶。她藏身恩沙诸泉，凭着对该处太古之力的智识，得以抵抗敌人，将他驱离该岛。诗篇有言："大地甘泉逐退咸苦之敌。"但他在逃逸途中俘获叶芙阮兄长萨兰，当时萨兰正从英拉德岛启航前去帮助胞妹。杖主将萨兰变成尸偶或工具，派他传口信给莫瑞德，说叶芙阮带着孩子逃往英拉德之领的小岛。

莫瑞德听闻口信，掉入陷阱，险些葬身。敌人从英拉德岛西方往东，沿着废墟一路追赶。在英拉德岛平原上，莫瑞德遇见依然忠诚的同伴，大多是水手，自英拉德率领船舰前来协助，于是莫瑞德转身战斗。敌人不与他直接对战，而派莫瑞德手下受魔法束缚的战士迎击，更可怕的是，敌人以术法干缩战士的躯体，直到他们"存活，却似沙漠之黑干尸"。为保护子民，莫瑞德退兵。

莫瑞德离开战场时，天空降雨，他看到敌人的真名以雨滴写在沙土上。

知晓敌人真名，便能对抗其咒术，将之驱离英拉德岛，"驾乘西风、雨风、浓云"，一路追击，越过冬季海洋。双方势均力敌，最后对战中，两人在伊亚海附近双双身亡。

敌人因痛苦煎熬，愤而掀起大浪，使其全速淹没索利亚岛。莫瑞德身亡瞬间，叶芙阮便得知此事。她命令子民全数上船，然后，诗曰“她手持小竖琴”，在等待毁灭浪潮来袭——唯莫瑞德或能平息——的时辰内，完成歌曲《白法师挽歌》。岛屿淹没海中，叶芙阮亦随之溺没，然而，她的柳木摇篮船却安然漂离，将其子瑟利耳带到安全之地，身上带着莫瑞德的信物——刻有和平符文的环。

群岛王国的地图上，索利亚岛以空白或漩涡标示。

继莫瑞德之后，英拉德另有七位王或女王执政，国土稳健扩大富庶。

### 黑弗诺众王

莫瑞德死后一百五十年，阿肯巴王——威岛虚里丝的王子——将宫廷迁往黑弗诺，让黑弗诺大港成为王国首都。黑弗诺比英拉德更趋地海中心，位置更宜交易或派遣舰队保护赫族岛屿，免受卡耳格抢夺侵略。

《黑弗诺叙事诗》记述黑弗诺十四位王的历史（事实上是六位王及八位女王，约一五〇年至四〇〇年）。由男女双方家族血统及群岛王国几个贵族间联姻而成，皇室包括五大家族：英拉德家族，最古老的一支，直接承袭莫瑞德及瑟利耳的血脉；虚里丝、伊亚、黑弗诺家族；最后是伊里安家族。海生杰玛王子是伊里安家族中首位继承黑弗诺王座的人。他的孙女为赫露女王，赫露之子马哈仁安（统治期间为四三〇年至四五二年）是黑暗年代前最后一位王。

黑弗诺众王统治的年代富庶、开创、强盛，但在该时代最后百年，来自东方卡耳格及西方龙族的攻击变得频繁激烈。

负责保卫群岛王国诸屿的王、贵族及岛长逐渐依赖巫师，以击退龙族及卡耳格船舰。在《黑弗诺叙事诗》及《龙主行谊》中，随着故事进展，这些巫师的名字与事迹开始盖过王治记录。

伟大的学者法师阿斯编纂一本术典，搜集许多零散知识，尤其是创生语词汇。此《真名之书》成为命名基础，是魔法技艺系统的一环。王派他至西方击败或驱散不断在西方诸岛追逐牛群、放火、毁坏农庄的龙群，同时，他将书留予帕笛岛一名法师同僚。在安丝摩岛西方某处，阿斯与巨龙奥姆对战，这场战斗众说纷纭，虽然此后龙族暂止侵扰，但可确定的是，奥姆战后幸存，阿斯却因此身亡。他的书遗失了数百年，目前藏于柔克的孤立塔。

据说龙族以光或火为食，为保护幼龙，在盛怒下会杀生，也为取乐而杀生，但从不食用猎物。自太古以来，到赫露统治期间，它们只占用西陲最外缘岛屿——可能是它们领土的最东缘——作为会面及生育之用，绝少出现在多数岛民眼前。龙族天性易怒高傲，内环王国人口渐增，渐趋富庶，或许让龙族倍感威胁，因为即便是西陲，船只往来也日渐频繁。无论原因为何，那些年里，它们愈来愈常突袭西方岛屿的羊群、牛群及村民。

胡珥胡岛上流传着一则故事，叙说知名的“夫都南”（意即“大分裂”），提到：

人选择重负，
龙选择双翼。
人选择拥有，
龙选择舍弃。

意为人类选择占有财产，龙族选择舍弃。然而，如同人类也有苦行僧，有些龙也贪图闪亮的物品、黄金、珠宝，例如耶瓦德，它有时会以人形在人群间行走，一度将富饶的蟠多岛变成龙族育儿室，最后才被格得赶回西方。但根据叙事诗及歌曲，龙族劫掠的动机似乎不是贪婪，而是愤怒，出于某种受骗、背叛的感觉。

叙述龙族劫掠及巫师报复侵略的行谊及叙事诗，将龙族描绘为无异于野生动物般无情、骇人、高深莫测的生物，但颇为聪慧，有时还比巫师睿智。虽然它们说真言，却善于诡辩，其中有些龙显然喜欢与巫师斗智，“以岔舌狡辩”。龙族与人类相同，只有最伟大的龙才会以真名示人。在叙事诗《哈萨行》中，龙族为难以对付但感情充沛的生物，理应对人类入侵的舰队感到愤怒，因为它们深爱自己荒凉的领土。它们对英雄说：

> 航返日出之屋，哈萨
> 留西拂长风于吾翅
> 留吾天海、未知、无极……

### 马哈仁安及厄瑞亚拜

女王赫露又名鹰后，承继父位，其父为伊里安家族的邓格玛。王夫艾曼属于莫瑞德家族。她统治满三十年后，将皇位传给两人之子马哈仁安。

马哈仁安的法师顾问及形影不离的好友是一介平民，即“无父人”，是黑弗诺内陆村庄女巫之子。他是群岛王国最钟爱的英雄，其故事传于《厄瑞亚拜行谊》，仲夏长舞节时，乐师都会唱诵。

厄瑞亚拜的魔法天赋在幼时便显而易见。他被送到宫廷，由宫廷巫师训练，女王挑选他作为王子友伴。

马哈仁安与厄瑞亚拜结为肝胆之交。他们并肩作战十年，对抗卡耳格人，因为卡耳格偶尔东来的袭击，近来已成围捕奴隶的殖民入侵。芬围、托何温及托里口群岛、司贝维、佩若高，及部分弓忒，在卡耳格统治下已有一代，甚或更久。厄瑞亚拜在威岛虚里丝施下强大法术，对抗卡耳格军队，那批军队搭乘“千艘船舰”，在威岛沼泽登陆，蜂拥横越本岛而来。他用名为“水智识”的太古之力乞愿咒（也许是叶芙阮在索利亚用以抵御敌人的同一咒语），将虚里丝喷泉（威岛领主花园中的神圣泉水及水池）水流变成一道将入侵者冲回海岸的洪流，马哈仁安的军队就在岸边等待。舰队中没有一艘船回到卡瑞构。

厄瑞亚拜的下一个挑战是个名叫“火焰领主”的法师，法力强到可以将一天延长五个小时，但无法实现誓言，让太阳在正午静止，将黑暗永远驱离岛屿。火焰领主变换为龙身迎战厄瑞亚拜，终究战败，牺牲了伊里安的森林与城市——他在战时纵火燃烧。

其实，火焰领主可能是化为人形的龙，因其死后不久，打败阿斯的巨龙奥姆便领着数群族人骚扰群岛王国西方诸岛，也许正是为了替火焰领主报仇。这些飞航的熊熊火光极令岛民恐惧，数百艘船载着人民从帕恩岛及偕梅岛逃往内环诸岛，但龙族造成的损害远不及卡耳格人，因此马哈仁安判断，迫切的危机在东方。他亲自前往西方出战龙族，同时派厄瑞亚拜到东方，试图与卡耳格大陆的王缔结和平。

皇太后赫露将莫瑞德送给叶芙阮的臂环交给使者——艾曼在娶

亲时将环送予她。此环在瑟利耳的后裔中代代相传，是他们最珍贵的宝物。臂环上刻着绝无仅有的图形，即系连符文，又称和平符文，据信能保证和平正直的统治。“让卡耳格王戴上莫瑞德的臂环。”皇太后说道。因此，厄瑞亚拜带着这份最慷慨的礼物，发誓心向和平，只身前往卡瑞构岛的众王之城。

索瑞格王殷勤接待厄瑞亚拜，他的舰队遭受惨烈损失后，若马哈仁安不求报复，他即准备和谈，并自占领的赫族群岛撤退。

然而，卡耳格族王治已受双子神的高等祭司操控。索瑞格的高等祭司殷特辛反对所有和谈与和解，他向厄瑞亚拜挑战，进行巫术对决。因卡耳格人不施行赫族认知的魔法，因此殷特辛必定是将厄瑞亚拜诱骗到大地太古之力会抵消厄瑞亚拜力量之处。赫族的《厄瑞亚拜行谊》只讲到英雄及高等祭司“角力”，直到：

> 太古黑暗之衰弱渗入厄瑞亚拜四肢，
> 地母黑暗之缄默渗入其心，
> 他长期卧躺，名声及友爱皆忘，
> 长期，胸膛静躺破碎之环。

“智王索瑞格”之女将厄瑞亚拜自恍惚或囚禁咒中救出，恢复他的力量。他将剩下的半片和平之环送给她（从她开始，此环就在她的后代间传承逾五百年，直到索瑞格最后的继承人为止，那是一对被放逐到东陲蛮荒之岛的兄妹。妹妹将环送给格得）。殷特辛保留另一半碎环，那半环“进入黑暗”——即进入峨团陵墓的大宝藏室（格得在那里找到它，合并两片半环，取回失落的和平符文，与恬娜将环带回黑弗诺）。

这个故事的卡耳格版本，由祭司以神圣吟颂的方式讲述，说殷特辛击败厄瑞亚拜，使他“失去巫杖、护符及力量”，偷偷潜回黑弗诺，成为废人。但巫师在那年代不持巫杖，厄瑞亚拜面对巨龙奥姆时，绝对身心健全，法力强大。

马哈仁安王寻求和平，却从未如愿。厄瑞亚拜在卡瑞构岛时（可能为期数年），龙的掠夺行为加剧。内环诸岛受到西土逃亡难民所扰，也受中断的运输与交易烦扰，因为龙族早已开始对厚斯克岛以西航行的船只放火，甚至骚扰内极海的船只。马哈仁安所能动用的巫师及士兵尽出，前往抵抗龙族，本人也四度亲征，但利剑及飞箭对全副武装、喷火、飞翔的敌人没多大用处。帕恩岛成为“焦炭平原”，黑弗诺以西的村庄城镇也夷为平地。王室巫师在帕恩海上咒伏、猎杀了几只龙，此举可能加深了龙族的愤怒。正当厄瑞亚拜返回时，巨龙奥姆飞到黑弗诺城，以火焰威胁王城高塔。

厄瑞亚拜以“被东风磨透的帆”航进海湾，无暇“拥抱肝胆之交，问候家乡”，立即变成龙形，飞到欧恩山上方与奥姆战斗。黑弗诺宫中也看得见“子夜的空中火焰”。它们往北飞，厄瑞亚拜紧追在后。在道恩附近海面，奥姆再度转身，重挫法师，令他不得不降到地面，恢复自己的形体。他来到太古岛伊亚——兮果乙从海中抬起的第一座岛——奥姆追赶在后。在那神圣强劲的土壤上，他与奥姆相会。双方停战，以平等身份对谈，同意结束两族间的敌对关系。

不幸的是，王室巫师对龙族攻击王国中心感到愤怒，也因帕恩海之胜而鼓舞，早已乘船前往遥远西陲，攻击龙族养育下一代的小岛与岩石，杀死许多雏龙，“以狼牙棍击碎怪物之卵”。听到此事，奥姆龙怒而又醒，它“像火箭般跃向黑弗诺”（龙在赫语及卡耳格语中泛指男性，但事实上，龙族的性别仅限于推测，至于最古老伟大的龙，性别则是个谜）。

伤势尚未康复的厄瑞亚拜找到奥姆，将之赶出黑弗诺，追遍“整个群岛王国及陲区”，决不让它降落至陆地，一路将它逼越海洋，直到最后一次可怕的飞行中，双方经过龙居诸屿，来到西陲最后一座岛屿，偕勒多。彼处，外滩上，双方精疲力竭，以“爪、火、字、剑”，面对面决战，直到：

> 双方血流混融，染沙成红，
> 双方气息已绝，海浪声声，
> 尸体缠卧在侧，共赴死亡之境。

故事说，马哈仁安王亲至偕勒多，“泣于海边”。他将厄瑞亚拜的剑带回，置于宫中最高塔顶。

奥姆死后，又因为猎龙人的刺激，龙族依旧是西方之患，但它们不再骚扰人居岛屿及和平船运。蟠多的耶瓦德是唯一在王治年代之后劫掠内环诸岛的龙。凯拉辛，又名“至寿者”，将格得及黎白南带到柔克岛时，内极海上已有数百年不曾见过龙了。

马哈仁安在厄瑞亚拜死后数年也身故，因为他看不到和平的缔结，又看到王国中有许多动荡与纷乱。许多人都传言，既然和平之环已经遗失，便无法产生真正的地海之王。在对抗叛变领主海汶之盖西斯时，身负致命重伤的马哈仁安说出一则预言：“将继承吾之御座者，乃跨越暗土仍存活，且舟行至当世诸多远岸者。”

黑暗年代、结手、柔克学院

马哈仁安于四五二年过世后，几名继承人抢夺王位，却无人成功。区区数年内，斗争便摧毁了中央统治系统。群岛王国成为世袭封建王子、小岛及城邦政府、海盗藩王间的战场，人人都想聚财扩土，或保卫自己的疆界。交易与海运因海盗劫掠而逐渐消失，城市及乡镇遁入抵御城墙后，工艺、渔业、农业因持续劫掠及战争而受到影响，王治下不存在的奴隶制度再度普及。魔法是掠夺及战争的主要武器。巫师或将自己外聘给藩王，或为自己争夺权力。由于这些巫师不负责任，扭曲自身力量，魔法开始招致争议。

龙族在这段期间并未构成威胁，卡耳格人也陷入内部冲突，但年岁推移，群岛王国社会分化愈显严重。道德与智慧的传承只余创世歌、其他传说与英雄故事的知识与教导，及手工艺与技能的保存，其中也包括用于正道的魔法技艺。

“结手”是组织松散的联盟，宗旨为了解魔法，依道德使用魔法、教导魔法。此组织在马哈仁安死后约一百五十年，由柔克岛上男女组成。由于瓦梭的法师藩王视“结手”为政治主权的威胁，便劫掠柔克，几乎杀尽岛上成年男子，但“结手”早已延伸至全内极海岛屿。此社群以“结手之女”的身份存在数百年，一直维持模糊而旺盛的情报、沟通、保护及教学网络。

大约在六五〇年，柔克的伊蕾哈和雅菡两姊妹、寻查师弥卓及其余结手之人，在柔克建立一座学院，搜集、分享知识，厘清学问范畴，并对巫术使用加诸道德控制。由于结手在其他岛上都有成员，学院名声及影响力快速扩大。黑弗诺法师帖列尔视学院为不受控制的个人力量，深感威胁，便率庞大的舰队前去摧毁柔克。他自己反遭摧毁，船舰零落四散。此项首度胜利奠定柔克学院牢不可破的声誉。

在柔克稳定成长的影响下，巫术塑造成一套条理分明的知识体系，功用渐受道德与政治目的控制。在学院完成训练的巫师，前往群岛王国其他土地，对抗藩王、海盗、世仇的贵族，阻止劫掠及抢夺，强制边界和平，保护个人、农场、城镇、城市、海运，直到社会秩序重新建立。早年他们奉命前去执行和平，而后受召维持和平。在黑弗诺王座悬虚的两百年中，柔克学院俨然是群岛王国的中央政府。

柔克大法师的权力在许多方面与王类似。野心、骄傲与成见的确影响首任大法师哈尔凯，令他创造属于自己的权力头衔。但学院持续的教诲与行为，及同僚间的警惕，也有效抑止并预防哈尔凯其后的大法师严重误用己力削弱他人、壮大自己。

然而，魔法在黑暗时期得到的邪恶声誉，却继续依附在许多术士及女巫的行为上。女人的力量特别遭致怀疑诽谤，因认为它会与太古之力合二为一，情况更为严重。

整个地海有几处泉水、山洞、小丘、岩石、树林，曾是全副力量及神圣的地址，当今亦然。这些地方皆受当地人恐惧或崇拜，有些则远近驰名。

了解这些地方与力量，是卡耳格领土的宗教核心。在群岛王国中，太古之力的知识依然是部分深沉普遍的思想及崇敬基础。环顾诸岛，多半由女巫施行的技艺，如接生、治疗、照料牲口、探水、采矿及冶金、种植及生长法咒、爱情法咒等等，经常援引或求助于太古之力，但柔克学富五车的巫师通常不信任古老仪式，不会求助“地母大力”。只有帕恩岛巫师会在神秘、深奥、据传危险的帕恩智识中，混合两种仪式。

虽然太古之力与所有力量一样，可堕落为邪恶的用途，以满足野心（如欧司可的铁若能石），本质却神圣，且先于道德概念。然而，在黑暗时期及其后年代，巫师在赫族土地上，将太古之力女性化、鬼怪化，卡耳格大陆的祭司王及神王亦然。时至第八世纪，群岛王国内环诸岛中，只有村妇在这些神圣场所进行仪式及奉献。她们因这种行为而受鄙视或伤害。巫师远离这种地方。柔克是全地海大地太古之力的中心，这些力量在柔克圆丘及心成林最深沉、完整呈现，却无人如此加以形容，只有终其一生住在大林的形意师父，将人类技艺、行为，跟大地的古老神圣联结，提醒巫师及法师，他们的力量不属于自身，而是暂借而来。

## 卡耳格大陆史

卡耳格四大陆的历史几乎多为传说，不外乎数千年来组成卡耳格社会的部落、城邦、小王国当地的争端与调停。

奴隶制度常见于许多城邦，且存有社会种姓制度及性别差异（“分工”），比群岛王国更严苛。

即使在最好战的部落间，宗教也是团结的一项要素。四大陆中，有数以百计的和平之地，不允许战争或争执。卡耳格宗教即是家庭与社群对太古之力的崇拜，太古之力是神秘或具大地母性的力量，以地方神灵显现，在圣址及家中神坛，接受鲜花、香油、食物、舞蹈、赛跑、祭礼、雕塑、歌谣、音乐、沉默等等不同献礼崇拜。崇拜兼具随性及仪式，存在于个人及社群。没有祭司组织，任何成人都可以举行仪式，并教导孩童。这种古老的灵魂仪式，在双子神及神王等新进宗教制度出现后，依然非正式、非公开地进行。

在四大陆无数圣树丛、洞穴、山陵、泉水、岩石中，最神圣之处在峨团沙漠的洞窟及地面岩石，人称“陵墓”。最早记载中，此地为圣地，峨团与胡庞地方的王在当地均设立旅店，接待朝圣者。

六七百年前，一种天神宗教开始散布岛屿，由双子神信仰发展而来。双子神是阿瓦及乌罗，原为胡珥胡一则沙漠传奇里的双生英雄，之后加上天父作为诸神之首，发展出祭司阶层，以带领仪式。双子神及天父的祭司未压制对太古之力的崇拜，而是将宗教职业化，管理仪式及祭典，增建日益昂贵的庙宇，控制公开仪式，如婚礼、葬礼、官员就职等。

此宗教的阶层分级以及集中化倾向，首先支持卡瑞构岛胡庞王的野心。透过武力及外交策略，胡庞家族约在百年内，征服或吸收了多数卡耳格小国，总数共计超过两百。

厄瑞亚拜前来为群岛王国及卡耳格大陆缔结和平，带来系环作为信物，宣示王的诚意时（赫历四四〇年），即前往胡庞，视此地为卡耳格帝国首都，并待索瑞格王以统治者之礼。

但数十年来，胡庞王一直与高等祭司及阿瓦巴斯信徒互有冲突，阿瓦巴斯为圣城，离胡庞五十英里远。双子神祭司从国王手中夺走力量，让阿瓦巴斯不只是宗教中心，也是国家政治中心。厄瑞亚拜的造访似乎正碰上权力从国王转移至祭司的末期阶段。索瑞格王以荣耀接待他，但高等祭司殷特辛与他争斗，击败或欺骗他，并囚禁他。即将系结两王国的环也为之断裂。

这次争斗之后，卡耳格王的血脉继续在胡庞流传，名义上受到尊重，却无实权。四大陆由阿瓦巴斯统治。双子神高等祭司亦成祭司王。

群岛王国历八四〇年，祭司王之一对另一人下毒，宣布自己是天父、神王化身，以肉身受人膜拜。双子神崇拜继续，广受欢迎的太古之力亦然，但宗教及世俗力量从此都在神王手中，神王则由阿瓦巴斯的祭司选出（常多少隐藏暴力），加以神化。四大陆宣告为天之帝国，神王的正式头衔是万王之帝。

胡庞家族末代继承人是一对男女孩童，安撒与安秀。神王希望终结卡耳格王族血脉，却不愿因王族流血而蒙上渎神之罪，便下令将两个孩子流放荒岛。安秀公主的衣服及玩具中，有半个由厄瑞亚拜携去的破环。她垂垂老矣时，将此环交给因船难漂流到岛上的格得。之后，在峨团护陵第一女祭司阿儿哈（恬娜）协助下，格得终于接合破环，重新创造和平符文。他与恬娜将愈合的环带回黑弗诺，等待莫瑞德及瑟利耳后裔黎白南。

## 魔法

群岛王国的赫语族中，施展魔法的能力就像音乐天赋，为天生才能，只是更为稀有。多数人完全缺乏天赋。少数人，也许百里挑一，拥有潜在可培养的天分，未经训练便已表露天分的人更为稀少。

魔法天赋主要在使用真言（即创生语）时，获得力量。真言中，事物真名就是事物本身。

这种语言是龙族天生的能力，人类也可以学习，有些人天生未经教导，便至少知道几个创生语词。教导创生语即为教导魔法的核心。

人的真名是真言中的一个词。女巫、术士、巫师天分必备的一项要素，就是知晓孩子真名，并赋予孩子真名。只有在特定情况、正确时点（通常是青少年早期）、正确的地方（一道泉、一池水，或流动的河），才可唤起这份知识，领受赐礼。

因为人的真名代表其人，字字属实、毋庸置疑，凡知晓真名者，便拥有此人真正的力量，得以操纵其生死。通常真名只有赠予人及拥有人知道，两人毕生都将之视为秘密。赐予真名的力量与守密的责任一体。有人出卖过真名，但绝非赠予真名的人。

有些人天赋异禀、训练有素，能找出另一人的真名，甚至让真名不寻自来。因为此类知识可以出卖或误用，所以极端危险。凡人都会保守真名的秘密，龙族亦然，而巫师则以咒语隐藏、守御真名。莫瑞德甚至要见到敌人真名以落雨写在沙上，才能与之对战。格得能逼迫耶瓦德服从，是因他巫术与学识俱全，发现耶瓦德数百年以来埋在假名下的真名。

魔法在莫瑞德年代以前，是狂放的天赋，莫瑞德以王与法师的双重身份，制定魔法技艺的知识及道德准则，聚集巫师前来宫廷合作以共谋福祉、研究技法的道德基础与限制。这份和平持续到马哈仁安的王祚。黑暗年代，因无法控制巫师的力量及广泛误用，魔法遂逐渐恶名昭彰。

## 柔克学院

如同上述，学院约设立于六五〇年，而九位师父，又称柔克九尊，原本是：

风钥师父：执掌控制天候咒语的师父；

手师父：执掌幻象的师父；

药草师父：执掌治愈技艺的师父；

变换师父：执掌改变物体及肉体咒语的师父；

召唤师父：执掌召唤生灵及亡者咒语的师父；

名字师父：执掌真言知识的师父；

形意师父：心成林的居士，执掌真意及意图的师父；

寻查师父：执掌寻查、束缚、归还咒语的师父；

守门师父：执掌进入及离开宏轩馆的师父。

首位大法师哈尔凯废除寻查师头衔，以诵唱师父取代。诵唱师父的工作是保存及教导所有口传行谊、叙事诗、歌曲等等，并唱诵咒语。

女巫、术士、巫师等词的用法原本松散，只是粗略描述，而哈尔凯严格制定其层级。在他的规定下：

女巫术只限女性使用。女性操持的魔法一律称为“低层法艺”，尽管包括人称“高等技艺”的法艺，如治愈、诵唱、变换等等。女巫只能彼此学习或向术士学习，不得进入柔克学院——哈尔凯全力阻挠巫师教导女性，特别禁止教导女人任何真言字汇。虽然这禁令普遍受漠视，但长久下来，操持魔法的女性却深刻、持久地丧失了知识与力量。

术法由男人操持，除此之外，与女巫术并无不同。术士互相训练，略识真言。术法包括哈尔凯定义的“低层法艺”（寻查、修补、探水、治疗动物等）以及某些高等技艺（治疗人类、唱诵、天候操控）。展现术法天分，继而送到柔克受训的学生，首先修习术法高等技艺，如果修成，便可继续深造其他魔法技艺，尤其是命名、召唤、形意等等，继而成为巫师。

巫师，在哈尔凯的定义下，是接受另一名巫师特别督导训练，然后从这名巫师手中领取巫杖的男子。巫杖通常由大法师赐给学生，使之成为巫师。这种教导及传承也在柔克以外的地方进行，如帕恩岛，但柔克师父逐渐怀疑任何非于柔克接受训练的学生。

法师基本上仍属未加定义的词汇，是法力高强的巫师。

大法师的名称与职位为哈尔凯发明，柔克大法师是第十位师父，从不算在九尊内。大法师是道德及智慧的中枢力量，也拥有可观的政治权力。整体而言，这份力量用于良善之事。为了维持柔克为群岛社会强健、集中、正常、和平的要素，大法师会派遣受过训练、了解操持魔法道德的术士及巫师，保护社群，免受旱灾、瘟疫、入侵者、龙族，及错用魔法技艺的伤害。

自从黎白南王加冕，黑弗诺大港之高廷与议会复职后，柔克便没有大法师。这个原本不属于学院或群岛王国统治的职位，似乎既不合用，也不适宜；被许多人称为大法师之最的格得，可能是最后一位。

## 禁欲及巫术

柔克学院由男女两性共同建立，最初数十年，男女双方都在学院教导与学习，但自黑暗年代起，人们普遍视女性、女巫术、太古之力为不洁，深信男人必须自我准备，审慎避开“低层咒语”“土智识”、女色，以施展“高等技艺”。不愿受制于禁欲咒钢铁控制的男子，永远不得施用高等技艺，顶多只能当普通术士。因此，男性巫师开始躲避女性，拒绝教导女性，或向她们学习。女巫施用技艺，几乎清一色维持自己的性别本能，因此被禁欲男子形容为魅惑的妖妇，不净、污蔑、本质邪恶。

七三〇年，威岛的哈尔凯任首位柔克大法师，将女子自学院摒除，九尊中只有形意师父及守门师父抗议，却遭否决。三百多年来，没有一位女子在柔克学院学艺。那几百年中，巫术是受尊崇的技艺，带来社会地位权力，而女巫术是不洁、无知的迷信，由女人操持，受雇于乡野村民。

巫师必须禁欲的信念，数百年来未曾受到质疑，最后可能成了心理上的事实。然而，去除这层偏见后，魔法与性欲之间的关系，似乎视个人、魔法、状况而定。毫无疑问，即便是伟大如莫瑞德的法师，也同时为人夫、为人父。

五百多年来，有野心操作宏深法术的男子，会矢志绝对禁欲，并自行施咒强迫执行。柔克学院里，学生从进入宏轩馆那一刻起，便活在这个守贞咒下，日后若成为巫师，则终生奉行。

极少有术士严格禁欲，许多人选择结婚养家。

施用魔法的女性可能间断禁欲及禁食，并遵守其他公认具有净化及集中力量的纪律，但多数女巫具有丰富的性生活，也比多数村妇自由，无须害怕受虐。许多女巫与另一名女巫或平凡女子许下“女巫婚盟”。女巫不常与男性结婚，即使结婚，也可能会选择术士。

# 作者后记

# AFTERWORD

如果《地海传奇》系列的第五本书是一部长篇小说的话，对我和我的编辑来说都将是一件幸事，但很遗憾，它不是。有些时候，那些构成故事的元素没办法顺利汇合到一个故事当中，而是极其自然地相互分离，成为了不同的故事——有的可能发生在好几个世纪之前，有的发生在黑弗诺，有的发生在偕梅……我必须将那些我所未曾到达的岛屿和年代一一遍历，才可以写出地海系列的最后一部书。虚构一个故事有时就像科学研究，又像是探险活动，知识与知识之间存在着数量巨大的鸿沟，而我则摸索着将它们弥合，就像丢出一座桥梁，像蜘蛛乘风飞起、为蛛网织出第一道弧线，在降落之前它并不知道弧线的另一端在哪儿。

贝多芬的最后一部交响曲一直是我的挚爱，它的创作历程异常坎坷，一个个主题被兴起然后被抛弃，一个个段落被重复然后被终止。那里有着无数鸿沟，它们被摸索、被探寻，直至作曲家爆发出沮丧的声音——“啊！朋友，这调子还不对！”[①]最后，桥梁跨越虚

① 原文为“Freunde, nicht diese Töne”，即《欢乐颂》的第一段歌词。

空，所有的一切开始汇合。

在2001年，《地海故事集》最初面世的时候，我曾为它写下一段序言：

在《地海传奇》第四部《地海孤儿》结尾，故事已到达我当时以为的现时。就像在所谓现实世界中的现时一样，我不知道接下来会发生什么事。我可以猜测、预言、担心、希望，但仍不知道将会发生什么。

无法再接续《地海孤儿》的故事（因为尚未发生），又傻傻认定格得与恬娜的故事已达“从此幸福快乐”的大结局，所以我为该书取了一个副标题——“地海终章”。

哎，愚蠢的作家。现时是流动的。即使在故事时间、梦境时间、很久以前的时间，现时也不等同于当时。

在《地海孤儿》出版七八年后，有人请我写一套发生在地海的故事。我仅瞥一眼便发现，在我不注意时，地海已发生许多事。我该回去了解，现时发生了什么事。

为了给《地海传奇》的故事赋予真正的质量和形态，我必须给它设置一个终结，一座通向完结的桥梁，这就意味着，我不仅要看到那里正在发生的事情，还要回溯过去，看到那里曾经发生的事情，那些错误的事情——它们何时何地为何发生？是什么超出了范畴，导致了一体至衡的崩溃？

浸淫在无休无止的电子媒体流中，如今人们对过去的事已经不感兴趣，神话故事取代了历史，就像前文字时代那样。但我的成长环境使我养成了一种对印刷品的不可动摇的依赖，我所受的教育也使我对历史怀有近乎本能的关心——我习惯于用历史来感知现实，就如同用阳光来映照出海面的波纹。所以这里就出现了悖论，我不想为我的虚构世界编造神话，而是试图回溯它的历史——通过时间的深度，给虚构以真实。而这意味着，将会出现更多的悖论，等待着我去弥补。我将逐一尝试，或许会犯错，但最终会找到可行之策。啊！朋友，这调子还不对！

在《地海故事集》的最后，我附上了《地海风土志》一节，为地海的世界做了一个概览。其中描述的史实是我在创作书中的那些短篇时发掘出来的。

第一篇故事《寻查师》，是整个系列的“前传”，它发生在地海的四个长篇故事之前，写它的时候真的很像乘着蜘蛛丝飞向未知的地方。当年轻的河獭出发前往探寻他那黑暗、混乱的世界时，我也并不确切地明白他将去往何方。我只知道他将到达柔克岛，然后在那里找到，或者说“建立”柔克学院。跟随他的旅程，我希望能解明一件事情，为什么柔克的巫师——从我第一次知道他们起——会放弃对性的兴趣，以及有多少人性被他们一同放弃了。

所有的故事都是用来探寻这些问题的——模糊的含义、平衡与失衡、道德选择。《黑玫瑰与钻石》也与巫师的独身主义问题有关，并且抛出了这样一个问题：如果有一个选择的机会，成为巫师或成为作曲家，你会选择哪一个？为什么？在《大地之骨》中，我解明了欧吉安的身份、他的师父的身份，以及法术可以触及的极限。《高泽上》则处理了另一个问题——如果法术被理解为纯粹的力量，将会造成什么情况？我们使用力量凌驾谁、做什么？从敌人手中拯救世界？这就是全部？这就够了吗？如果力量是责任，那又是向谁负责的呢？在这个故事里，我尝试着让动物的表现彻底忽视人类对话的守则（就像T.H.怀特的《石中剑》或很多其他幻想小说那样），然后使用一种更大的、不同的规则去约束它们。

最后一篇故事《蜻蜓》，是《地海孤儿》与最后一部《地海奇风》之间的桥梁，讲述了《地海孤儿》之后发生的事件，并且连接着《地海奇风》的开头。我所研究出的龙与人的关系在这个故事中变得更加清晰了，包括柔克岛上发生的那些错误的成因也一并清晰了起来。我已经准备好为《地海传奇》的故事写下最后的乐章，调子似乎走上了正轨。

在原本的序言中，我写到：

> 撰写《地海传奇》这几十年来，我已有所改变，读者亦然。所有年代都在变化，但在我们的年代，道德与心理变革却迅速且剧烈。典型成为里程碑，广泛简单的事物愈趋复杂，混沌变得优雅，而众人确知为真的事实，也变成某些人曾以为的自以为是。
>
> 这点颇令人不安。无论我们多喜爱绚丽的无常、迷人的闪烁霓虹，仍渴望不变的事物。我们珍惜恒常的老故事：亚瑟王永远沉梦于阿瓦隆；比尔博可以到“那里再回来”，而“那里”永远是珍爱、熟悉的夏尔；堂吉诃德出发前往刺杀风车……

那时，我说：人们因此而转向奇幻领域，试图从中寻求某种恒定性、某种古老的真理、某种不变的法则；但故事的疆域也同样善变，同样不稳定，同样复杂，与人类的历史、人类的思维和现实国土的疆界一样。不论是在现实的世界还是在幻想的世界，我们与我们祖先的生活方式毕竟是大不相同了。“故事的魅力随着年岁而变化，同时也来自于这些变化。我们如今识得的十几位亚瑟王，每位都是真实的。在比尔博有生之年，夏尔横遭变动。堂吉诃德去了阿根廷，在那里遇到波赫士。”

所以我要补充一点：也许电子网络已经淹没了我们的生活，于是我们向幻想世界去寻求更多的安全，以免于被乡愁压倒。当我们进入这些幻想，有时是带有意图的、直接了当的，并且是关联着现实的。在T.S.艾略特的诗中，鸟儿唱道：“人们承受不了太多的现实。”我一直认为那是错的，或者仅仅是一种局部的看法。人们所能承受的现实远超你的想象。甚至不是承受，人们需要现实、渴望现实、追求现实。现实就是生命。使我们窒息的是那些半吊子的非现实，那些虚假之物、模造品和假冒品，那些似是而非的东西。人类的生活并不局限于名为“现时”的窄小频带之中，时间与可能性、知识与想象的广阔天地都属于他们：那才是我们的真实世界，我们的“现时”。

**图书在版编目（CIP）数据**

地海传奇5：地海故事集 / (美) 勒古恩（Le Guin,U.K.）著；段宗忱译. -- 南京：江苏文艺出版社, 2014.1（2023.12重印）
（读客全球顶级畅销小说文库）
ISBN 978-7-5399-6684-7

Ⅰ. ①地… Ⅱ. ①勒… ②段… Ⅲ. ①中篇小说－作品集－美国－现代②短篇小说－作品集－美国－现代 Ⅳ. ①I712.45

中国版本图书馆CIP数据核字 (2013) 第 245980 号



# 地海传奇5：地海故事集

［美］厄休拉·勒古恩 著　　段宗忱 译

| | |
|---|---|
| 责任编辑 | 丁小卉 |
| 特约编辑 | 孟汇一　　王予润 |
| 封面设计 | 陈　昭 |
| 责任印制 | 刘　巍 |
| 出版发行 | 江苏凤凰文艺出版社 |
| | 南京市中央路 165 号，邮编：210009 |
| 网　　址 | http://www.jswenyi.com |
| 印　　刷 | 三河市龙大印装有限公司 |
| 开　　本 | 890毫米×1270毫米 1/32 |
| 印　　张 | 10 |
| 字　　数 | 215千字 |
| 版　　次 | 2014 年 1 月第 1 版 |
| 印　　次 | 2023 年 12 月第 15 次印刷 |
| 标准书号 | ISBN 978-7-5399-6684-7 |
| 定　　价 | 45.00 元 |